BRAZIL

JOHN UPDIKE

BRAZIL

Tradução:
MARCOS SANTARRITA

COMPANHIA DAS LETRAS

Título original:
Brazil

Capa:
João Baptista da Costa Aguiar

Foto da capa:
Epitácio Pessoa / Ag. Estado

Preparação:
Stella Weiss

Revisão:
Touché! Editorial
Eliana Medeiros

Dados Internacionais de Catalogação na Publicação (CIP)
(Câmara Brasileira do Livro, SP, Brasil)

Updike, John, 1932-
Brazil / John Updike ; tradução Marcos Santarrita. --
São Paulo : Companhia das Letras, 1994.

ISBN 85-7164-363-6

1. Romance norte-americcano I. Título.

93-3565 CDD-813.5

Índices para catálogo sistemático:
1. Romances : Século 20 : Literatura norte-americana
813.5
2. Século 20 : Romances : Literatura norte-americana
813.5

1994

EDITORA SCHWARCZ LTDA.
Rua Tupi, 522
01233-000 — São Paulo — SP
Telefone: (011) 826-1822
Fax: (011) 826-5523

Sabeis que é comum; tudo que vive tem de morrer,
Cruzando a natureza a caminho da eternidade.

A rainha, em *Hamlet*

Sede bem-vindo, irmão brasileiro — vossa ampla casa está pronta;
Uma mão amorosa — um sorriso que vos enviam do norte — uma instantânea e ensolarada saudação!

Walt Whitman, "Saudação de Natal"

SUMÁRIO

1

A PRAIA

Negro é um tom de moreno. E também o branco, se a gente olha bem. Em Copacabana, a mais democrática, lotada e perigosa das praias do Rio de Janeiro, todos os matizes se fundem numa cor de carne alegre e estonteada de sol, cobrindo a areia como uma segunda pele viva.

Um dia não muito depois do Natal, anos atrás, quando os militares detinham o poder na distante Brasília, a praia ofuscava, com o brilho do sol, o enxame de corpos e o sal que Tristão trazia nos olhos, das ondas além da rebentação. O sol de dezembro batia tão forte que pequenos arco-íris se formavam na espuma das ondas, em torno da faiscante cabeça do rapaz, como espíritos. Apesar disso, voltando à esfarrapada camiseta que também lhe servia de toalha, ele avistou uma garota branca, num biquíni branco, parada de pé no ponto onde a multidão se tornava menos densa. Atrás dela viam-se os espaços abertos para o vôlei e o calçadão da avenida Atlântica, com suas faixas ondulantes.

Ela estava com outra garota, mais baixa e mais escura, que lhe untava as costas com loção; o frio contato fazia a primeira garota branca arquear a coluna para dentro, avançando os seios para um lado e os lisos semicírculos dos quadris já lambuzados para outro. Não fora tanto a brancura de sua pele que atraíra os olhos ardidos de Tristão. Muitas estrangeiras brancas, canadenses e dinamarquesas, vinham à praia famosa, e brasileiras de origem alemã e polonesa de São Paulo e do Sul. Não era a brancura dela, mas o efeito ousado do pequeno maiô fundindo-se com a pele, dando a impressão de total nudez pública.

Total não: ela usava um chapéu de palha preto, de copa chata, aba quebrada na testa e fita negra brilhante. Um daqueles chapéus, pensou Tristão, que usaria uma garota da classe alta do Leblon no enterro do pai.

"Anjo ou puta?", ele perguntou a seu meio irmão Euclides.

Euclides era míope, e quando não conseguia ver ocultava sua confusão por trás de perguntas filosóficas. "Por que uma garota não pode ser as duas coisas?"

"Aquela fofura, acho que foi feita pra mim", disse Tristão, num impulso vindo daquelas profundezas interiores onde seu destino era moldado em súbitos golpes toscos, que levavam consigo, de repente, nacos inteiros de sua vida. Ele acreditava em espíritos, e em destino. Tinha dezenove anos e não era um menor abandonado, porque tinha uma mãe, mas a mãe era prostituta, e pior que prostituta, pois dormia bêbada com os homens sem cobrar nada, e gerava crianças girinas como um pântano humano de olvido e desejo casual. Ele e Euclides tinham nascido com um ano de diferença; nenhum dos dois sabia de seus respectivos pais mais do que os sinais genéticos díspares que traziam nos rostos. Tinham passado tempo suficiente na escola para aprender a ler os nomes nas placas das ruas, anúncios e nada mais; trabalhavam em dupla, roubando e assaltando quando a fome apertava, e tinham tanto medo das gangues que queriam absorvê-los quanto da polícia militar. Essas gangues eram de crianças tão cruéis e inocentes quanto alcatéias de lobos. O Rio naquele tempo tinha menos tráfico de drogas, violência, pobreza e crime que agora, mas para os habitantes já parecia bastante ruidoso, violento, pobre e criminoso. Há algum tempo Tristão vinha sentindo que passara da fase do crime, e devia procurar um caminho para aquele mundo superior de onde vinham os anúncios, a televisão e os aviões. Aquela garota distante, branca, asseguravam-lhe agora os espíritos, era o caminho indicado.

Com a camiseta molhada e suja de areia na mão, ele abriu caminho por entre os outros corpos seminus em direção ao dela, que agora o mantinha mais rígido, sabendo-se caçada. A camiseta, de um laranja desbotado, dizia LONE STAR, anunciando um restaurante do Leblon para gringos. Dentro do calção preto, tão apertado que mostrava o volume compacto dos órgãos genitais, ele levava, no bolsinho destinado a moedas ou a uma chave, uma lâmina de barbear de um só fio chamada Gem, embainhada num pedaço de couro grosso que recortara com cuidado. As sandálias de borracha azuis, ele as enfiara numa touceira de vegetação de praia à beira do calçadão.

E, pensou, tinha outra posse: um anel arrancado do dedo de uma velha gringa turista, um anel cor de bronze, com as letras DAR num pequeno selo oval, letras que lhe pareciam infinitamente curiosas, pelo seu significado em português. Agora ele pensava em dar o anel à beldade branca, que altiva irradiava da pele medo e desafio quando ele se aproximou. Embora parecesse alta de longe, Tristão era um palmo mais alto. O cheiro que vinha da pele — a loção de bronzear ou alguma secreção brotada da surpresa e do medo — trouxe-lhe de volta um odor do pântano de sua mãe, um leve e suave cheiro medicinal da época em que ele estivera doente com febre ou vermes, antes de a bebida apodrecer completamente o sistema dela, quando ela ainda funcionava, na escuridão sem janelas do barraco na favela, como uma fonte de perdão, uma coerente pressão de preocupação. Ela devia ter mendigado o remédio com o médico do posto ao pé do morro, onde começavam as casas dos ricos, do outro lado dos trilhos do bonde. A mãe era então quase uma menina, com um corpo quase tão firme quanto aquele ali, embora sem os ossos tão finos, e ele, ele era uma miniatura de si mesmo, o peito dos pés e as costas das mãos gorduchos como pãezinhos, os olhos explodindo do crânio como bolhas, embora isso agora estivesse além do alcance da memória, o momento que deixara aquele delicado cheiro suave, que parecia prolongar-se dentro dele como um choro de sono; agora despertava ali, naquela atmosfera de sol e sal, recebendo o vento que vinha do corpo branco daquela fofura loura.

Contra uma certa resistência da pele molhada e enrugada pelo mar, Tristão retirou o anel do dedo mindinho, onde se encaixara apertado. A velha gringa, de cabelos azuis cacheados, usava-o no lugar da aliança de casada, na outra mão. Ele a surpreendera debaixo de um poste com a lâmpada quebrada na Cinelândia, enquanto o marido olhava absorto os anúncios de um show de boate depois da esquina, fotos de dançarinas mulatas. Quando encostou a lâmina na cara dela, a velha amoleceu como se fosse uma puta, a gringa velha de cabelos azuis, já com um pé na cova mas aterrorizada de ficar com um arranhão no rosto engelhado. Enquanto Euclides cortava as correias da bolsa, Tristão arrancou o anel cor de bronze, as mãos dos dois trançadas por um momento, como amantes. Agora ele estendia o anel para a garota estranha. O rosto dela, à sombra do chapéu preto, tinha um quê de macaquinha, uma curva saliente sobre os dentes fortes que parecia um sorriso, mesmo quando os lábios, como agora, não sorriam. Eram uns lábios grossos, sobretudo o superior.

"Permite que eu lhe dê este presentinho, senhorita?"

"Por que deseja fazer isso, senhor?" Também a secura do tratamento parecia um sorriso, embora o momento fosse tenso e a atarracada companheira parecesse assustada, levando uma mão aos seios no sutiã do maiô, como se fossem tesouros que pudessem ser roubados. Mas eram apenas mochilas de carne morena, sem nenhum valor extraordinário, indignas do menor desvio do olhar fixo de Tristão.

"Porque a senhorita é bonita e, o que é mais raro, não tem vergonha de sua beleza."

"Não é muito moderno ter vergonha."

"Mesmo assim muitas de seu sexo têm. Como sua amiga aí, cobrindo a leiteria gorda." Os olhos da garota mais baixa chisparam, mas, com uma olhada para Euclides, a indignação desmoronou, e ela deu uma risadinha. Tristão sentiu uma ligeira contração de nojo diante daquele som de cúmplice rendição. A necessidade feminina de render-se sempre perturbava seu espírito guerreiro. Euclides adiantou-se um passo na areia, aceitando o espaço rendido. Tinha uma cara larga, franzida, implacável, perplexa, cor de terra. O pai devia ser meio índio, enquanto Tristão ostentava puro sangue africano, tão puro quanto pode ser algum sangue no Brasil.

A reluzente garota branca manteve o queixo erguido, dizendo a Tristão: “É perigoso ser bonita — foi por isso que as mulheres aprenderam a ter vergonha”.

“Comigo a senhorita não corre perigo, eu juro. Não vou lhe fazer mal nenhum.” A promessa pareceu solene, a voz de garoto experimentando um timbre maduro. Agora ela examinava o rosto dele: as feições inteiramente negras eram esculpidas num corpo que jamais conhecera a gulodice, com um brilho infantil nos olhos esbugalhados, uma verticalidade de barricada na testa ossuda, e um certo tom de cobre nos cabelos bem encaracolados, só o mais leve salpico de cobre, que apesar disso fazia alguns fios arderem rubros ao fogo branco do sol. Havia fanatismo naquele rosto, e distância, mas nenhuma maldade em relação a ela, como ele dissera.

Ela estendeu levemente a mão para tocar o anel. “DAR”, leu, e esticou de brincadeira a mão branca, para que ele o pusesse. O dedo anular, onde a gringa o usava, era magro demais; só o maior, o médio, ofereceu a necessária resistência. Ela o expôs ao sol, fazendo faiscar a face oval, em direção à companheira. “Gosta, Eudóxia?”

Eudóxia estava horrorizada com o contato. “Devolva, Isabel! Esses aí são bandidos, meninos de rua. Sem dúvida foi roubado.”

Euclides semicerrou os olhos para Eudóxia, como se fizesse esforço para ver as pregueadas e volúveis feições dela, e a cor mista de terracota, próxima da sua, e disse: “O próprio mundo são coisas roubadas. Toda propriedade é um roubo, e são os que mais roubaram que fazem as leis para o resto de nós”.

“São bons rapazes”, Isabel tranqüilizou a companheira. “Que mal faz deixar que fiquem conosco enquanto nos bronzeamos e conversamos? Vamos acabar nos chateando, só você e eu. Não temos nada que possam roubar, a não ser as toalhas e roupas. Podem nos falar da vida deles. Ou mentir pra gente — será igualmente divertido.”

Na verdade, Tristão e Euclides quase nada contaram de suas vidas, das quais se envergonhavam: a mãe que não era mãe, o lar que não era lar. Não tinham vida, só uma correria e um atropelamento constantes, levados pela barriga vazia. Ao contrário, foram as garotas, falando como se estivessem sozinhas, que expuseram suas vidas luxuosamente leves, como se revelassem uma sedosa roupa de baixo. Descreveram as freiras da escola onde estudavam juntas — as que pareciam tanto com homens que chegavam a ter bigodes, as tidas como lésbicas em imitação de casamento, as "galos" e "galinhas", as que tentavam seduzir as alunas, as que eram escravas sexuais dos padres, as que pagavam aos jardineiros para trepar com elas, as que cobriam as paredes das celas de fotos do papa e se masturbavam olhando a imagem dele, com aquela boca azeda e preocupada. Parecia um livro, um livro de sacanagem, um bordado verbal trabalhado por ágeis dedos de moças numa roda de costura, os risinhos reluzindo como fios prateados. Tristão e Euclides, que viviam num mundo onde o sexo era um prato comum, como feijão-mulatinho ou farinha, não valendo mais que uns poucos cruzeiros esfarrapados jogados numa mesa de madeira molhada, e que tinham perdido a virgindade antes dos dez anos, ficaram mudos mas encantados a ouvir as garotas tecerem suas fantásticas hipóteses, fazendo rir uma à outra até as lágrimas.

Quando lembravam a escola claustral, elas falaram de um rádio proibido que uma das freiras havia confiscado, e isso deu a Tristão a oportunidade de intercalar seu conhecimento da música popular e dos seus astros — Caetano, Gil e Chico. Todo aquele paraíso eletrônico que pairava acima deles, onde os cantores e atores de novelas, os craques de futebol e os super-ricos flutuavam como anjos com asas, logo tornou-se um campo que podiam partilhar. Chispas de amor e ódio, enfáticas opiniões juvenis voavam rapidamente entre os quatro, iguais na infinita distância a que estavam daquele mundo, como eram iguais no ter um corpo — quatro membros, dois olhos, uma pele contínua. Como camponeses beatos do Velho Mundo, acreditavam que aquele paraíso, que lhes enviava suas notícias em ondas invisíveis, voltava o rosto sorridente e espiritual para eles pessoalmente, do mesmo modo como a impalpável abóbada de céu azul tem o centro bem sobre a cabeça de cada um que olha para cima.

O calor da praia assava-os por baixo; uma forte lassidão logo extinguiu a conversa. Quando Euclides e Eudóxia, erguendo-se em hesitante uníssono, foram até a água nadar, reinou um tenso silêncio entre os outros dois. Isabel estendeu a mão para a palma dele, cor de verniz prateado, a dela brilhando com o anel oval roubado. “Gostaria de vir comigo?”

“Sim, sempre”, disse Tristão.

“Então venha.”

“Agora?”

“Chegou a hora”, ela disse, os olhos azul-cinza olhando dentro dos dele, o gordo lábio superior franzido em solene pensamento, “para nós.”

2

O APARTAMENTO

Isabel trazia na mão uma saída de praia diáfana, de um amarelo-maracujá, mas preferiu deixar a praia sem vesti-la, enfiando apenas as sandálias de fino couro branco para andar pela famosa calçada de sinuosas faixas pretas e brancas da avenida Atlântica, o vestido e a toalha embolados na curva do braço esquerdo, de modo que pelo menos um passante baixou o olhar esperando ver um bebê alegremente enfaixado. O chapéu de palha preto, parecendo pintado com suco de jenipapo, flutuava adiante de Tristão como um disco voador, as pontas soltas da fita ondulando ao vento. Ela andava mais depressa do que ele esperava, com um passo mais atlético, fazendo-o tropeçar e saltar a seu lado para acompanhá-la. Seu senso de decoro levara-o a enfiar a camiseta cheia de areia com as palavras LONE STAR; as gastas sandálias azuis de borracha, recuperadas do matagalzinho mirrado, batiam frouxamente.

A garota branca, parecendo ainda mais alta por causa das compridas pernas nuas, andava com a cega determinação de uma sonâmbula, ou como se a menor hesitação fosse desfazer sua decisão; seguia para o sul, na direção do forte, e depois dobrou à direita numa rua que levava a Ipanema — avenida Rainha Elisabete ou rua Joaquim Nabuco, ele estava distraído demais para notar. Ali, à sombra dos prédios e das árvores, entre as lojas, restaurantes e fachadas de vidro e alumínio dos bancos, com porteiros e guardas de segurança parados eretos de uniforme, a seminudez dela fulgia de uma maneira fantástica, atraindo os olhares. Tristão aproximou-se mais, protetoramente, embora a impenetrabilidade de transe dela, que tornara a mão gelada ao seu toque, o fizesse sentir-se sem jeito e estranho. Naquele mundo de edifícios de apartamentos e ruas guardadas, era ela quem o conduzia; ela dobrou num toldo marrom numerado e entrou num saguão escuro, onde um japonês atrás de uma alta mesa de mármore negro estriado de verde piscou os olhos de surpresa, mas entregou-lhe uma pequena chave e apertou um botão, que fez uma porta interna de vidro abrir-se deslizando. Enquanto entrava, Tristão sentiu-se como se passasse por um raio X, a lâmina no estreito calção preto molhado fazendo cócegas, e também seu pênis, a curva enrugada em forma de caju.

O elevador, com a porta de metal prateado cheia de desenhos que pareciam triângulos de pano, deslizou para cima: uma faca saindo da bainha. Havia um pequeno corredor, as paredes listradas com outra versão da dourada cor da fruta da saída de praia embolada. Uma porta de vermelho pau-brasil, de muitas almofadas, cedeu à chavezinha dela, não maior que sua lâmina. Dentro reinava um silêncio de superfícies caras — vasos, tapetes, almofadas de franjas e lombadas de couro de livros com douraduras. Ele jamais estivera num espaço daquele; sentiu que perdia a respiração e a liberdade de movimentos.

"De quem é esta casa?"

"De meu tio Donaciano", disse a garota. "Não se preocupe, não vai ter de se encontrar com ele. Trabalha fora o dia todo, no Centro. Ou então joga golfe ou bebe com os colegas de negócios. Beber com os colegas é na verdade o trabalho dele. Vou mandar a empregada trazer alguma coisa pra gente beber também. Ou talvez você queira comer alguma coisa?"

"Ah, não, senhorita; não estou com fome. Só quero água ou um pouco de suco." Ficara com a boca muito seca, enquanto olhava em volta. Tanta coisa para roubar! Ele e Euclides poderiam viver um mês com uma cigarreira de prata, dois castiçais de cristal. Os quadros, de quadrados, círculos e furiosas pinceladas, não podiam valer grande coisa, a não ser talvez para o pintor no momento de pintar, mas as lombadas dos livros tinham letras de ouro. Ele se maravilhava com a altura das estantes, que chegava à de uma palmeira. Aquela sala de apartamento tinha sacadas internas em duas paredes, e por teto uma rosa abaulada de pétalas de vidro fosco, de cujo centro pendia, numa corrente da altura de uma luz na igreja, um candelabro com braços que pareciam *ss* de bronze. Interior de casa, para Tristão, significava a gruta sem luz de um barraco; ali havia tanta luz que ele se sentia ao ar livre, apenas abrigado, para que nenhum vento soprasse, numa quietude radiante, da qual ele não fazia parte.

Isabel chamou em voz inalterada: "Maria".

A jovem e atarracada empregada que apareceu, sem nenhuma pressa, como se houvesse atravessado vários aposentos, lançou um olhar de desprezo a Tristão, com um pequeno clarão de terror nos olhos fundos. Tinha as bochechas papudas, com uma inchação de índio, ou como se tivesse sido espancada, e marcas de varíola. A mistura de sangue dera à pele uma suja cor de rapé. Teria lido as idéias afanadoras dele, e sentia-se acima delas. Como se morar nas casas dos ricos, e desfilar nas roupas limpas que eles forneciam, não fosse em si uma forma de ladroagem.

"Maria", disse Isabel, numa voz que tentava não ser dura nem tímida, "duas vitaminas, de banana ou abacate, se tiver algum. Pra mim isso basta, mas mais alguma coisa para meu amigo, um pouco do que você fez para seu almoço. Esse é meu amigo Tristão." A ele, perguntou: "Um sanduíche?".

"Não é preciso, eu juro", protestou o rapaz, com a galanteria pressagiada pelo tom de barricada de sua testa, os olhos brilhantes esbugalhados, a distância por trás do rosto.

Mas quando chegou a comida — acarajé requentado, com o complemento de vatapá, camarão e pimenta — ele comeu como um lobo. Treinara a fome para ser discreta, mas comida o enlouquecia, e não deixou nada no prato, nem um sujinho. Ela empurrou para ele, sobre a baixa mesa de marchetaria, seu prato pela metade. Ele o devorou também.

"Café?", perguntou Maria, quando tirou os pratos. Emitia menos ódio, e um leve cheiro de conspiração, como o azeite de dendê que tempera toda a comida do Nordeste. Talvez aquela casa estranha, de uma sobrinha com o tio, já tivesse alguma coisa errada, que a empregada desaprovava. Ela estava aberta, como estão sempre os inferiores, a malfeitos e mudanças; para eles, o mundo não existe como preciosa relíquia por trás de vidro, a ser preservada para sempre.

"Sim, e depois nos deixe a sós", disse Isabel. Retirara o chapeuzinho, e os longos e luminosos cabelos louros acentuaram sua nudez, devolvendo a ele a sensação de cegueira de quando saía ofuscado do mar.

"Gosta de mim?", ela perguntou, desviando os olhos e enrubescendo.

"Gosto. Mais que isso."

"Me acha namoradeira. Uma garota má?"

"Acho você rica", ele respondeu, olhando em volta, "e ser rico torna as pessoas estranhas. Os ricos fazem o que querem, e por isso não sabem o preço de nada."

"Mas *eu* não sou rica", disse Isabel, com um novo tom de mágoa e petulância. "Meu tio é rico, e meu pai também, lá em Brasília, mas eu não tenho nada meu — eles me têm como uma escrava mimada, a ser dada, depois que as freiras me formarem, a um rapaz que vai se tornar um homem como eles, suave, polido, e não dando a mínima."

"Onde está sua mãe? Que é que ela diz de seu futuro?"

"Minha mãe morreu. O irmão que estava fazendo pra mim se estrangulou no cordão umbilical, na saída, e rasgou o útero dela na fúria da morte. Ou pelo menos foi o que me contaram. Eu tinha quatro anos quando isso aconteceu."

"Que coisa triste, Isabel." Embora ele tivesse ouvido Eudóxia usar o nome dela na conversa, não o tinha pronunciado até então. "Você não tem mãe, e eu não tenho pai."

"Onde está seu pai?"

Tristão encolheu os ombros. "Morto, talvez. Desaparecido, sem dúvida. Minha mãe teve muitos homens, e não sabe quem foi. Eu tenho dezenove anos, isso foi há vinte anos. Ela toma muita cachaça e não liga pra nada." Contudo, uma vez ela conseguira um remédio de que ele precisava. Amamentara-o, catara piolhos em sua cabeça e examinara suas fezes em busca de vermes.

Para chamá-lo de volta a ela, Isabel anunciou: "Eu tenho só dezoito anos".

Ele sorriu e ousou estender a mão e tocar nos luminosos cabelos dela, cobertos de luzinhas, como o Rio à noite visto do Pão de Açúcar. "Fico contente. Não ia querer que você fosse mais velha, além de mais rica."

Ela aceitou o toque dele sem se esquivar, mas não correspondeu ao seu sorriso. "Este anel que você me deu." Esticou a mão com o oval de bronze no dedo médio. "Agora eu preciso lhe dar alguma coisa."

"Não é preciso."

"O presente em que estou pensando seria também um presente pra mim mesma. Chegou a hora. Já estou pronta para isso."

Ela se levantou e empurrou os lábios dele para cima com os seus, menos um beijo que uma imitação dos beijos vistos em revistas ou na televisão. Sua vida até então reduzira-se apenas a estudar as histórias de outras pessoas; agora criava sua própria história. Conduziu-o a uma escada em espiral, de metal pintado de um rosa fosco, que levava ao segundo andar. Seu corpo, subindo ondulante à frente dele, dividia-se em muitas fatias abreviadas, triângulos de carne tremulantes e meio ocultos entre os triângulos da escada em espiral. Correndo um dedo experimentalmente pelo corrimão, como pela superfície da água, Isabel cruzou o corredor ali suspenso à altura do sinuoso braço do candelabro, e dali para seu quarto, ainda cheio de bichinhos de pelúcia, com pôsteres de cabeludos cantores ingleses na parede. A pressão nos pulmões de Tristão parecia agora menos trovejante, como se entre aquelas paredes infantis o vento do dinheiro não soprasse com tanta ferocidade. As pequenas peças claras do maiô de Isabel saíram com um encolhimento e uma contorção, uma costumeira dança casual do corpo esguio, executada com um sorriso meio de desafio, meio de interrogação na brava carinha de macaca. Ela pareceu pouco menos nua do que antes. Ele jamais vira um matagal de pêlos púbicos como aqueles, tão transparentes e lisos. Os mamilos, discos de pele de uma leve cor morena, haviam-se enrijecido com a exposição ao ar e aos olhos dele. "Precisamos de um banho", ela disse, com firmeza.

As torneiras do chuveiro dentro do cubículo de mármore eram inúmeras, e produziam vários tipos de jato — um buquê de finas agulhas ou um esguicho de cordas d'água mais grossas em rápida pulsação. Junto dela sob a catarata aquecida, ensaboando-lhe a pele de modo a fazer com que a seda se recobrisse de uma graxa branca, e depois deixando-se ensaboar por sua vez, ele sentiu o caju transformar-se numa banana, e depois num nodoso inhame, estourando de tão pesado. Ela o ensaboou naquele ponto com uma expressão séria, curvando a cabeça oval sob o martelar da água para ver melhor as veias inchadas, a pele roxo-escura, a glande violeta em forma de coração e com um olho só. Enquanto examinava, a divisão dos cabelos mostrou que tinha o escalpo cor-de-rosa — não branco, como ele esperava. Quando acabou a chuveirada, ela disse, ainda olhando, o dedo acompanhando uma veia: "Então é isso. Me agrada. É feio, mas inocente, como um sapo".

"Nunca viu antes?", ele perguntou, embaraçado, agradecido por estar momentaneamente escondido na esponjosa brancura de uma vasta toalha branca que ela tirara do armário do banheiro. Nos espelhos que havia por toda parte no aposento, viu-se retalhado em fatias de preto e branco. Tinha um rosto severo de guerreiro, fotografado simultaneamente de vários ângulos.

"Não, nunca. Isso lhe dá medo, Tristão?"

É, dava sim, pois, se ela fosse virgem, fodê-la se tornava uma coisa religiosa, uma espécie de incriminação eterna. Mas o sangue, martelando incontido no inhame que ele projetava à frente, envolto naquela toalha que parecia um roupão, puxava-o para aquela aparição, que usava sua própria toalha no alto, como uma capa, expondo a parte de baixo do corpo, as duras nádegas ondulantes. Quando ela se curvou sobre o limiar de mármore do banheiro para pegar o pequeno calção preto onde ele o largara, as nádegas brancas abriram-se, mostrando uma linha marrom vertical no meio, uma mancha de pele permanente em torno do ânus, causando a ele uma leve repugnância.

Depois, quando sacudia e dobrava o calção, para pendurálo direito, ela soltou uma exclamação de surpresa. A lâmina no bolsinho saíra da crua bainha e cortara seu polegar. Ela lhe mostrou a pele branca com a textura em espiral, o viscoso vazamento, com um rubro brilho de jóia. Também isso o assustou, como uma profecia: ia fazê-la sofrer.

Contudo, chupando o polegar com uma expressão de dor e limpando o ferimento numa ponta da vasta toalha, ela continuou a andar em direção à sua cama de menina, uma cama estreita, coberta com uma leve colcha, cujo delicado tom de verde Tristão tinha visto na favela em vasos de louça e urinóis, uma linha de delicada escuma abaixo da borda. Acima dos corrimões de metal da cabeceira da cama, pendia uma oleosa estampazinha da Virgem, com a auréola parecendo um chapéu jogado para a nuca e um bebê artificialmente solene e grande no colo, fazendo um gesto desajeitado com os dedos gordos. Isabel, a carinha de macaca muito séria e decidida, tirou a imagem da parede e colocou-a debaixo da cama. Quando se deitou nua sobre a colcha, derrubou alguns animais com olhos de vidro; enfiou-os numa das várias prateleiras ao lado da cama, cada uma outrora pintada de uma diferente cor do arco-íris, para divertir uma criança. Fez tudo isso com rapidez, com habilidade, e jogou-se de costas bem no meio da pequena cama, não deixando lugar nenhum para ele se deitar, a não ser em cima dela. Mas, quando ele obedientemente fez isso, ela lhe empurrou o peito com as pontas dos dedos, como para mantê-lo à distância, a fim de deter aquele momento. Os olhos dela, o azul-cinza composto de centenas de frágeis filamentos, olhavam dentro dos dele quase com raiva. "Eu não pensava que ia ser tão grande", admitiu.

"Não precisamos fazer nada agora. Podemos só nos abraçar, nos acariciar e contar nossas histórias. Podemos nos encontrar de novo amanhã."

"Não. Se esperarmos, não acontecerá. Chegou a nossa hora."

"Podemos nos encontrar de novo amanhã, na praia."

"Vamos perder a coragem. Outras pessoas vão interferir."

Insegura, olhando o rosto dele em busca de orientação, ela abriu as pernas brancas.

Perguntou: "Já teve muitas garotas?".

Ele fez que sim com a cabeça, envergonhado porque nem todas tinham sido garotas, pois no início eram mulheres com duas vezes a sua idade, velhas bêbadas, amigas de sua mãe, jogando-lhe aqueles restos de si mesmas como lavagem a um porquinho engraçado.

"Então, vai me dar algum conselho?"

A glande dele, parecendo um roxo coração arrancado de uma criatura do tamanho de um coelho, repousava no transparente aveludado da curva do *mons veneris* dela. Geralmente, a mulher com quem estava tomava-a na mão e a guiava até a entrada. Aquela garota agora erguia as nádegas sem jeito e olhava dentro dos olhos dele, em busca de orientação. Ela viu as íris escuras dele fundirem-se com o negro das pupilas dilatadas. Ele engrossou de novo a voz no timbre varonil dizendo: "Meu conselho é que nos deixemos mergulhar até onde o meu prazer e o seu sejam um só. Não vai ser fácil, a primeira vez. Vai doer". Tinha um bafo de acarajé com pimenta.

Com a mão, ele procurou embaixo, encontrou o lugar onde os lábios dela já começavam a abrir-se viscosamente e o guiou. Pouco depois, como se duvidasse do próprio conselho, perguntou: "Está doendo?".

Isabel se enrijecera embaixo dele, tentando dominar a instintiva rejeição de sua carne. Um súbito suor quente brotara em toda a sua pele clara. Levantava e baixava o queixo, como se nenhuma outra parte do corpo empalado ousasse se mexer. Também ele suava, de preocupação, com a virginal apertura dela; era um fardo ser um amante e não um porquinho de estimação devorando uns restos aguados. Mas sabia que, além do negro muro que tinham em frente, havia um paraíso.

"Quer que eu pare? Posso tirar."

Ela mexeu furiosamente o queixo, então, de um lado para outro, dizendo não. "Pelo amor de Deus, *vá em frente*", conseguiu dizer.

Ele enterrou fundo na escuridão, cada estocada aumentando o tom de vermelho por trás das pálpebras cerradas. Dentro de si mesmo, num lugar além da morada da fome, uma estreita passagem tentava acolher um jato de luz, uma pressão sufocante, arrepiante, avolumante, que fez os calcanhares dele dançarem quando chegou à beirada e, num arco de sensação que turvou o mundo, deu o salto. As convulsões do gozo dele fizeram-na deixar com um susto o próprio corpo; com carinho, com admiração, suas brancas mãos correram as arqueadas costas dele, procurando curar a grande fragmentação que ele gozara em suas viscosas profundezas, em sua teia de sedosos membros. Os arquejos dele foram diminuindo; a voz tornou-se racional, atenciosa: "Doeu?".

"Sim. Oh, Deus, sim. Exatamente como às freiras disseram que ia ser, por causa do pecado de Eva." Contudo, suas pernas, seus braços apertaram o abraço em que o envolviam quando se comunicou o generoso impulso dele para aliviar o corpo dela de seu peso.

"Isabel querida", ele suspirou, embaraçado por não ter palavras melhores, e ainda sentindo-se tímido com o nome dela. Uma missão cumprida heroicamente não lhe dava direito à igualdade com aquela nobre beldade. Quando finalmente pôde retirar o pênis, ele saiu coberto de sangue dela, que pareceu culpá-lo por sujar a colcha de cetim verde-escuma.

"Maria vai ver e contar a meu tio!", ela exclamou.

"Ela é espiã dele?"

"Eles são... amigos."

Tinha saltado e trazido do banheiro um pano molhado, com o qual esfregava a mancha. Era uma mancha irregular, provocada pela oferta dele de parar, em forma de cálice, com a taça, a base e a fina haste vermelha no meio.

"Você devia ter estendido uma toalha", ele disse, vexado porque ela parecia culpá-lo pelo seu próprio sangue, e por se ver arrancado do momento de exaltação comum e lançado naqueles detalhes de simples faxina.

Ela percebeu o tom ofendido dele, e procurou remendar seu orgulho, voltando-se da cama e docilmente enxugando com o trapo vermelho o que agora voltava à forma de caju. Enquanto murchava, o virginal sangue dela se entranhava amarronzado na enrugada pele cor de alcachofra, e ela, vendo que as esfregadas não funcionavam, e sentindo aumentar a dor entre as pernas à medida que passava o grande drama de si mesma deitada em defloração, empurrou impaciente o pano molhado nas mãos dele.

"Toma, Tristão; a sujeira é sua também."

Embora imbuído do exigente orgulho mesmo do mais pobre dos homens brasileiros, Tristão aceitou o trapo e compreendeu o estado de espírito dela; estava estonteada com a ousadia do que tinham feito, e que jamais poderia ser desfeito. Esses estados de espírito incontroláveis são o preço que os homens pagam pela celestial beleza e o sofrimento habitual das mulheres.

Quando Tristão voltou do banheiro, usando o calção de banho molhado, Isabel continuava nua, a não ser pelo anel do DAR e, na loura cabeça, um chapéu de palha, parecido com o preto que usara na praia, mas pintado de um vermelho-morango. As prateleiras de arco-íris ao longo de duas das quatro paredes do quartinho dela tinham vários chapéus alegres, junto com uma fartura de brinquedos dados por um tio que queria mantê-la eternamente menina. Ela inclinava a cabeça e posava como uma dançarina de boate, as nádegas brancas projetadas para trás e um joelho dobrado acima do pé arqueado, apoiado nas pontas; tinha os dedos do pé brancos pela pressão da pose, e um filete de sangue a secar aparecia no interior da coxa da mesma perna. Era maravilhoso, ela pensava, fazer um homem ver a gente nua, não precisar ter vergonha na frente dele. "Ainda gosta de mim?", perguntou, com uma seriedade sentida, os olhos, voltados para cima, mal se mostrando por baixo da aba do chapéu impudente.

"Não tenho escolha", ele disse. "Agora você é minha."

3

TIO DONACIANO

"Não, não creio, minha querida", disse tio Donaciano, a enxuta corpulência metida num terno cinza que, em certos ângulos de luz, brilhava como alumínio, "não creio que isso esteja de modo algum dentro dos limites do permissível, mesmo em nossa era permissiva, nesta sociedade demasiado progressista."

Passara-se um mês. Maria falara ao patrão da visita do rapaz naquele dia, e das constantes ausências de Isabel para ir à praia — ausências tão demoradas que, como ela retornava sem bronzeado, indicavam que devia estar indo com o rapaz ao cinema ou recorrendo a algum hotel. Certamente não estava saindo com Eudóxia; os pais tinham levado a moça, com os três irmãos, para a serra, fugindo do calor do Rio — para Petrópolis, onde a corte de dom Pedro II construíra um palácio, agora Museu Imperial, e ainda se usavam cavalos e carruagens ao longo do canal e das ruas curvas cheias de mansões; e para algumas semanas em Nova Friburgo, onde uma colônia de imigrantes suíços construíra outrora chalés que lembravam sua terra. Montanhismo, tênis, canoagem, equitação, flores em perpétua floração: Isabel quando criança muitas vezes gozara dessas delícias com o tio e a esposa dele, a elegante e esguia tia Luna, antes da infeliz separação — do desquite, já que o divórcio não existia. Tia Luna vinha da nata da sociedade de Salvador, e agora vivia em Paris, de onde mandava para Isabel um lenço Hermès ou um cinto Chanel todo Natal. Era a coisa mais perto de uma mãe que a garota conhecera. Em Petrópolis, seu pai aparecia em raras ocasiões, roubando um fim de semana de seus deveres oficiais em Brasília. Que emoção sentar-se com ele no restaurante do grande hotel, vestida como uma mulher de verdade, elegante e empertigada, os rufos engomados do decote arranhando a pele de leve, uma fina cachoeira a faiscar entre os distantes cones verdes das duas montanhas vistas pela grande janela que dava para o lago, onde esquiadores aquáticos deixavam curvas esteiras de um azul mais claro! Mas aqueles prazeres pertenciam à infância, pequenos como os sorrisos num instantâneo.

"Quais são os limites no Brasil?", ela perguntou. "Eu achava que neste país cada um se fazia por si mesmo, independente de cor."

"Não estou falando de cor. Eu sou daltônico, como nossa Constituição, em consonância com o temperamento nacional que herdamos dos senhores de engenho. Isto aqui não é a África do Sul nem os Estados Unidos. Mas um homem não pode se fazer do nada, precisa ter recursos."

"Que estão nas mãos de meia dúzia, como sempre estiveram", disse Isabel, tragando com impaciente vigor um dos coloridos cigarros ingleses do tio.

Tio Donaciano enfiou mais a piteira branco e marfim — vazia, pois estava tentando deixar de fumar, e usava-a para aplacar o vício — no canto da boca, dando aos lábios uma torção sábia e sinistra. Tinha os lábios finos mas rubros, como se recém-esfregados. "As mãos dos muitos iriam destroçar tudo", explicou. "Mesmo assim, o Rio de minha juventude virou um grande cortiço. Era tão bonito, tão alegre — o bonde do Jardim Botânico, o bonde de Santa Teresa, o Cassino onde Bing Crosby vinha cantar. Tão gracioso e encantador, como uma peça exótica de vidro veneziano, única. Agora, na casca dessa beleza, tudo apodreceu. Não tem ar, não tem silêncio. O tempo todo o barulho do trânsito e da música, música de samba idiota: em toda parte fedor de secreções humanas. Em toda parte o bodum."

"Nós não fedemos, o senhor e eu? Não secretamos nada?" Com as sílabas, baforadas de fumaça saíam da boca de Isabel como rajadas de raiva.

Ele a avaliou, tentando repor algum amor de tio nas feições zombeteiras. Tirou a piteira vazia dos lábios. A longa testa lisa —

bronzeada de um constante moreno cor de amêndoa, sob um regime cuidadosamente controlado de banhos de sol — enrugou-se, como num franzido mecânico, quando ele se curvou para ela, com uma nova atenção e franqueza. "Você usou o garoto. Eu não teria aconselhado isso, mas, tem razão, há partes de nossa vida que não podemos viver segundo os conselhos dos mais velhos. Alguns passos precisam ser dados em desafio, contra a corrente. Não há tumor sem supuração, sem dor; os povos primitivos, em sua sabedoria, põem a dor no centro da iniciação. Tudo bem, minha querida, você se iniciou. Foi à praia, pegou um instrumento para se mutilar. Tornou-se mulher, com esse instrumento vivo que usou. Fez isso pelas minhas costas, o que foi uma consideração, e correto. Mas uma ligação duradoura terá de ser *na minha* frente, na frente da sociedade, na frente de seu distinto pai. Até mesmo, se você acreditou em alguma coisa do que as freiras lhe ensinaram, na frente de sua querida mãe, nossa amada Cordélia, olhando em prantos lá do Céu."

Isabel mudou de posição no suntuoso sofá grená — o veludo canelado roçando contra a parte de baixo da coxa — e esmagou o cigarro; não queria a mãe espionando-a. Não queria outra mulher dentro de sua vida. A mãe morrera tentando dar à luz um irmão: Isabel jamais lhe perdoara a dupla traição, embora muitas vezes comparasse fotos dela — embaçadas e esmaecidas, todas, pela morte — com seu próprio rosto no espelho. A mãe era mais morena, de uma beleza mais tipicamente brasileira. Sua lourice viera do lado do pai, dos Leme.

"Portanto", concluía tio Donaciano, "você não vai ver mais esse moleque. Depois do Carnaval, vai iniciar seus estudos na universidade, a ilustre Pontifícia Universidade Católica do Rio de Janeiro. Meu tio, ex-diretor do Sacro Colégio de Nossa Senhora do Retiro, manifestou a disposição de acompanhar seu caso de perto — *de perto*. Quando estiver lá, suponho, você vai ter essas fantasias esquerdistas da moda e participar de protestos contra o governo, exigindo reforma agrária e o fim das atrocidades contra os índios da Amazônia; quando estiver empenhada nessa agitação quixotesca, vai se apaixonar por um colega manifestante, que se tornará depois de formado, e apesar dos escrúpulos juvenis, um profissional liberal, e talvez até mesmo um membro do governo, que a essa altura os militares talvez tenham liberado para assumir seu disfarce civil. Ou — não me interrompa ainda, querida; sei com que desconfiança sua geração encara os casamentos de conveniência, embora, creia em mim, a conveniência continue quando acaba a sexualidade — você mesma pode decidir tornar-se advogada, médica, executiva da Petrobrás. Essas oportunidades agora existem para as mulheres no Brasil, embora com muita relutância. Elas ainda têm de lutar contra o conceito de nossos antepassados, da mulher como ornamento e reprodutora. Apesar disso, se está disposta a abrir mão da maternidade e das amenidades tradicionais do lar, pode entrar no jogo do poder. Ah, creia em mim, querida sobrinha, é um jogo tedioso, quando a gente aprende as regras e se esgotam os poucos truques."

Deu um suspiro; como lhe acontecia sempre, o tédio embotava suas palavras; após quinze minutos, tudo o entediava. *É assim que vamos nos livrar dele*, disse Isabel para si mesma. *Os jovens não se entediam com tanta facilidade.*

Mas de repente ele tornou a se animar, com uma nova idéia. "Ou — eis aí uma idéia que me deixa com inveja, francamente — por que não ir para o exterior? Por que, afinal, neste globo cada vez menor, temos de nos restringir ao Brasil, com sua história atroz, suas massas sórdidas e estúpidas, seu eterno subdesenvolvimento, seu samba à beira do caos? Não somos só brasileiros — somos cidadãos do planeta! Vá pra Paris, viver sob a asa de sua tia Luna! Ou, se isso parece muito próximo do ninho, passe um ano em Londres, ou Roma, ou mesmo a preguiçosa e velha Lisboa, onde falam um português tão rápido que a gente não compreende o que eles dizem! Em San Francisco, segundo li nos jornais, está brotando uma coisa chamada de Flower Power, e Los Angeles é a capital de outra coisa chamada Bacia do Pacífico." Curvou-se mais para perto dela, erguendo a fina e longa sobrancelha, mais loura que o moreno noz-manteiga, de um modo que havia avisado a dezenas de mulheres antes dela que iam ouvir uma proposta fascinante. "Isabel, vou falar meio malandramente, com minha voz avoenga, sabendo que meu estável irmão não aprovaria, que certamente *des*aprovaria: se está decidida a não ser convencional, torne-se uma aventureira — atriz, cantora, um fantasma dentro desse mundo eletrônico que cada vez mais suplanta o enfadonho mundo de elementos pesados e tridimensionais! Deixe-nos para trás! Viaje para as estrelas! Sempre haverá uma estonteante profusão de possibilidades, se você desistir desse, desse..."

"Tristão", interrompeu Isabel, para não ouvir o epíteto dele. "Meu *homem*. Seria mais fácil desistir de minha vida."

Tio Donaciano armou uma curiosa boca vermelha, ágil e pequena, e notou que seu copo longo, antes cheio de uma bebida prateada como seu terno, estava vazio. "Isso é conversa de sarjeta, minha cara. Romantismo vulgar do tipo mais ralo, que é tudo que os pobres têm pra tornar a vida tolerável. Mas *você*, *nós* temos o privilégio de sermos seres racionais. Em nossa capacidade de raciocinar, após estes tristes séculos de fantasia ibérica e ganância mestiça, repousa a esperança do Brasil."

Isabel riu gostosamente, conhecendo o programa diário do tio — a caminhada após o amanhecer pelas praias de Ipanema e Leblon; a ligação no meio da manhã para seu corretor, um mulato claro e esperto que freqüentara a London School of Economics e fazia todos os cálculos financeiros necessários; o almoço e a sesta ao meio-dia com uma de suas amantes, numa das aconchegantes casas delas em bairros residenciais; e depois os fins de tarde na cobertura do Jockey Club, a encher a cara de gim, com o céu por trás do Corcovado cobrindo-se com o rosa do crepúsculo. Ela beijou a testa cor de amêndoa, saiu alegre e saltitante da sala de visitas e subiu a escada em espiral, acreditando (erradamente) que o tio apenas se desincumbira de um sermão vazio mas obrigatório, para aplacar os fantasmas da família.

Desde que começara a dormir com um pobre, sentia-se mais à vontade com Maria — receando menos o ressentimento do sangue e da taciturnidade indígenas dela. "Meu tio", disse, com um sorriso zombeteiro, na cozinha. "Ele esquece que não sou mais uma criança aos cuidados das freiras."

"Ele ama muito a senhorita, e só quer o que é melhor pra senhorita."

"Por que você tem de contar tudo a ele? Não posso mais trazer Tristão pro meu quarto, você nos trai."

"Eu não vou enganar seu tio. Ele é muito bom pra mim."

"Ha!", zombou Isabel, servindo-se de um prato de caruru que Maria pretendia comer. "Ele lhe paga um salário de miséria, trepa com você, bate em você. Eu sei que ele lhe bate, porque ouço o barulho no seu quarto, embora você nunca grite."

A outra mulher, os largos pômulos devidamente marcados por dois pares de pequenas cicatrizes em diagonal, lançou a Isabel um olhar conspirador. Os olhos eram fendas brilhantes, enterradas na carne moreno-avermelhada empapuçada. "Seu tio é um homem bom", disse. "Se às vezes me bate, é porque está com raiva dele mesmo. É porque está furioso com a tensão de ser um homem rico num país pobre. Está frustrado, porque o país não oferece espaço bastante para um homem refinado como ele. O país está sendo tomado pelos caipiras do sertão. Eu entendo que não é em mim que ele está batendo. As pancadas dele são leves, como as de um gatinho batendo numa bola de papel."

"E a trepada dele. É leve também?"

Maria não respondeu; em silêncio índio, pegou outro prato do armário e dividiu em duas porções o caruru — feito com pimenta malagueta ralada, misturada com quiabo e azeite de dendê, e coberto com pedaços fritos de garoupa — como a dizer que as duas eram iguais, agora que Isabel queria falar de trepada.

"Seu tio é um homem bom", repetiu. "Mas a senhorita não deve forçar muito ele. Deve ir pra universidade, e sair com rapazes direitos. Tristão não é pra senhorita. É o tipo de rapaz que podia ser pra mim, quando era mais moça. Um garoto de rua bonitão. É bonito como um pássaro selvagem, mas não dá pra comer. É só bico, garras e penas vistosas."

Isabel jogou os cabelos para trás, para evitar que caíssem no quiabo a caminho da boca e, depois de engolir, ergueu o rosto com o queixo projetado, de uma maneira ousada, experimental.

Sabia que o desafio lhe caía bem, acentuando o impulso atrevido de sua cara. "Nós procuramos um ao outro", disse, "na praia, no meio da multidão. Jamais vamos nos separar. Que é que meu tio pode fazer? Nada. Eu tenho dezoito anos. Não estamos nos velhos tempos do obscurantismo, quando as jovens virgens podiam ser engaioladas em suas alcovas na casa-grande, cobertas de rendas e tafetá preto, vendo o mundo com temor através das gelosias e esperando para se reproduzir como pombos."

Maria disse: "Ele pode mandar a senhorita pra Brasília, pra morar com seu pai. Ninguém foge de Brasília; é cercada pelo agreste, me disseram, e tem um fosso gigante".

Isabel saltou do tamborete da cozinha como se o assento estivesse pegando fogo; andou rapidamente, como se todas as superfícies estivessem pegando fogo e só pudessem ser tocadas por um instante. "Ele disse isso? Foi o que ele lhe disse, Maria? Pra Brasília, pra morar com meu pai? Me *diga*!" Qualquer ameaça de ir para Brasília aterrorizava o verdadeiro carioca.

Dentro do silêncio de Maria, travava-se uma tenaz batalha de lealdades: ao patrão e amante, de um lado, e, de outro, àquela jovem irmã sofredora, cativa do poder do amor, da escravidão que o sexo traz às mulheres, embora Isabel inocentemente se proclamasse livre. "Não sei nada com certeza, patroinha", disse por fim. "Mas ele e o irmão conversam por telefone. Acho que, se a senhorita não largar esse garoto, não espere passar o Carnaval no Rio este ano."

4
O BARRACO

O interior do barraco onde morava a mãe de Tristão era varado, aqui e ali, por brilhantes fachos de luz que passavam por entre as folhas de zinco e os pedaços de madeira pintada e papelão impresso que compunham as paredes. A luminosidade azul assim admitida em farpas afiadas só penetrava um pouco na densa atmosfera, um ar pesado não só da fumaça de tabaco e de coisas a cozinhar, mas da poeira do chão de terra e de materiais friáveis, constantemente renovados por camadas de coisas roubadas e apropriadas, que protegiam do tempo — do sol escaldante, do martelar da chuva, do vento do mar nas noites sem lua. O barraco era banhado de natureza, pois se grudava numa das mais altas e íngremes encostas do morro da Babilônia, e, quando os moradores saíam tateando da cortina de trapos podres que lhes servia de porta, abria-se diante de seus olhos ofuscados uma visão cruelmente esplendorosa do mar batido de sol, com velas e ilhas.

Isabel, que chegara na escuridão e ainda não se atrevera a meter a cabeça no sol, impressionava-se com a fluidez daquele espaço enevoado, onde ainda não sabia quantas pessoas, além dela mesma, Tristão e a mãe dele, estavam presentes. Os cômodos eram de algum modo vários, em níveis diferentes; ela já visitara um que servia de banheiro; o piso, um pedaço instável de compensado acima de um rego ofuscante de nua terra cor de laranja, onde excrementos e urina corriam e desapareciam no terreno de outro posseiro. A voz da mãe de Tristão, pastosa e pesada, vinha não de um ponto definido, mas de um canto, o mais escuro e mais protegido do tempo, onde o chão se tornava irregular, mostrando pálidas formas de elevações e depressões, como as que a luz desenha numa distante cadeia de montanhas.

A mãe, Isabel soubera, chamava-se Úrsula. Úrsula Raposo. A mulher fora acordada, na noite anterior, pela esbaforida entrada deles. Tinha sido uma longa corrida pela encosta do morro da Babilônia acima. Após os enluarados ziguezagues dos becos do morro, o interior do barraco era tão escuro quanto um tinteiro. Um fósforo fora aceso, aproximado do rosto de Isabel o suficiente para sapecar-lhe os cílios compridos e depois apagado, num bafo dos vapores da aguardente de cana.

"Essa menina branca é de alguém?", perguntara a voz ligada ao fósforo e ao bafo. "Por que roubou ela?"

"Roubei não, mãe. Salvei. O tio ia mandar ela pro pai. Ela não quer ir. Quer ficar comigo. A gente se ama. Ela se chama Isabel." Tudo isso Tristão sussurrara, com urgência, a centímetros do ouvido de Isabel.

A escuridão grunhiu, e depois farfalhou de repente, causando um deslocamento de ar. Por um estalo úmido perto de sua cabeça, Isabel depreendeu que Tristão fora atingido por um punho. "Trouxe dinheiro pra mim?"

"Um pouco, mãe. O bastante pra cachaça da semana."

Ouviu-se um farfalhar menor, tipo papel, a agridoce nuvem de álcool, com o calor do corpo a ela ligado, afastou-se, e Isabel sentiu a forte mão do amante puxá-la de leve numa direção onde ela mal ousava pisar, pois o chão era irregular e cheio de coisas, e a escuridão, ainda absoluta. Coisas — escorpiões ou antenas de gigantescas centopéias — roçavam-lhe os tornozelos, e a certa altura ela meteu o cotovelo num instável suporte de madeira que Tristão tinha derrubado, ainda segurando a sua mão. Ela sentia nele a tensão do embaraço, por tê-la ali em sua casa.

"Aqui, Isabel", ele disse; a tensa mão puxou-a para baixo, para um espaço estreito onde a terra nua era coberta de volumes duros, duras mochilas recheadas, a julgar pela leve fragrância, com o que poderiam ser flores secas ou esqueletos de criaturas muito pequenas e delicadas. Estendendo seus próprios ossos delicados, e julgando-se agora livre de perseguição como um cadáver no túmulo, ela gemeu na antecipação do prazer.

"Cala a boca", rosnou imediatamente a voz de Úrsula, bem junto, pareceu, do ouvido de Isabel, embora eles houvessem tateado até uma boa distância, em meio àquela escuridão arfante, prenhe de outras formas e presenças. Também perto, ouvia-se um ronco baixo, ou uma sobreposição de vários pares de pulmões ritmados, e a mãe de Tristão se pôs a cantar, incoerentemente, baixinho, sem cessar, o canto subindo e descendo, mas recusando-se a chegar ao fim. O som não era desagradável, e fundia-se com o murmúrio do outro lado das invisíveis paredes do barraco, as conversas e passos mais abaixo na favela, o barulho noturno dos carros do Rio ainda mais abaixo, o tinir e o pulsar do samba, primeiro de um lado, na cidade lá embaixo, e depois de outro, mais acima no morro, como se até os anjos participassem do Carnaval.

Por mais perigosa que fosse sua situação, Isabel sentia um sono gostoso, após a agitada fuga de Ipanema, a corrida pela praia de Copacabana e a longa subida do morro, de onde pendia a favela, como uma avalanche congelada ao luar. O corpo de Tristão era teso e vigilante a seu lado, e ele lhe tinha dado, como travesseiro para a cabeça, um trapo acolchoado recendendo ao suor de outra pessoa; um espaço intestino fechou-se em torno dela, rumorejando com o sangue e o báfio daquela onipresente mãe bêbada.

O amante estava tenso e inquieto, e pusera entre os dois, com várias arrumações ansiosas, o que tinham carregado morro acima, as duas mochilas esportivas contendo as roupas dela e os caros tesouros que haviam roubado do apartamento do tio Donaciano — a piteira de prata, uma cruz de ouro cravejada de jóias, outrora roubada de uma igreja do século XVIII em Minas Gerais e vendida ao tio por um antiquário, e um maço retangular, atado com muitas tiras de borracha, de notas de dez mil cruzeiros, que haviam encontrado enfiado entre a perfumada roupa de baixo dele — em tom pastel, a roupa de baixo mais parecia de mulher, observara Tristão, espantado. Quanto mais ele comprimia as mochilas entre os dois, mais os ângulos duros do botim enterravamse na carne de Isabel; as pontadas pareciam dizer-lhe que deixara para trás a infância protegida, embarcara na estrada da mulher, uma estrada de sofrimento. A errante cantiguinha bêbada da mãe de Tristão dizia-lhe a mesma coisa. Mesmo assim, nada conseguiu impedi-la de dormir, dentro daquelas quentes entranhas da miséria, com o marido (era assim que ele lhe parecia agora) a revirar-se tenso ao lado, tramando o futuro dos dois numa escuridão de breu.

Quando ela acordou, o dia já se anunciara nas facas azuis de luz suspensas acima, cada uma com sua auréola de fumaça. Alguém cozinhava — uma menina, de doze ou treze anos, agachada junto a um fogo sobre o qual se colocara uma tampa de tambor de óleo à guisa de chapa, perto da porta esfarrapada, para pegar a ventilação. Isabel reconheceu os cheiros de café e angu, papa de milho feita sobretudo com água e sal. Outros corpos mexiam-se; ela reconheceu, daquele dia na praia, a forma atarracada de Euclides, que entrava na luz cinzenta do amanhecer. Ele olhou na direção dela, mas não pareceu vê-la. Tristão mostrou-lhe o cômodo de onde os excrementos desciam morro abaixo. Após a noite agitada, ele parecia mais magro, mais velho, como um pedaço de carne defumada, o negro da pele mais baço. Isabel ficou triste ao ver que o fato de tê-la revelava-se tão cedo, para ele, um fardo consumidor.

Agora pensava, em sua inocência, que, se pudesse fazer uma aliança com a mãe dele, isso diminuiria o fardo do rapaz. Úrsula continuava na cama; um homenzinho deitava-se ao lado dela no colchão de palha largo, sujo e malcheiroso, ainda inconsciente, o rosto grudado no flanco da mulher como uma sanguessuga negra. Seus cabelos assanhados mostravam fios grisalhos; ele tinha o rosto oculto pelo grande seio moreno caído para o lado, no rasgado vestido de algodão de Úrsula. A pele dela tinha um bistre de lodo, sem nada do azulado brilho africano de Tristão. O azul devia vir do pai desconhecido. A bebida amarelara e coalhara o branco dos olhos de Úrsula, e faltavam-lhe alguns dentes. "Menina branca, que é que você quer aqui?", ela perguntou, vendo Isabel parada a seus pés.

"Foi Tristão que me trouxe. Minha família queria separar a gente."

"Pessoal vivo. Vocês dois são doidos", disse Úrsula, ainda sem tirar os olhos coagulados do rosto da loura intrusa, tentando calcular que vantagem para ela própria podia resultar daquela visita.

"A gente se ama", Isabel anunciou. "A gente quer viver junto pra sempre."

A mãe de Tristão não sorriu; suas feições mal-humoradas afundaram mais um pouco na raiva. "Esse lixo meu não tem direito de amar porra nenhuma."

"Ele é lindo", disse Isabel à mulher, falando do próprio filho dela. "Eu me sinto incompleta quando não estou com ele. Não posso comer, não posso dormir. Esta noite eu dormi como um bebê." Mais que um bebê, pensou consigo mesma: como um feto. "Eu te amo, Úrsula", ousou confidenciar, "por ter trazido ao mundo um menino — um homem — tão lindo." Estava decidida a tirar daquele rosto moreno lodoso aquela estúpida hostilidade e conquistar seu reconhecimento da maravilha que era o amor dela e de Tristão.

"Porra!", a mulher exclamou obscenamente, mas arreganhando os dentes. Como para sufocar o esgar, com suas patéticas falhas banguelas, enfiou nos lábios a garrafa sem rótulo que jazia no meio da confusão da enxerga. Quando Úrsula fechava as pálpebras, a beleza voltava a cobrir-lhe o rosto, a beleza de Tristão, de um sol eclipsado. Embora o corpo houvesse ficado obeso, uma simples massa esponjosa, a cabeça era oval e pequena, sob um milharal embaraçado. No rosto, um errático desenho de cicatrizes — não simétricas e significativas como as de Maria — atestava velhas surras e ferimentos.

Tristão, que andara se escondendo desse confronto entre Úrsula e Isabel na parte do barraco por trás da áspera coluna de madeira que sustentava o telhado de zinco e dividia o espaço numa imitação de aposentos, adiantou-se então. "A gente não vai ficar aqui, não, mãe. É nojento demais."

Talvez perturbado pela reverberante voz masculina, o homem que dormia rolou de costas, exibindo uma boca babosa; Úrsula, com o braço livre, torceu a cabeça dele de volta a seu seio, onde com um barulho de mastigar ele voltou a imobilizar-se. "Lixo com grandes idéias é que me dá nojo. Quanto você acha que os pais ricos dela pagam pra ter ela de volta?"

"Um bocado, tenho certeza", disse Euclides, que estivera falando com a menina junto ao fogo. A Isabel, ele perguntou: "Cadê sua amiga Eudóxia? Ela e eu tivemos um longo papo, na caminhada pela praia até o Leme, sobre comunalismo católico versus marxismo. A gente chegou à conclusão de que os dois eram quixotescos".

"A família levou ela pra serra", disse Isabel. "É uma típica garota burguesa, com muito papo corajoso, mas nenhuma coragem pra enfrentar a vida."

Euclides entrecerrou os olhos e disse: "Coragem demais vira amor à morte".

"A gente se ama", disse Tristão à mãe. "Estou pensando em tomar um ônibus pra São Paulo e arranjar emprego lá na indústria automobilística, com a ajuda de meu irmão Chiquinho. Mãe, eu preciso do endereço dele."

Era a primeira vez que Isabel ouvia falar de um terceiro irmão. A mãe pareceu ausente, mas depois apertou os olhos como para mostrar esperteza. "Outro lixo", disse. "Nunca manda um tostão pra casa, e já está um homem rico, fazendo esses fuscas que todo mundo tem aí. Se o curandeiro tivesse me dado uma droga decente, nenhum de vocês, lixos, estava sobrecarregando a Mãe Terra."

A menina junto ao fogão de lata perguntou então: "A gente dá comida pra *ela*? Só deu oito bolos".

"Dê o meu pra ela", disse Tristão.

"Não, você precisa de sua força", disse Isabel, embora na verdade se sentisse fraca de fome. Aquela tonteira, aquela salivação incessante — será que os pobres viviam com tais sensações o tempo todo? Contou as pessoas no barraco, e viu que havia seis, incluindo o homem ainda a dormir.

Tristão viu a rápida olhada dela e leu seus pensamentos. Explicou: "Tem também a vó".

Do meio de um monte de tapetes, sacolas e sombras, na outra ponta do barraco, levantara-se uma simpática e sorridente mistura de trapos escuros e ossos; uma velha emaciada, com um lenço turquesa enrolado na cabeça como um turbante, adiantou-se arrastando os pés, tocando as paredes remendadas para orientar-se. Os olhos não tinham íris; era cega. Pele rachada como terra negra após uma longa seca.

"É sua mãe?", perguntou Isabel a Úrsula. Embora a outra não lhe desse nenhum encorajamento, sentia-se impelida a aproximar-se dela, como uma instrutora potencial na nova arte de ser mulher.

"Minha mãe, eu não tive porra de mãe nenhuma", veio a resposta, num murmurado monótono. "A velha vó diz que é mãe de minha mãe, lá na Bahia, mas quem pode provar? Ela fica aqui, não tem pra onde ir, todo mundo vem pra cá, se amontoando pra viver da minha buceta. Eu gasto a pobre da minha buceta por lixos como esses aí." Dobrou furiosamente o flanco, fazendo com que o homem a ela agarrado se soltasse e tornasse a cair de costas. Ele abriu ligeiramente os olhos, que pareciam os de um lagarto quando mostra a língua. "Não tem nada no bolso além dos colhões", disse Úrsula a Isabel, e, como se sentindo sua necessidade de instrução: "Obrigue sempre eles a pagar antes de fazer qualquer porra, e no cu é mais caro, porque machuca".

Com a vó somavam sete. Ainda sobrava um bolo, calculou Isabel. Ela e Tristão podiam dividi-lo. Sua fome parecia um objeto sólido, visto através do véu transparente da vida em redor. As próprias paredes do barraco, com seus vagos fachos azuis da luz do dia, pareciam transparentes, como os sons da favela que acordava, o rugido do trânsito do Rio lá embaixo e a pressão vertical do sol matinal, cada vez mais intensos. No canto de onde surgira a parte de cima do corpo da vó, dois outros corpos, de um homem atarracado e de uma mulher já passada da primeira juventude, mas ainda não velha, ergueram-se e saíram tateando pela porta fumarenta para o ar livre, cada um pegando habilmente um bolo na passagem.

Isabel estava estupefata por ver no meio de quanta gente dormira tão bem. Aqueles pobres, como animais, haviam desenvolvido uma política de espaço de muito tato. O barraco todo, agora que ela podia avaliar suas dimensões, não era maior que o banheiro principal de seu tio, sem a enorme banheira afundada, a privada com assento acolchoado, com o bidê combinando, as duas pias lado a lado diante do espelho imenso, os dois armários (um para remédios e outro para os desertados cosméticos de tia Luna), a cesta de roupas, os cabides de toalhas, em cima o cabide de toalhas aquecidas, redondo como uma janela de igreja, o boxe do chuveiro, separado com vidros foscos e piso de ladrilhos, em que a gente entrava, o armário onde Maria guardava toalhas dobradas de todos os tamanhos — como uma escada peluda, parecia-lhe quando pequena. Quando crescesse, ia subir aquela escada e tornar-se uma dona de casa como tia Luna, só que com mais toalhas, e mais fofas, e um marido ainda mais bonito que o tio Donaciano.

5
O CASTIÇAL

Armava-se uma briga; Euclides, que tinha parecido um garoto de cara larga tão amável, insistia agora com o irmão em que a posse, por eles, daquela moça branca rica tinha de trazer-lhes alguma vantagem. Tristão pegara as mochilas, as duas embaixo de um só braço, para ter a mão direita livre. A mão repousava no cós do calção, perto de onde Isabel sabia que morava a sua lâmina. "Ela é minha", dizia Tristão. "Prometi a ela que nenhum mal ia lhe acontecer. Você me ouviu prometer."

"Ouvi você, mas eu mesmo não prometi nada. Só fiquei olhando você gaguejando essa loucura. Felizmente pra gente, ela se mostrou uma tola tão grande quanto você. Um bilhete pro pai dela vai render milhões. Dezenas de milhões."

"Quando eu me encontrar com o pai dela, vai ser como dois cavalheiros, não como um ladrão e sua vítima, não como um mendigo e um príncipe."

"Tristão, você sempre sonhou demais. Sempre acreditou em espíritos, em histórias da carochinha. Acha que sua vida é uma história, pra ser contada em outro mundo. Acha que tem anjos registrando tudo lá em cima, mergulhando a pena em ouro líquido. Não há nada, na verdade, além de sujeira e fome e, no fim, a morte. Pelo menos divida o que está nessas mochilas com sua família."

"Só tem as roupas da minha mulher. Minha família agora é Isabel. A mãe da gente chama a gente de lixo, e teria nos matado na barriga, se soubesse como. Você, eu o chamei de irmão, fomos parceiros no crime, mas, agora que tenho um tesouro, você quer me roubar."

"Eu só queria que você dividisse, seu escroto cheio de si. Torne sua mãe rica, pra que ela possa trancar a buceta."

"A riqueza não produz esse resultado, seu cocô de rato. Seu punheteirozinho pegajoso, com esses olhos apertados. A mãe da gente é uma puta. Putaria é só o que ela sabe, é a felicidade dela." Sentindo que Euclides estava suficientemente furioso para atacar, Tristão atreveu-se a olhar a mãe, virando os olhos só uma fração de segundo, para ver se a tinha ofendido.

"Mate ele", ela aconselhou, não falando a ninguém, com a voz flutuante, no transe da pinga, onipresente. "Matem um ao outro e apaguem os erros naturais de uma pobre negra."

"Estou sentindo cheiro de gente estranha nesta casa", anunciou a vó, num português anacrônico que lembrava a Bahia colonial, com suas cortesias e barbaridades.

"Sete pessoas, sobraram seis bolos", anunciou a menina junto ao fogo.

"Pegue o meu", disse Úrsula a Isabel. "Meus dentes só servem pra beber."

"Ah!", exclamou Isabel, surpresa. A polidez mandava que recusasse, mas imperativos maiores prevaleceram. "Quanta bondade sua! Não vou recusar. Obrigada, Úrsula, de todo o coração." Levou um momento para comer o bolo de angu, ainda quente da velha tampa de tambor de óleo. Quando a comida lhe parecera tão boa, em tão instantâneo uníssono com sua essência, aquela ardência nos nervos e nas veias? Deslizando alguns passos à frente, abriu o zíper da mochila mais volumosa sob o braço de Tristão. "Em troca, e em reconhecimento à sua hospitalidade, tenho aqui uma coisa pra você." Decidira rapidamente o que ia dar a Úrsula: um dos castiçais de cristal. Isso deixaria a outra em seu poder, como uma ligação, um juramento. Quando estendeu o objeto de intricadas facetas, o raio de sol de uma das fendas no teto levantou uma espuma de arco-íris, varrendo o aposento como vagalumes iridescentes, obedientes ao torcer do pulso e ao tremor dos dedos dela. "Acho que veio da Suécia, uma terra de neve e gelo. Por favor, aceite, mãe, e me deixe chamá-la assim, porque, embora não seja a minha, é a mãe da pessoa que me é mais cara no mundo, e cuja vida se fundiu com a minha."

Afundada na cama, a mulher bêbada hesitou, os olhos coagulados incomodados pelo brilho do objeto precioso. "Lixo", declarou por fim. "A gente vende, os tiras seguem a pista, cana pra todo mundo. Essa garota está tentando matar a mãe do namorado."

"Leve à loja de Apolônio di Todi, em Ipanema", disse Isabel. "Ele dá um bom preço, e segura pro resgate. Fale o nome Leme."

"Vó, não está sentindo cheiro de armação?", perguntou Euclides à velha adivinha. Aos outros, disse: "Em minha opinião, o orgulho e a vaidade de meu irmão estão complicando as coisas pros que só querem viver humildemente, fora da atenção dos poderosos, não roubando nem se prostituindo mais do que é preciso pra continuar vivo".

Tristão sacou a lâmina com um gesto silencioso e encostou-a no rosto largo e pálido do irmão. "Você merece outra cara", disse, "por cuspir nessa oferta generosa de minha esposa."

No Brasil, as pessoas dizem "esposa" e "marido" não após alguma cerimônia legal, mas quando alguém se sente casado no coração. Esse cerimonioso sentimento chegara para Tristão e Isabel após uma noite passada juntos na absoluta escuridão do barraco de Úrsula.

Euclides disse cautelosamente, mantendo o rosto imóvel: "A gente não está acostumado com esses presentes. Animais como a gente em geral estão salvos dos atos de culpa burgueses. Marx diz que a filantropia doentia é pior do que a opressão direta, saudável, que pelo menos alerta a classe operária pra guerra que existe. Perdoa a gente, Isabel, se somos rudes".

"Finja que roubou o castiçal", disse-lhe Isabel, num tom despreocupado, "se isso alivia seu senso de honra." Percebia que havia rivalidade entre os meio irmãos, e ciúme por sua causa, em parte porque Eudóxia fugira àquele míope e filosófico filho da pobreza, e a reciprocidade fraterna se rompera. "Euclides, me perdoe por tirar Tristão de você."

Na praia, a gente parece livre, nu, ocioso e absoluto, mas na verdade ninguém é livre dos costumes e das circunstâncias; somos todos galhos de um ou outro arbusto, e ganhar uma esposa significa perder um irmão. "Se abracem", ela disse aos irmãos, e ao namorado: "Precisamos ir". A Úrsula, acrescentou: "Fique com meu presente, se preferir, e acenda uma vela por nossa volta numa noite escura".

"Tem buceta demais no Brasil, porra", murmurou Úrsula, como para explicar a pobreza deles, e sua vergonhosa disposição de aceitar aquele presente.

Ninguém tentou impedir a saída deles do barraco, embora a vó, aborrecida por ser ignorada, criasse uma pequena comoção profética. "Azar, azar", gritava. "Sinto cheiro de azar chegando. Tem cheiro de flor, tem cheiro de mata. A velha mata está voltando, vai comer todos os pobres! Oxalá, tende piedade!"

Do lado de fora, num rude banco armado na terra socada, entre sujos fios de esgoto, o casal atarracado tomava sol. Tristão os apresentou como primos, que nos dias de glória de Kubitschek tinham apresentado um número de sexo ao vivo numa das boates do bairro da Lapa, perto do velho aqueduto. Duas vezes por noite, três nas noites de fim de semana, eles atingiam o orgasmo num palco intensamente iluminado, diante de uma platéia gozadora, dispersiva. De repente, parecia, tinham ficado velhos demais para que esse feito interessasse aos outros, e agora esperavam ali uma virada da sorte. Tinham rostos bondosos, enrugados, absortos, como os vendedores de verduras na feira, expectantes e amáveis, mas não insistentes. Isabel se perguntou, com um arrepio interior, se ela e Tristão poderiam acabar como eles, toda aquela felicidade sexual evaporada como os arco-íris na espuma do mar. Quando, de mãos dadas, desceram a íngreme encosta, o mar abria-se enorme à frente deles — um peitoral de metal reluzente —, e podiam ouvir em toda a volta, ligado em eletricidade roubada, o abafado blablablá dos aparelhos de televisão.

6
SÃO PAULO

Tomaram o trem para São Paulo. As poltronas de veludo desbotado soltavam poeira quando os trilhos faziam curvas, e os raios de sol entravam enviesados pelas janelas sujas. Isabel usava seu chapeuzinho de palha, o preto, e o anel do DAR com que Tristão a presenteara. Ele vestia a camiseta laranja desbotada dizendo LONE STAR. Enquanto o trem, parando pacientemente em estações onde ninguém descia, levava Tristão e Isabel para seu futuro, os amantes cochilavam, as cabeças pesadas como sacas de açúcar pousadas no ombro um do outro, as mãos dormentes trançadas no colo um do outro. Acordados, falavam de si. Ainda havia muito a aprender, a conhecer.

"Adorei sua mãe", disse Isabel, "embora ela pouco tenha feito pra me encorajar." Tristão admirava a maneira como, quando ela fazia uma observação que exigia resposta, todo o seu rosto mostrava uma tensão, uma espécie de transbordamento brilhante, como uma gorda gota de orvalho pronta para romper-se e escorrer. A boca nesses momentos franzia-se ligeiramente, fazendo brotar ao longo do lábio inferior uma fila de rugas minúsculas, por baixo da quase invisível penugem.

"Foi lindo o que você fez, mas ela não merece respeito de nenhum de nós. É pior que um animal, pois o animal pelo menos tem instintos maternos. Os pássaros chocam e alimentam os filhos, mas minha mãe não tem mais sentimento por mim do que por um pedaço de seu próprio cocô."

"Acha que ela não gostou de mim? Viu ela contendo as lágrimas quando dei o castiçal?"

"Não vi isso, mas o barraco tem pouca luz."

"Quem era a menina no fogão?"

"Minha irmã, eu acho."

"Você não sabe?"

"Ela apareceu, um dia."

"Já dormiu com ela?"

"Não me lembro. Até conhecer você na praia, não senti nada sério por mulher nenhuma."

"Está mentindo, Tristão. Acho que você dormiu com ela. É por isso que ela não quis que eu comesse nada. Quem foi sua primeira garota?"

"Era uma mulher, uma mulher que me parecia velha, uma colega de minha mãe. Fez com que eu entrasse nela, pela frente e por trás. Eu tinha onze anos. Foi nojento, horripilante. Minha mãe olhando."

"E depois? Depois teve outras, menos nojentas?"

Ele resistiu a falar mais sobre esse assunto, mas acabou admitindo: "As garotas da favela são fáceis de seduzir. Sabem que vão viver pouco e são generosas e atiradas".

"Teve alguma... que você amasse em especial?"

Ele pensou em Esmeralda, os cabelos desgrenhados, as pernas finas foscas, o traço de loucura, como um bicho de estimação estúpido demais para ser treinado, e desejou escondê-la nos labirintos da memória, e sentiu-se culpado por isso. Isabel sentiu essa reserva, e ressentiu-se com ela, e como vingança confioulhe as fantasias de seus tenros dezoito anos com rapazes, filhos dos amigos do tio Donaciano e da tia Luna, rapazes vistos do outro lado da sala de visitas ou na piscina, no calor das férias de janeiro em Petrópolis. Ele adormeceu enquanto ela falava, as largas mãos morenas no colo, as palmas cor de polidor de prata com linhas que pareciam ter sido gravadas. Além das janelas, quilômetros de planície estavam cobertos com as folhas verdes excessivamente vivas dos cafezais.

Quando chegaram à Estação da Luz, em São Paulo, desabou um pesado temporal, lançando cortinas d'água pelas ruas e escondendo em nuvens os topos dos prédios mais altos. As pessoas corriam de porta em porta, com jornais açoitados pelo vento na cabeça, e amontoavam-se nas arcadas da estação, exalando um cheiro úmido de rebanho. A estação era toda de ferro, com sacadas rendadas e muitas longarinas vitorianas. Eles já sentiam que São Paulo não tinha limites; não era espremida entre o mar e as montanhas como o Rio, mas parte do vasto planalto, com um porto na periferia. Gado e café do interior haviam sido canalizados por ali e tornado a cidade rica, cruel e enorme.

Quando a chuva passou, e um fraco sol amarelo dourou as poças e sarjetas ainda a correr, as bancas de jornal onde se viam *O Estado* e a *Folha de S. Paulo* pendurados em cordas como roupas a secar, eles pegaram um táxi e mandaram o motorista levá-los ao único hotel que Isabel conhecia, o Othon Palace, onde dez anos atrás ela passara uma semana com o pai. A mãe já estava morta então, e uma mulher alta se mostrara excessivamente simpática com ela. Trouxera-lhe doces e penduricalhos, e dera-lhe beijos e abraços como uma atriz fazendo teste para o papel de mãe, mas era glamourosa e jovem demais para tanto. Agora, no mesmo hotel, Isabel revelava-se jovem demais para o papel que desejava desempenhar, o de esposa: o recepcionista, um jovem magro com grandes orelhas vermelhas e cabelo empastado partido no meio, olhou para ela e depois para Tristão, a camisa leve de algodão azul — a melhor que tinha — e a bermuda desbotada expondo as longas pernas negras, e disse a ela que não tinham quartos. Ela conteve as lágrimas que lhe ardiam nos olhos e perguntou aonde, então, podiam ir. O recepcionista parecia-lhe simpático, embora tentasse mostrar altivez profissional; lembrava-lhe alguns de seus primos. Movendo os olhos azuis leitosos — de cílios quase brancos, como os de um porco — de um lado para outro, para assegurar-se de que não era observado, escreveu, num papel de recado do Othon Palace, *Hotel Amour*, seguido de um endereço que explicou em voz baixa como encontrar: passando pelo viaduto do Chá até a avenida Ipiranga, depois à direita, e depois muitas voltas complicadas. "Andem rápido", aconselhou, "e não falem com estranhos."

O nome do hotel estava escrito em tremulante néon no crepúsculo, com uma letra manual cuidadosamente inclinada, como as freiras tinham tentado ensinar a Isabel. Sua letra, ao contrário, era vertical e arredondada. O hotel fora a mansão de um fazendeiro de café, com quartos arejados e abobadados, agora subdivididos e mobiliados com materiais sintéticos dos anos 50. A cama era uma simples plataforma, e os quadros nas paredes mostravam pirralhos de olhos aumentados, mas um ventilador pendurado por uma haste no centro do teto girou suas quatro lentas pás ao ligar-se o interruptor, e havia vários espelhos de moldura dourada, uma arca e armários de madeira escura com um cheiro bom. Isabel sentia-se uma mulher sofisticada, guardando suas roupas nas gavetas, acomodando-se no sofá, ligando para a copa, ordenando com voz impassiva que aparecessem comida e bebida. O recepcionista lá embaixo era um gordo ítalo-brasileiro de camisa sem gola, que não hesitara em alugar-lhes um quarto, embora o porteiro mulato, que carregara as mochilas deles, tivesse ficado de mão estendida até que lhe aumentassem a gorjeta, e depois tivesse cuspido audivelmente no chão do saguão ao fechar a porta. Mas os empregados acabaram gostando deles, com o passar dos dias; poucos hóspedes ficavam mais de uma ou duas horas. Num pequeno quintal, um jacarandá que ninguém cuidava atingira enorme tamanho, e ali, à sua sombra, num gasto banco de madeira onde muitas vezes deviam ter descansado o velho fazendeiro e sua esposa, eles tomavam café, quando voltavam das compras, ao meio-dia.

O pacote de cruzeiros era uma tentação e parecia que o melhor seria gastá-lo rapidamente. Foram à região da avenida Paulista e da rua Augusta, e compraram roupas adequadas à vida na cidade. Comiam em restaurantes onde mulheres elegantes se sentavam aos pares diante de mesas pequenas, e conseguiam tomar coquetéis em copos finos sem enfiar o nariz nas fatias de fruta penduradas na borda. Sob as brancas mesas redondas, suas longas pernas sussurravam em meias-calças de seda, expostas até os quadris por minissaias. À volta deles, em altos edifícios de cimento e vidro, erguia-se São Paulo, manifestando o milagre econômico dos generais. Depois de tomar o café da manhã, fazer amor e tomar um banho de chuveiro juntos, o que muitas vezes terminava em fazer amor de novo, Isabel e Tristão saíam para a sacada e eram vertiginosamente saudados pelo abismo abaixo, pelo reluzente mosaico de barulho da rua e pela selva de prédios de concreto ainda manchados da chuva da noite anterior. A vastidão anônima de São Paulo parecia então expectante, uma imensa platéia fascinada, aplaudindo de forma atabalhoada. Isabel sentia por dentro um ego novo, operístico, ambiciosamente feminino.

Servindo financeiramente a Tristão com o dinheiro roubado do tio, entrou numa obsessão de servi-lo fisicamente. O pênis dele, tão pequeno quando mole, um bebezinho com a touca do prepúcio, assustava-a quando se transformava num inhame duro e grosso, a cabeça lavanda e roxos calombos de cartilagens e veias. Ela dominava aquele monstro com seu frágil corpo branco. Os extremos de prazer que proporcionava a ele estabeleciam as fronteiras de sua feminilidade. Viam filmes pornográficos, e ela imitava aplicadamente o que as mulheres faziam neles. Sobre a boca já sabia, mas a princípio não pôde acreditar que o traseiro das mulheres pudesse ser usado como via nos filmes. Tristão achava essa prática nojenta, mas ela insistiu. Após algum tempo, sim, sentiu alguma coisa além da dor, uma iluminação de suas profundezas. Também aquilo fazia parte de seu ser, uma fronteira sondada. A submissão era uma escuridão da qual reemergia purificada.

"Sou sua escrava", disse ao amante. "Me use. Me açoite, se lhe agrada. Me espanque, até. Só não me quebre os dentes."

"Querida, por favor." Tristão tinha um sorriso quase afetado. Tornava-se meio gordo e efeminado nos gestos. Usava pijama de seda estampada, comprado numa loja da Consolação chamada Krishna. "Não tenho o menor desejo de machucar você. Os homens que machucam mulheres são aqueles covardes demais pra lutar com outros homens."

"Me amarre. Me vende os olhos. Depois me toque de leve, leve, e depois seja bruto. Anseio por um mundo onde só você exista, em toda a minha volta, como o ar que estou constantemente devorando."

"Querida, francamente", muxoxeava o amante, aceitando com relutância todos os favores sexuais que ela idealizava para ele. Cavalgava o inhame dele de costas, enfiava a língua em seu ânus, engolia seu esperma. Após ver várias cenas dessas em filmes, decidiu que Tristão se realizaria possuindo-a em conjunto com outro homem, dois homens se comunicando um com o outro através do corpo dela. Escolheu o porteiro que cuspira no corredor, um garoto moreno de cara larga que lhe lembrava Euclides. Seus olhos amendoados procuravam timidamente os dela, por um meio segundo de interrogação, sempre que ela cruzava o saguão. Corando ao descrever o que queria, subornou-o com dinheiro do decrescente pacote de cruzeiros. Tristão ficou apavorado quando ela descreveu o seu plano, cinco minutos antes de o embaraçado garoto, sem uniforme e com uma camisa comoventemente limpa e uma calça de poliéster, aparecer na porta.

Ela receou que Tristão fosse jogar o garoto para fora, mas, galantemente obediente a ela em tudo, ele deixou que se fizesse o *tableau*, e desempenhou nele seu papel. Em espelhos dispostos pelo chão, Isabel viu sua brancura espremida entre moreno e negro, uma ponte humana recebendo tráfego nos dois sentidos. Mas, mesmo no momento tecnicamente triunfante do duplo clímax, os jatos do estranho abafados em sua vagina, e Tristão explodindo irado em seu rosto, ela sentiu que a experiência fora um erro. Algumas fronteiras eram apenas dela. O garoto, ao mesmo tempo envergonhado e meio cambaleante, ainda esperou um incômodo momento, como por uma gorjeta ou um convite a voltar, e depois saiu, sentindo o perigo no olhar de Tristão. Tinha sido o primeiro outro homem dela.

Tristão mostrou-se magnificamente soberbo após esse *tableau* que ela montara, e nem todas as lágrimas e os frenéticos pedidos de desculpa conseguiram derrubar a fortaleza que ele se tornara. Lá fora, a noite envolvera os infinitos prédios de São Paulo, e só umas poucas e fracas luzes acendiam-se nas janelas, como se cada quarto contivesse um casal brigando, magoado, como eles próprios.

"Você me sujou", ele disse. "Jamais teria bancado a puta desse jeito com um marido de sua própria classe. Acha que, por eu ser negro e vir da favela, não tenho vergonha nem civilização."

"Eu estava tentando *agradar* você", soluçou Isabel. "Vejo na televisão do que os homens gostam. Detestei sentir ele dentro de mim. Eu só estava querendo enriquecer nosso amor, com a presença de uma testemunha. Acha que não me sinto degradada? Mas lhe dar prazer é meu prazer, Tristão."

"Isso me deu pouco prazer", ele disse, inflexível, depois de sentar-se na cama, recostado em todos os travesseiros, dele e dela. Usava só a parte de baixo do pijama de seda, parecendo uma mulher com calças de harém. "Foi você que sentiu o prazer de ser uma puta. Se deixou enterrar na merda quente, com porra dos dois lados."

"Sim! Sim!", ela gritou, deixando-se abater, por aquela relevação, sobre a cama ao lado dele. Demonstrou o extremo de sua autonegação não pedindo para a cabeça nem uma ponta de um dos muitos travesseiros dele, esticada como um cadáver numa laje mortuária. "Eu sou uma puta, pior que sua mãe, que tem a desculpa da pobreza."

"Você acha que sou um merda, por causa da minha cor. Como o recepcionista espantado no Othon Palace. Acha que eu venho lá de baixo, onde jamais penetram a ordem e a honra. Mas esperança de ordem e honra tem em toda parte — os espíritos trazem. Todos sabemos o que é ordem e decência, mesmo não vendo nunca."

"Me deixe lamber todinho esse seu corpo angelical, Tristão. Me diga o que fazer pra reconquistar, não digo seu amor, mas a permissão pra continuar sendo sua escrava." Ergueu-se da cama o suficiente para acariciar um dos mamilos dele com a língua. O querido e inútil biquinho endureceu, apesar da fúria senhorial dele.

"Lançamos nossa sorte juntos", ele disse, como se pronunciasse sua própria sentença de morte, e bateu-lhe com a mão aberta, afastando o rosto dela de seu peito. "Você abarrotou a buceta; e se ficar grávida dele?"

"Eu não pensei. Queria ele onde não pudesse ver, e você onde eu pudesse ver e sentir o gosto de tudo."

"Então sinta o gosto disto", ele disse, e tornou a bater-lhe, mas com a mão aberta, para não deixar marca, ao contrário das mulheres em cujas faces encostava a lâmina. Como prometera, não ia lhe fazer nenhum mal. Naquela noite bateu nela, mas judiciosamente, nos braços e nas nádegas, e fodeu-a, alternadamente, com ela agarrada à dureza dele em renovadas convulsões de masculina vitalidade.

"Se cometi um erro", ela afinal se atreveu a implorar, durante aquela noite de mútuo aprofundamento um no outro, "foi por amor a você, Tristão. Não sei mais ser egoísta."

Ele fungou no escuro, sacudindo a cabeça dela encostada em seu peito. "Para um homem, amar, abrir as defesas numa guerra de tudo contra todos, isso é não egoísmo", disse. "Para uma mulher, amar é egoísmo, está na natureza dela; dar e receber é a mesma coisa pra ela, como o mete-e-tira da foda é tudo a mesma coisa para o homem. Amar é necessário para ela, como odiar é necessário para o homem."

Humilde e agarrando-se na escuridão (que no entanto, no quarto de hotel de teto alto, não era absoluta, com a luz de São Paulo em volta penetrando, como a tela de televisão continua a fulgir depois de desligada), os machucados queimando no corpo como beijos de feras de lábios ardentes, ela pensou: Deus, pode isso ser verdade, este amor jorrando para fora como leite por todos os poros é o que temos, em vez da passageira felicidade da ejaculação do homem, do breve e viscoso gozo que o faz gemer como ferido? Era breve e dirigido, em comparação com o indetível jorro da mulher. Aquele dar, aquele despojar-se, aquele vapor de amor subindo do lago dela era também uma voluptuosa alimentação, pois o amor toma em si todos os detalhes do amado, como os lendários canibais amazônicos comem o cérebro uns dos outros. Só dizer o nome dele, afundar a voz no som nasal final, já lhe proporcionava um prazer voluptuoso. Durante aquela longa noite, em que mal dormiu, despertada mais de uma vez pelo renovado vigor do ultraje de Tristão, que bombeava esperma dentro dela para perseguir e matar o do outro, o do garoto embaraçado, Isabel aprendeu, com a ardente avidez dos jovens amantes por acumular lições, o seguinte: a chama suave e baixa que ela havia acendido nele, que iluminava o rosto e o nome dela mesmo quando ele dormia, não podia ser apagada, apenas agitada, como uma vela votiva quando se abre uma porta na outra ponta da igreja, por quaisquer fatos que alcançassem o resistente e flexível corpo dela. Um dia, breve, previu silenciosamente, ele próprio iria sugerir que chamassem de novo ao quarto o porteiro.

7
CHIQUINHO

Tristão começou a sentir-se nauseado, como se estivesse vivendo numa dieta de doces. Ia sentir-se bem quando o pacote de cruzeiros acabasse e os dois fossem lançados no mundo, tendo ele como defensor. Preparando-se para esse dia, intensificou a busca ao seu irmão Chiquinho. Não lhe tinham dado endereço nenhum, e a cidade era um grande labirinto, sem mar nem montanhas pelos quais se orientar. Vastos bairros abrigavam apenas japoneses; outros, italianos; havia até bairros de judeus e árabes, com letreiros em alfabetos ilegíveis. Havia menos negros que no Rio, e o clima era mais inclemente, não temperado pelo mar; violentas tempestades e rajadas de vento varriam a cidade, vindas do oceano de terra a oeste. Tristão não mais se sentia como um predador errante em seu próprio território, embora assaltasse uns poucos brancos visivelmente otários com sua lâmina, para se manter em forma. Sentia-se inibido, sem jeito, uma presa potencial das imensas forças ali reunidas.

As pessoas não passavam a manhã toda na praia, como no Rio, mas corriam a cidade com a eficiência dos europeus, vendendo coisas umas às outras, produzindo negócios com a excitação dos cariocas produzindo paqueras — homens de terno escuro marchando aos três e quatro pelas calçadas, gesticulando e gritando com excitado amor uns pelos outros e pelos negócios. Só aqui e ali, nas prostitutas de rosto vazio, de tocaia com suas pernas compridas na rua dos Andradas, ou nas velas escorrendo cera aos pés da grande e tosca estátua da Mãe Africana, perto do viaduto do Chá, a cidade traía o fato de que a verdadeira vida, a vida do êxtase e dos espíritos, persistia por baixo da pressa dos negócios. Tristão comprou mapas de São Paulo, mas não encontrou dois iguais; os roteiros de ônibus serpeavam como cobras torturadas, e quando ele emergia, enjoado das curvas e oscilações, estava indo para o sul, quando pretendia ir para o norte. Apesar disso, deixando Isabel a curtir no sono o amor da noite, ou imersa num romance sentimental, chegou aos bairros operários — intermináveis casas amontoadas, pouco maiores que os barracos do Rio, mas construídas de material mais sólido e em terrenos retangulares, e monótonos galpões industriais, prédios que denunciavam trabalho mas pareciam vazios e ociosos, como se o trabalho se desse em grandes ritmos, como o clima, a seca mais comum que a enchente. Por trás das paredes lacradas, ele ouvia os sons das rápidas máquinas tecendo, batendo, misturando, comprimindo, tampando. Entre aqueles prédios — irregularmente dispostos, com algumas janelas escuras parecendo dentes ausentes — havia trilhos enferrujados, de ferrovias onde nenhum trem corria, e espaços cercados onde enigmáticos blocos de concreto e caixas de madeira se deterioravam aos poucos, retornando à natureza. Em esquinas aleatórias, pequenos centros comerciais, compostos de mercearias e bares, barbearias, dentistas, quiromantes e lojas de sapateiros, sobreviviam precariamente, alimentados por um pinga-pinga de fregueses que, comparados com os pobres do Rio, pareciam a Tristão desconsolados e sujos, mal vestidos e tristes — um proletariado. Ele parava algumas dessas pessoas e perguntava se conheciam um sujeito chamado Chiquinho; ninguém conhecia, e riam dele por achar que um único nome podia pescar um homem na vastidão de São Paulo, a maior cidade da América do Sul. Chiquinho Raposo, ele dizia, e mesmo assim eles sorriam. Havia centenas de Raposo, diziam. Desconfiavam dele, um negro bem vestido, com sotaque carioca, que transformava o som do *s* num espumante e fofo *ch*.

O irmão maior deixara a favela quando tinha onze ou doze anos, e Tristão, nem seis ainda. Tristão lembrava-se apenas de uns tristes olhos claros e de um pescoço fino de doer. Chiquinho passara pelas luzes e sombras de suas existências com a aparência de uma frágil abstração; movia-se sem elasticidade, as mãos abanando desajeitadas nas pontas dos braços ossudos. Sem dúvida estaria irreconhecível, depois de treze anos.

Mas na verdade não mudara: um dia, Tristão o reconheceu sem nenhuma dificuldade, na larga calçada diante do hotel. "Irmão", disse o homem alto e magro, sorrindo. Parecia estar à espera.

Chiquinho, com uma cor marrom-clara de ladrilho de pátio barato, era decididamente mais claro que o irmão; o pai devia ter sido branco, ou mais provavelmente mulato, cujos frios olhos de alumínio olhavam por entre pálpebras enrugadas; desde que Tristão o vira, ele passara da adolescência para a idade adulta; tinha pequenas rugas secas nos pontos onde o hábito de entrecerrar os olhos e caretear esticara a pele. Até o fino pescoço de Chiquinho tinha rugas, como um pano torcido para secar. "Ah, eu andava procurando você!", disse-lhe Tristão, após o abraço.

"É, eu soube que andou perguntando", disse Chiquinho. "Mas eu nunca estava no lugar exato onde você perguntava. É um milagre a gente se encontrar numa metrópole desta, onde todo dia chegam centenas de pessoas." Falava de um modo pensado que não era desagradável, a boca movendo-se sem que o olhar cinzento mudasse.

"Chiquinho, eu não estou só. Agora tenho uma esposa, uma companheira, e preciso de um emprego na indústria de automóveis."

"Eu não estou mais na fábrica de fuscas. Entrei numa coisa nova, eletrônica. Mas minha educação é deficiente demais pro trabalho, por isso estou preso no mais baixo nível, limpando a fábrica pra que não fique nem um cisco. Na coisa complicada que a gente fabrica, que resolve todos os problemas matemáticos com um raiozinho dirigido, um cisco de poeira é como uma pedra no motor de um carro. Dentro da política capitalista esclarecida que suplantou as perigosas experiências de Jango Goulart, tenho o privilégio de chefiar a equipe de faxineiros, enquanto faço cursos noturnos que me educam nos mistérios da nova tecnologia. Mas por que você fala de trabalho? Está vestido como um rico. Mora há dias nesse hotel que cobra por hora."

"Minha esposa e eu roubamos algum dinheiro, mas agora já quase acabou. Por causa do nosso estilo de vida folgado. Venha, precisa conhecer ela; é linda, e uma santa na devoção a mim. Se chama Isabel Leme."

Chiquinho fez alguns gestos desajeitados, abanando as mãos pelo peito, para indicar a camisa esfarrapada. Era uma camisa branca, de mangas curtas, do tipo usado pelos engenheiros, até com o crachá de plástico no bolso, mas o bolso não continha canetas, e o colarinho pontudo estava puído. "Tenho vergonha de me encontrar com ela assim vestido como estou. E você precisa visitar a gente. Eu também tenho uma esposa. Ela se chama Polidora. Aqui está meu endereço, caro Tristão. Nossa rua agora tem eletricidade, e a prefeitura promete esgoto. Tome o ônibus pro Belém, atravesse a Mooca e siga em frente, como vou indicar." Traçou rapidamente um mapa, e marcou para a noite seguinte, acrescentando: "Tem trabalho em São Paulo, mas também muita gente do Nordeste, que puxa os salários pra baixo e não está nem aí pra cortar a garganta dos que ameaçam eles. Mas vou perguntar por aí, em nome de nossa família. Como vai nossa santa mãe?".

"Ela vive, como sempre, maldizendo tudo."

Chiquinho permitiu-se um sorriso e um triste aceno de cabeça. Da calma de alumínio de seus olhos, Tristão depreendeu que a informação não era novidade, e a pergunta fora mera formalidade. Ao se despedirem, Chiquinho enfatizou: "Polidora e eu estamos esperando vocês dois. Não esqueça a esposa".

Tinha sido estranho aquele encontro tão oportuno dos dois, num bairro, Campos Elíseos, onde Chiquinho raramente devia andar. Mesmo assim, Tristão aceitou agradecido e voltou ao hotel para contar a Isabel que a vida real deles juntos — a vida no mundo real, e não naquele quarto alugado — ia começar. Na ociosidade em que viviam, ela se viciara em várias das novelas e seriados de televisão, como *I love Lucy*, e, como Tristão, começava a engordar.

8

CASA DE OPERÁRIO

Com o que lhes restava de dinheiro, eles tomaram um táxi e seguiram as orientações de Chiquinho, num bairro plano recém-urbanizado que se gabava de ter energia elétrica e placas de rua. Embora as ruas não fossem pavimentadas, e estivessem cobertas pelos faiscantes detritos da indústria, e o céu toldado pela fumaça, as casas tinham quintais, varandas e vários cômodos, espalhando-se para os lados sob a cobertura de telha vermelha. Chiquinho, na porta, parecia mais frágil que nunca, o sorriso de boas-vindas um talho apertado no rosto, a cabeça precária no pescoço fino. A esposa, Polidora, como uma bola de pão recém-assado, era redonda e esponjosa, de um moreno dourado tostado; os cabelos tinham sido rinsados, penteados e armados como uma rígida colméia. Olhos redondos e ansiosos, sobre os quais, como para combinar com os cautelosos olhos entrecerrados de Chiquinho, ela mantinha as pálpebras meio abaixadas. Tinha o gordo rosto esperto perolado de um suor que Tristão atribuiu à beleza e ao prestígio da bela convidada; cumprimentou Isabel com um abraço excessivamente familiar e depois puxou-a, não soltando a mão gordurosa da fina mão branca da moça, para um aposento maior, além do ladrilhado saguão de entrada, Tristão seguindo atrás com o braço ossudo de Chiquinho determinadamente trançado no seu. Nesse segundo aposento, dois homens de ternos cinza-prateados levantaram-se e apontaram revólveres para os convidados.

Tristão lembrou-se da lâmina, mas compreendeu que não tinha nem isso. Ele costumava trazê-la no bolsinho de moedas do jeans boca-de-sino que ele e Isabel haviam comprado numa loja chamada Rainbow, mas naquela noite, ao se vestirem no hotel, haviam decidido que uma calça tão informal poderia parecer um desrespeito a um pequeno-burguês como aparentemente se tornara o seu irmão, e ele optara por uma camisa de seda frouxa, com abotoaduras francesas nos punhos malva, e uma calça creme de linho, com mocassins de borlas. Por isso não trouxera a lâmina. Mas que poderia uma lâmina contra dois revólveres?

O mais velho dos dois homens, um sujeito corpulento e elegante, que ficara grisalho e melancólico a serviço dos ricos, gesticulou com o cano cinzento para que se sentassem no sofá, um sofá-cama encostado numa parede amarela, enfeitada com dois papagaios de gesso, baixos-relevos vistosamente esmaltados combinando com as molduras de gesso redondas. As caudas e os bicos dos papagaios vazavam as molduras — um capricho do artista, pedindo ao espectador que considerasse: o que é realidade e o que é artifício?

No sofá, Tristão sentiu o corpo de Isabel tremendo contra o seu como o de uma mulher no cio, que joga a vida num momento de entrega sexual. Ele afastou toda idéia de que fora aquele corpo, desde o começo, que o levara ao vexame e ao perigo, e passou o braço em torno dela, para protegê-la com seu corpo se necessário fosse. Embora também ele estivesse tremendo, tinha a mente muito clara e rápida, a eletricidade despertada pela emergência correndo pelas bifurcadas trilhas das possibilidades. Tudo que se dizia agora ele já compreendera num relâmpago.

"Não se assustem, amigos", disse o homem triste, de têmporas elegantemente grisalhas e medido bigode grisalho. "Só estamos aqui pra acompanhar a jovem até o pai dela em Brasília. Há um vôo que sai de Congonhas pouco depois das dez; até lá temos bastante tempo. Achamos que vocês chegariam atrasados, como está na moda. Vamos tomar um drinque."

"Eu cuspiria no copo oferecido pelo judas do meu irmão", disse Tristão. A Chiquinho, diretamente, perguntou: "Como você justifica para si mesmo essa traição?".

Chiquinho agitou os braços pelo peito como se afastasse

moscas sem usar as mãos. "Essa relação é degradante pra você, irmão. Você perdeu o fio; está mole e liso, como um gigolô. É melhor que seja eu a trair você, e não essa garota platinada. Os ricos sempre voltam pros seus. O dinheiro que o pessoal dela deu por minha colaboração vai financiar minha educação; vou me tornar engenheiro eletromecânico diplomado!"

A querida carinha de macaca de Isabel contorceu-se com a tensão entre a indignação e as lágrimas; mas o corpo dela junto ao de Tristão no sofá canelado parecia, sob o braço dele, curiosamente lasso. Alguma coisa nela havia relaxado. Nossos egos profundos acolhem bem as nossas catástrofes. A educação dela própria estava indo além dos truques sexuais e das novelas durante o dia. "Como soube da gente?", perguntou em voz baixa a Chiquinho. "Foi Úrsula?"

Tristão sofria por ela, pois sabia que, ao decidir amar sua pouco amável mãe, Isabel se impusera uma tarefa de imensa perversidade. Amar a mãe dele era invenção dela, o primeiro rebento vulnerável do casamento deles.

"Ah, não, senhorita", respondeu Chiquinho, como por caridade. "Nossa santa mãe vive abaixo do nível da eletrônica, da comunicação com o invisível. Desde que, aos catorze anos, lhe impuseram a idéia de vender o próprio corpo, ela não teve mais nenhuma idéia lucrativa. Foi Euclides quem me avisou, através de nosso correio nem sempre pouco confiável, que Tristão estava vindo pra São Paulo com um tesouro. A princípio esperei que ele me encontrasse, mas a vastidão da cidade derrotou ele. Por isso fui eu que encontrei ele. O Othon Palace foi sugerido como uma possibilidade, e o recepcionista de lá foi útil. Ele se lembrava de vocês dois. Me pediu para assegurar a vocês que o motivo de serem recusados lá não foi preconceito racial da parte dele, mas respeito pelos sentimentos dos outros hóspedes, muitos dos quais vêm do exterior, de sociedades menos tolerantes."

"Que vai acontecer com Tristão?", perguntou Isabel, com um arquejo de pânico que a deixou de boca aberta, exibindo os dentes de pérola, a língua de veludo. Sua mente, acostumada à lógica da riqueza e do poder, captara mais rapidamente que Tristão o problema que a pessoa dele apresentava: entregue a si mesmo, ia criar encrenca. Podia ir procurar a esposa em Brasília, podia tentar seqüestrá-la, podia até mesmo — idéia grotesca! — ir à polícia. Sentindo o pânico dela, Tristão via agora que a maneira mais segura de encerrar a sua ligação com Isabel era alguém matá-lo. Como se ligassem uma corrente elétrica, ou como se uma daquelas súbitas e terríveis tempestades de São Paulo houvesse escurecido a atmosfera, fazendo tudo aparecer em negativo, com sombras brancas e as paredes de gesso pretas, viu como a silenciosa presença das duas armas alterara por completo a sala. A morte, aquela coisa remota, impensável, fora trazida abruptamente para perto, para um ou dois passos de distância, dando a tudo uma textura fina, permeável. Todas as linhas da sala, dos cantos escuros às costuras do sofá canelado e aos ladrilhos hexagonais da cor da pele de Chiquinho, arrumavam-se numa nova perspectiva; introduzira-se uma solenidade que fazia todos falarem baixo, e gestos corriqueiros eram executados com sonambúlica pomposidade. Polidora trouxe uma bandeja com drinques — sucos amarelados em copos longos para os que não queriam álcool e, para os outros, caipirinhas, feitas com cachaça, limão, açúcar e gelo picado. Isabel pegou uma caipirinha, para afogar as emoções; Tristão, um suco, para o caso de precisar pensar com clareza. Da cozinha vinha um cheiro bom de carne cozinhando.

O pistoleiro mais jovem, sem bigode nem têmporas prateadas, respondeu a Isabel, de um modo confortador: "Ele vai ser meu amigo. César acompanha a moça a Brasília, e eu fico aqui com o rapaz, que a princípio vai estar naturalmente com a mente tomada por idéias de resgate e vingança. Esta casa é ampla; podemos ser todos felizes aqui, por uma ou duas semanas, até que a moça esteja segura de volta à influência do pai. Eu me chamo Virgílio", acrescentou, para o casal no sofá, com uma pequena curvatura que não baixou o ângulo horizontal do cano do revólver.

Polidora protestou: "Senhor, duas crianças já dormem aqui".

"Madame, a senhora vai ser paga."

Isabel explodiu: "Eu *nunca* vou me submeter de novo ao meu pai! Já sou mulher, tenho meu próprio papel no mundo.

Toda a minha vida, desde que minha mãe morreu, quando eu tinha quatro anos, eu passei sem pai — ele me deixou aos cuidados do irmão playboy!".

César, escandalizado, sentiu-se levado a defender o patrão, e talvez todos os homens, inclusive ele, de grisalha meia-idade, que compreensivelmente não podiam atender a todas as exigências que convergiam para eles. "Senhorita Isabel, seu pai é um homem importante, que dedicou a vida ao governo do país."

"Então por que nada parece ter governo? Os pobres continuam pobres, e os ricos governam com armas." Como se cumprisse a profecia do tio sobre seu radicalismo, ela se levantou rebeldemente e provocou os pistoleiros: "Por que devo fazer o que vocês mandam? Vocês jamais iriam me machucar — meu pai tiraria a pele de vocês".

Cortesmente, César concordou. "É verdade. Mas o mesmo não se aplica ao seu amigo negro — seu marido, se assim quer. O mundo não vai sentir falta dele. Só a senhorita. A morte dele não deixaria a menor ausência nos registros, já que sem dúvida fugiu do alistamento militar. E se ele não é refém suficiente pra conquistar sua cooperação, pense em nossos anfitriões" — o cano do revólver voltou-se para Chiquinho e Polidora, de pé à espera para servir o jantar a todos — "e nos dois filhos deles. Essas crianças podem voltar da rua e encontrar os pais mortos, e, embora essas mortes fossem notadas, nossa polícia está com excesso de trabalho, e não encontraria os assassinos. Não pense que essas ameaças são fanfarronadas. A realidade é cada vez mais estatística, e num país grande como o Brasil nós somos estatísticas muito pequenas."

Foi a vez de Chiquinho protestar: "Foi minha informação, voluntária, que trouxe vocês aqui, e agora vocês ameaçam minha vida!".

Virgílio lhe disse: "O homem que trai o próprio irmão merece morrer". A Tristão, acrescentou, com um sorriso que revelava cativantes dentes irregulares, sobrepostos como pés num passo de dança: "Vê que amigo bom e leal eu já sou? Às vezes é melhor um irmão espiritual que um irmão de sangue".

Isabel, de pé, parecia esticada e torcida, como se puxada

por fios invisíveis; era estranho, refletia Tristão, como os dois revólveres cinzentos, parecendo lápis, retraçavam o espaço da sala, reduzindo a infinidade de possibilidades a poucos túneis rasos de distorcida opção. Todos os espíritos haviam-se tornado muito tênues, andando nos cabos tesos da situação. Isabel disse, então, calmamente: "Se vou ser levada ao meu pai, preciso pegar minhas roupas. Estão lá no hotel. Não dá tempo pra comer se temos de estar em Congonhas às dez. Temos de ir já", disse a seu novo acompanhante, o paternal e grisalho delegado do poder que determinara sua formação.

"É isso mesmo", disse César, satisfeito. A Polidora: "Sentimos muito. A feijoada está com um cheiro excelente; meu auxiliar, jovem saudável, comerá a minha parte". A Chiquinho: "Você já está com metade de sua recompensa no bolso. A outra metade depende de continuar com a cooperação e a hospitalidade". A Tristão: "Adeus, amigo. Será um azar para um de nós se nos encontrarmos de novo". A Isabel: "Vamos, senhorita. Como disse, o avião não espera".

Isabel curvou-se e deu em Tristão um lânguido beijo, macio como uma nuvem e quente como o beijo do sol, que dizia: "Não perca a esperança".

Mas poderia ele confiar nela? Sua esposa, de costas, parecia estranhamente à vontade de braço dado com o seqüestrador de ar distinto. No hotel, ela pôs um traje ousado, nem formal nem informal, mudando de roupa duas ou três vezes até encontrar a combinação perfeita para a calça e a blusa casual clássica — respeitosamente elegante, mas não arrogante. Aquela teria sido a primeira saída noturna dos dois como um casal estabelecido, visitando um dos parentes. Talvez tivessem ido longe demais, rápido demais.

Com Isabel ausente, Tristão sentiu-se mais ele mesmo, e, quando Polidora trouxe a panela de feijoada para a mesa, todos relaxaram. Virgílio tirou o paletó cinza e enfiou o revólver no coldre sob a axila, e Chiquinho substituiu os copos longos por garrafas de cerveja Antarctica. Os pequenos sobrinhos de Tristão, Esperança e Pacheco, chegaram das ruas escuras — pirralhos de três e cinco anos, pele tostada e olhos cinza —, e a importuna inocência das crianças contagiou a mesa com alegria. Os olhares dos meninos fixavam-se no revólver de Virgílio, cujo cabo projetava-se do coldre como a traseira de um animal entrando na toca, e, percebendo a fantasia deles, o pistoleiro a encenou, tirando-o e repondo-o como um animal espavorido, imitando o medo do bicho no rosto, os dentes tortos tagarelando: "Fora! Opa! Dentro! Bom".

Quando acabou a cerveja, apareceu a transparente cachaça, e a mesa de quatro adultos transbordou de piadas contra o mundo além das paredes finas e do teto frágil — os outros, os ricos, os poderosos, os gringos, argentinos, paraguaios, os agricultores alemães e japoneses do Sul, com aqueles sotaques ridículos e hábitos insulares, puritanos, obcecados pelo trabalho. O verdadeiro brasileiro, concordaram triunfantes entre si, é um romântico incorrigível — impetuoso, sem senso prático, hedonista, galante e cheio de vida.

Tristão estava tonto e foi para a cama. Os ângulos do quarto ondulavam e adernavam, quase como acontecera sob a magnética pressão dos revólveres. Deram-lhes o quarto das crianças, que foram transferidas para a cama dos pais. Tristão ficou com uma caminha, e Virgílio, com a outra, atravessada na porta para impedir uma fuga. A única janela do quarto era protegida com barras fixas externas contra ladrões, que acorriam para aquele bairro de classe média, de lenta e crescente prosperidade.

Fazia muitas semanas que Tristão não ia para a cama sem ter Isabel ao lado. Tornara-se difícil distinguir o ser dela do dele. Ela ardia dentro dele como um forro de pimenta no estômago, um anseio luminoso a devorá-lo vivo. Estar vivo, percebia, era uma condição relativa, que não valia tudo. Não valia a ausência de Isabel — a xoxota envolvendo umidamente seu inhame duro, a voz batendo em seu ouvido meio desatento, a quente nuvem dos lábios baixando sobre os dele, dizendo *Não perca a esperança*. Ela não era a morte, mas sua brancura tinha a pureza da morte. Ele sufocou as lágrimas, para não acordar o novo parceiro de quarto. E fez planos e, depois, adormeceu.

9

BRASÍLIA

Vistas à meia-noite do ar, as luzes de Brasília desenham a forma de um avião, com longas asas curvas, na vasta lousa negra do interior do Brasil. A cidade parece flutuar no vazio como uma constelação, e depois adernar, como se manobrasse para partir em relação à posição estacionária em que estamos no espaço. A gente aterrissa com um sussurro, como se não fosse em terra firme. O ar no aeroporto é frio, e há um surpreendente movimento de partidas e chegadas, tão tarde da noite, pois esse é um lugar onde pouca gente quer estar, mas aonde muitos têm de ir.

César deu ao motorista de táxi o endereço do apartamento do pai de Isabel, no Eixo Rodoviário Norte, num dos grandes blocos horizontais onde moravam os figurões do governo. As lembranças que ela guardava de Brasília remontavam à infância, quando ouvia o tio Donaciano e seu pai discutirem sobre a decisão do presidente Kubitschek de cumprir a promessa de campanha e construir uma capital no interior. É um antigo sonho brasileiro, dizia o pai, tão antigo quanto o sonho de independência, recuando até a Inconfidência Mineira. Então que continue como um sonho, respondia o tio — se realizarmos todos os nossos sonhos, o mundo se tornará um pesadelo. O acontecimento de que se falava fizera a pequena Isabel sentir-se estranha, como se lhe puxassem o coração para fora do centro, ou como se um terremoto tivesse mudado seu lindo Rio para o mar. Depois, mais ou menos um ano depois, um vôo derrapante, ondulante, num Piper Cub, pousara-a, com o pai, entre montes de barro vermelho revirado e milhares de camponeses pobres do sertão, escravizados como formigas para realizar um plano inescrutável. Quando tornara a voltar com o pai, já se erguiam esqueletos de prédios, gigantescos caminhões amarelos rugiam importantes de um lado para outro por estradas não pavimentadas, e a afundada forma redonda da catedral ganhara sua coroa de espinhos de concreto. Agora o plano se realizara, a capital de pedra fora construída, como uma bela estátua ainda à espera de que lhe soprassem vida. O negro espaço do sertão, a calma vazia da noite inumana ainda dominavam abaixo e acima das luzes esquemáticas, o deslumbrante diagrama no quadro-negro.

Os guardas de segurança no prédio de apartamentos tinham sido avisados da chegada de Isabel, pois os dois — baixos, com maçãs do rosto salientes e com a força compacta dos caboclos — estavam acordados e usando alinhados uniformes verde-oliva. Apesar disso, César insistiu em acompanhar Isabel no elevador até o andar do imenso apartamento do pai, com alas espalhadas como uma miniatura da própria cidade. Ao entregá-la, com sua bagagem, ao criado alto e curvado que os recebeu à porta, César levou a mão branca dela aos lábios e beijou as costas dos dedos, encolhidos e frios de ressentimento. "Agora, faça o que seu pai mandar", aconselhou-a com afeto. "O Brasil tem poucos líderes; os portugueses não trouxeram para o Novo Mundo a disciplina e a austeridade dos espanhóis. Se não fomos tão cruéis quanto eles, simplesmente brutais, foi porque éramos demasiado preguiçosos para ter uma ideologia. A Igreja era tolerante demais; até os conventos eram bordéis." Era o resumo, como de um professor cujo tempo de aula expirou, da aula que viera dando a ela no avião. César era um empenhado autodidata: fazia questão de ler pelo menos um livro por semana, e aprendera a ler em espanhol, francês e inglês. Alemão ainda achava um tanto indigesto. Esperava, quando acabassem seus dias de policial e assassino — "Isso é um jogo para jovens, senhorita; quando a gente fica velho, o coração amolece demais" —, montar uma agência de turismo. Para operar não apenas nas cidades do litoral, veja bem, onde tudo o que os executivos visitantes querem é encontrar uma mulata sensual, mas no interior, onde viúvas ricas e professoras canadenses querem visitar as cidades que constam dos livros de arte, como Ouro Preto e Olinda, reminiscentes de nossa história colonial, e as igrejas do século XVIII, com as esculturas em pedra-sabão do Aleijadinho — "Aleijado e anão, senhorita, filho de uma escrava negra; quem disse que um homem de bem não vai pra frente no Brasil?" —, e, é claro, o fabuloso Amazonas, o teatro de ópera mundialmente famoso em Manaus, e a própria vastidão, que se tornará um atração turística em si mesma, à medida que o mundo fica sem espaço. Só a Sibéria e o Saara rivalizam com a imensidão brasileira, e têm climas deploráveis. Foi por isso que o governo, em sua sabedoria, criou Brasília e está rasgando estradas no meio de todas as florestas virgens — "Estrada é progresso, senhorita, e o homem que pode dirigir por elas é o homem do futuro".

Com toda essa falsa paternidade ressoando nos ouvidos, ainda não destampados do vôo de avião, Isabel foi para a cama em seu quarto, no fim de um corredor comprido e em curva suave. O quarto, mobiliado com uma cama estreita e uma mesa vazia, era "dela", embora em seus dezoito anos não houvesse passado nem cem noites nele. O pai, que acabara de chegar naquele dia de Dublin, estava dormindo, claro. Ela podia imaginá-lo, imóvel como um boneco, com a máscara preta de dormir. Anos de viagem em jatos lhe haviam ensinado a dormir quando queria. Esperava conversar com a filha pela manhã, no café, às nove e meia, explicara o alto criado, um mulato cuja pele apresentava um lúgubre matiz de verde. Uma mulher baixa e roliça, talvez esposa do criado, num engomado uniforme azul de empregada, perguntou a ela se precisava de alguma coisa — uma vitamina, uma pílula para dormir, outro cobertor. O casal — um magro, uma gorda, ambos obsequiosos, mas vigilantes — lembrou a Isabel os traiçoeiros Chiquinho e Polidora, e ela os descartou com cautela, desejando ficar sozinha com sua dor, de cuja amargura queria sentir o gosto e avaliar os limites.

Percebeu que sua rebelião lhe conquistara mais respeito e consideração daqueles que tinham poder sobre sua vida. Assim as autoridades do mundo traem sua fraqueza e covardia básicas, refletiu, enfiando-se nua na cama arrumada, virginal. Estava cansada demais para procurar uma camisola na bagagem. Sua nudez parecia um desafio à cidade retilínea em volta, a prisão no âmago do Brasil, e também uma reunião de seu corpo com o negror de Tristão. Quis rezar pela segurança dele, mas ao pensar em Deus só conseguia pensar nele, naquele negro olhar de desejo e domínio potencial que se fixara nela desde a primeira vez, na praia radiante.

O pai, que se chamava Salomão, era mais velho que o tio Donaciano, e mais forte, embora menor, com uma testa saliente que se curvava ansiosa da calva para a frente, como se ele estivesse derretendo. No café da manhã, usava um robe de seda marrom sobre calças de listras cinza, e chinelos sobre meias de listras pretas, que logo estariam dentro dos lustrosos sapatos de diplomata e político. Isabel percebeu que ela era apenas mais um compromisso no dia dele, logo seguido por outros. O pai já estava absorvido na pilha, junto ao prato, de jornais em vários idiomas; levantou-se para cumprimentá-la com um ar de ter sido interrompido.

"Minha bela filha nômade", disse, como se estabelecesse o tema do encontro. Aplicou-lhe em cada uma das faces, e depois nos lábios, um beijo cuja frieza ela julgava, desde a infância, ter alguma coisa do frio extraterrestre da estratosfera, como a bagagem guardada no porão sem aquecimento de um avião. Ele sempre lhe chegava, em sua lembrança, de uma grande distância global; o apartamento, embora tão lateralmente vasto que jamais (ao contrário do do tio Donaciano) parecia abarrotado com as aquisições, abundava em souvenirs de suas viagens e postos: uma *thang-ka* tibetana de uns vinte centímetros quadrados, a árvore cósmica reluzindo na teia de linhas douradas sobre um campo roxo e verde de antes da Criação, pendurada atrás de uma *coiffeuse* marchetada Luís xv, que suportava um vaso *famille-noire* Ch'ing e uma figura ancestral Dogon, de madeira, do Mali. O apartamento de pé-direito alto do tio Donaciano no Rio tinha grandes telas de pinceladas abstratas à moda atual; o pai preferia pequenas gravuras de cenas e prédios históricos, ou cromos japoneses de duas cores, cuja composição formal negava a violência do tema.

Ele se sentava diante dela à mesa baixa do café, com um enorme tabuleiro de xadrez incrustado. Abriu a sessão: "Espero que tenha dormido bem".

Ela viu que ele estava decidido a dar-lhe todo o respeito e a intensa atenção que daria a um colega diplomata. Apesar disso, os olhos dele piscavam nervosos sobre o jornal de cima da pilha, cujas manchetes falavam de motins, guerra tática e iminente revolução em todo o globo. "Caí logo no sono, pai, pois estava exausta da viagem que seu capanga me impôs. Mas acordei às quatro da manhã sem saber onde estava, e aterrorizada ao compreender que não podia sair — que estava sendo mantida em cativeiro. Quase gritei de pânico. Pensei em saltar para a morte, mas evidentemente as janelas modernistas não se abrem." Escavou a fatia de melão em forma de lua nova, depois de ter consumido um pãozinho com manteiga e três tiras crocantes de bacon. Não tinha mais aquele apetite enfastiado de virgem.

"E aí", perguntou o pai, "continuou acordada?"

"Não", ela confessou a contragosto. "Adormeci por uma ou duas horas."

"Bem, então", ele disse, meio triunfante, e tornou a olhar o jornal de cima. "Nós nos ajustamos depressa às circunstâncias, tão depressa que o espírito julga o corpo um traidor."

"Eu adormeci", ela disse, "porque imaginei que estava de volta aos braços de meu marido, onde é meu lugar."

"Do mesmo modo como é seu lugar o Hotel Amour, fazendo gastos extravagantes e corrompendo o porteiro. Você teve umas feriazinhas, minha Isabel, e eu fui obrigado a trazer você de volta à vida real." Mas falava, ela quase lamentava dizer, com certa delicadeza hesitante, os olhos correndo a avaliar outra manchete, os lábios franzindo-se ao fim da frase, expondo os dentinhos redondos de criança, amarelados pela idade. O pai, ousava constatar pela primeira vez na vida, tinha sido um menino pequeno, fácil de intimidar, pedante em seus planos de vingança. O poder terreno era a sua vingança, e estava se mostrando vazio.

"Brasília dificilmente é a vida real", ela disse, "e o senhor tampouco tem sido um pai muito real para mim. Tem sido para mim uma estrela nebulosa, inabordável, que talvez seja o que um pai deve ser mesmo, mas agora podiam me deixar transferir meus afetos para um homem que explodiu sobre mim como um sol."

As finas pálpebras do pai adejaram de uma maneira dorida. Ele adquirira um tique nervoso na pele de um azul translúcido abaixo de um dos olhos, e um latejamento na cava da têmpora. O olhar, quando conseguia erguê-lo do jornal para o rosto dela, tinha alguma coisa do pesadonho desabamento da testa branca. Comparado com Tristão, parecia informe — a pele fina e descolorida como que interrompida em seu desenvolvimento, os olhos de um débil azul-cinza aguado, o crânio revestido não de uma impenetrável capa de cachos densos e oleosos, mas de lisos fios paralelos, que deixavam ver o couro infantil, o corpo retaco sem pescoço, feito apenas para sentar-se numa cadeira. Contudo, falava com imperturbável precisão e autoridade, como se toda a sua masculinidade tivesse ido para a voz. "Lembra-se", ele perguntou, "de sua visita ao Othon Palace, da senhora que nos acompanhou?"

"Ela tentou ser uma mãe pra mim", lembrou Isabel, "e eu me ressenti disso. Era uma tentativa falsa."

"Eu também senti a falsidade da tentativa dela de se tornar cara à minha filha, e isso contribuiu para o fim do namoro. Numa mulher, pode-se perdoar tudo, menos a falta de jeito; isso fica na mente."

O português dele, comparado com o de Tristão ou o do tio Donaciano, tinha uma neutralidade insípida, parecia a Isabel. Conhecia tantas outras línguas que a mente vivia traduzindo; sua língua não tinha pátria.

"Para mim", ele continuou, "ela foi uma revelação. Tinham-se passado quatro anos da morte de sua mãe; a não ser por visitas periódicas às raparigas — uma questão apenas de higiene física — eu vivia em castidade, primeiro por observância decente do luto, depois por hábito. Eulália — era este o nome dela, caso você tenha esquecido — Eulália me transformou no que eu nunca tinha sido com sua mãe, apesar de todas as virtudes dela: um homem sensual. Pela primeira vez, vi que a velha Igreja estava certa, e os protestantes e platônicos, errados — nós *somos* nossos corpos, e a ressurreição é a única resposta. Eulália me ressuscitou. Ela me *criou*, como você acha que esse rapaz criou você. A triste verdade é que ele explorou você — sua inocência sexual, seu tédio burguês, seu idealismo juvenil, seu romantismo brasileiro. Exatamente como Eulália me explorou — minha virilidade facilmente lisonjeada, meus confortáveis hábitos de coabitação, a dependência das mulheres que um filhinho da mamãe fraco desenvolve. Só quando a vi tentando seduzir minha filha de oito anos, e fracassando desajeitadamente por excesso de empenho, comecei a acordar — pois o amor é um sonho, Isabel, como qualquer um pode ver, com exceção dos sonhadores. É o anestésico que a natureza emprega para arrancar bebês de nós. E quando, como no caso de sua inefável mãe, a operação se mostra fatal, que faz a natureza? Dá de ombros e se afasta. A natureza não liga pra nós, minha querida; portanto, nós mesmos é que temos de ligar. Você não vai jogar sua vida fora com um rapaz negro da favela. Não vai voltar a ver Tristão. Vai ficar aqui em Brasília e morar comigo; vai ter de voltar para casa todos os dias antes da meia-noite. Vai fazer a universidade, a poucas quadras daqui. Desde que nosso governo foi obrigado a fechá-la, em 1965, e expurgar os corpos docente e discente de radicais indesejáveis, o currículo universitário pode ser medíocre nos detalhes, mas é sadio nos valores gerais. Os protestos e o niilismo foram reduzidos ao máximo — coisa muito distante dos viveiros de anarquia e sedição das cidades litorâneas. Talvez você encontre em suas aulas um charmoso filho de general."

"E se eu me recusar a ir? E se eu fugir?"

O errante olhar aguado do pai ergueu-se sorridente, como se os copos e os pratos entre eles fossem peças de xadrez, e ela estivesse em xeque-mate. "Então esse tal Tristão, que agora podemos identificar e localizar, pode desaparecer por completo. Nem mesmo a mãe dele, pelo que sei, irá perturbar as autoridades. É uma mãe antinatural, ou talvez devamos dizer natural demais. Seria, minha querida, como se você, e só você, tivesse sonhado a existência dele." Os lábios sorridentes não eram rubros, como os do tio Donaciano, mas pálidos, como a pele que surgia por entre os cabelos ralos, e tornados ainda mais brancos pelo açúcar que cobria o pão frito no qual ele dera uma mordida surpreendentemente gulosa, rolando os olhos para baixo, para os jornais, enquanto o fazia.

10
OS DOIS IRMÃOS

Durante dois anos, Isabel freqüentou a Universidade de Brasília, assistindo aulas de história da arte. Transparências de pinturas rupestres e catedrais, *tableaux* históricos e paisagens impressionistas apareciam e desapareciam na sala de aula. Tudo francês. A arte era francesa, e as aulas ressoavam com as nasais e os *rr* arrastados franceses como que voltando à pátria. Ah, havia alguns templos cambojanos, e xilogravuras alemãs, e depois de 1945 era preciso dar alguma atenção aos artistas de Nova York, mas no fim tudo não passava de subproduto ou selvageria especialmente engenhosa, comparado com Chartres ou Cézanne. A verdadeira cultura, ficou sabendo Isabel, era algo surpreendentemente local, puramente européia, e sobretudo francesa. Só a biologia era global — uma soma de bilhões de cópulas.

Se teve "encontros" com colegas estudantes, conservadores e pusilânimes, mas filhos bonitões e servis da oligarquia e seus lacaios, e daí? Era jovem, cheia de energia nervosa, e tomava a pílula. A gente pode ser fiel em espírito, sobretudo se na hora do orgasmo fecha os olhos e pensa: *Tristão*. Afastado de sua vida, imutável na ausência, ele se tornara inviolado, um pedaço intocável dela mesma, tão secreto quanto as primeiras sensações sexuais de uma criança.

O pai, vendo o que parecia ser a aceitação, por ela, da situação, congratulava-se pelo sucesso de sua estratégia. Ele ia e vinha no estranho apartamento como uma estranha lesma, com aquela fina pele azulada, o sorriso nos lábios pálidos, a testa calva desabando acima da vaga benevolência opressiva do olhar, parecido com o das freiras que ensinavam a ela e a Eudóxia na escola. Ele pedira um ano e meio de licença no Brasil, antes de assumir a nova embaixada, no Afeganistão. À noite, ela o ouvia em seu quarto praticando persa e pashtu — a voz profunda, oscilante, às vezes gutural, tão islâmica nas paixões que ela o imaginava de turbante e túnica solta, mascateando tapetes ou decretando morte aos blasfemos. Ele explicava modestamente que nenhuma das línguas era difícil demais, por serem ambas ramos do indo-europeu. De vez em quando, levava-a a um concerto ou a uma peça teatral, no pobre circuito de eventos culturais da capital. Mas passavam dias seguidos sem se falar, cada um preocupado com diferentes tarefas e circuitos. Isabel mantinha-se na trilha universitária numa espécie de transe, sob o domínio de um voto para o qual serviam de símbolo interior dois revólveres cinzentos, em vez de uma cruz. Não queria causar a morte de Tristão, e mantinha-o no coração como um prisioneiro seguro numa cela trancada.

Só quando o tio Donaciano vinha de visita Tristão de certa forma escapava, pois o tio trazia consigo à crua Brasília — seu traçado vazio, seu falso lago, seus demônios de poeira vermelha rodopiando onde haviam deixado morrer a grama dos enormes canteiros das ruas — o sopro alegre do mar do Rio. Em seu terno creme, seus sapatos de dois tons e seu chapéu panamá de fita vermelha, trazia presentes ingênuos demais para a idade dela — um buquê de flores de pano feitas com arte, um triciclo de cerâmica com gordas rodas que rodavam de fato, um pequeno circo de artistas feito de arame dourado enrolado em torno de pedras semipreciosas de Minas Gerais. Queria manter viva nela a menina, e encarnava a atmosfera infantil e brincalhona do Rio, na qual os adultos andam pelas ruas em trajes de banho e se passa o ano todo construindo o brinquedo logo despedaçado do Carnaval. Sua voz gozadora e o cheiro de seus cigarros ingleses Oval na piteira de ébano e marfim lembravam a ela o apartamento com o candelabro de braços serpeantes e a rosa branca do vidro de uma clarabóia, onde ela se entregara pela primeira vez a Tristão, e seu sangue de virgem deixara uma mancha em forma de cálice na colcha de cetim. O tio Donaciano encarnava o amor, de certa forma; ela rodava o anel com a inscrição DAR no dedo médio e perguntava-lhe por Maria.

"Ah, Maria", ele dizia, os olhos solapados por sombras malva e uns poucos fios dos cabelos louro-mel desarranjados por sua aura de melancolia *distinguée*. "Maria está ficando velha."

"E menos desejável", provocava-o Isabel, soprando fumaça para o baixo teto do pai. Salomão tinha pulmões sensíveis, e Isabel só fumava na universidade, ou quando o tio Donaciano vinha de visita, com seus cigarros ingleses enrolados em tentadores papéis de tom pastel. O sofá onde ela se reclinava era de teca e rotim, uma peça elegante trazida da excursão de seu pai pela Índia anos atrás, e não muito confortável, embora acolchoado com almofadas de lantejoulas negras, roxas e cor-de-rosa. "Talvez", ela dizia, ampliando sua impudência, "o senhor a tenha usado demais. Devia fazer dela uma mulher honesta, como recompensa por anos de serviço."

Donaciano piscava os olhos cansados e levava a mão ao cabelo, eriçando-o mais. Tinha aceito Isabel, em termos de conversa, como mais uma daquelas mulheres adultas cujo afeto assumia a forma de provocação. "Tia Luna continua sendo minha esposa", dizia. "Quando você se mostra travessa desse jeito", acrescentava, "lembra sua mãe. É de partir o coração."

"Minha mãe partiu seu coração?" Isabel há muito se perguntava se o tio amara a esposa do irmão. Na cômoda do quarto dele, ao lado do obrigatório retrato de estúdio e dos instantâneos de férias de tia Luna, havia uma foto emoldurada de Cordélia — ligeiramente desfocada, de pé sobre umas rochas, sob um pinheiro, um lugar de piquenique, onde uma brisa enfunava a saia branca larga e plissada e as mangas bufantes de cassa, comprimindo a blusa contra o busto farto, a musselina branca acentuando o bronzeado moreno da mãe, aquela gota de negror que faz uma verdadeira beldade brasileira, o rosto desfocado num meio sorriso, as bochechas luzidias redondas, as pálpebras abaixadas aparentemente contra algum brilho intenso. Isabel muitas vezes examinara sorrateiramente a foto, na ausência do tio Donaciano, perguntando-se onde estava seu pai, a que distância da borda do campo de visão da câmera. Quem fazia sua mãe rir e baixar os olhos em flerte? Que diziam as vozes no ar? A própria falta de foco da foto parecia um indício do hálito quente de sua mãe na lente.

Mas esses mistérios, esses namoros antigos, desbotam-se, e no fim são tão deprimentes para a juventude quanto as fotos do Rio antigo, com seus bondes e modas *passées*, penduradas nas paredes dos restaurantes saudosos de si mesmos.

"Ela partia o coração de todos que a viam", dizia o tio Donaciano. "Veja seu pai. Jamais voltou a se casar. Não o imite, Isabel, nessa loucura, que o tornou velho antes do tempo. Abrace a vida. Ame muitos homens antes de morrer. Aquele moleque de praia foi só um começo. Vá pra Europa. Torne-se cantora de ópera."

"Mas eu não tenho voz."

"Callas também não. O que ela tem é *presença*."

Tinha, por bondade ou acidente, rompido a interdição e falado de seu amado. "Por falar em moleques de praia, tio", ela arriscou, preguiçosamente, "que notícias tem de São Paulo? Aconteceu algum mal ao pobre rapaz que eu tão irresponsavelmente convidei à nossa casa? Ah, tenho saudades de nosso apartamento. Brasília é o Inferno, só que mais chata do que deve ser o Inferno. A cidade foi jogada neste planalto quente como um ovo para fritar."

O refinado rosto dele, devastado por décadas de hedonismo e obstinado egoísmo, tornou-se solene. "Minha querida, eu não soube nada de São Paulo. É um inferno de outro tipo, a demonstração monstruosamente feia de nosso fútil desejo de nos tornarmos um país industrializado, um país como os desalmados opressores ao norte do Equador. O mundo, outrora tão verde e encantador — um paraíso literal — está ficando infinitamente feio, Isabel; não me importa que só me resta um pouco de vida para ver mais disso." Tirando um toco apagado da piteira para substituí-lo por outro cigarro, deu uma tossidazinha fatal, embora tivesse pouco mais de quarenta anos. Pela primeira vez, parecia meio encardido e puído aos olhos dela — as barras da calça creme estavam sujas, e faltava um botão na manga do paletó. A ausência de esposa começava a se mostrar.

Era curioso para Isabel ver os dois irmãos Leme juntos; o tio Donaciano fazia seu pai parecer menor e mais semelhante a um duende que nunca, e mais implacável, mais inutilmente atarefado e oficial. Apesar disso, havia uma semelhança fraterna, e murmúrios de companheirismo na biblioteca depois do jantar, com um conhaque ou compridos copos de chope, ela folheando um álbum de pinturas do Quattrocento, cheio daquelas virgens moralmente rígidas e de meninos Jesus envelhecidos, com os pipis parecendo botões — como era tedioso e seco o que passava por cultura, como era *pretérito passado*, em comparação com o que lhe acontecia quando estava com Tristão, ou ouvindo uma daquelas músicas de Chico Buarque que matreiramente faziam passar pela censura líricas sugestões de revolução contra os chefões militares, ou vendo uma daquelas novelas na televisão com atores e atrizes jovens como ela mesma. Aquilo era indicativo presente, copiado pelo futuro, um vago tempo de possibilidades em infinita expansão. Era curioso olhar o pai e o tio juntos e imaginar que algum dia tivessem feito uma mulher sentir-se como Tristão fizera com que ela própria se sentisse. Parecia impossível, e no entanto havia momentos em que, de repente, os dois irrompiam numa risada, um relâmpago de conspiratória hilariedade, como uma fissura que descia até a infância partilhada, e ela compreendia a fraterna masculinidade deles, a vulnerável cumplicidade.

Uma noite, depois que uma visita do tio acabara num vôo de volta ao Rio, seu pai, na iminência de voar ele próprio a Bogotá para uma conferência econômica de quatro dias, chamou-a a seu gabinete. Meio nervoso, ofereceu-lhe uma escolha entre conhaque, *spritzer* de vinho branco, suco ou refrigerante.

"Cachaça não?", ela perguntou, pensando no barraco de Úrsula, recendendo ao doce cheiro de cana fermentada e a pungente início de femealidade.

O pai permitiu-se um arrepio esnobe.

"Conhaque, então."

Relutantemente, ele serviu o elixir francês. Quando o gargalo da garrafa de conhaque cessou suas polidas reclamações, ele pigarreou e disse: "Isabel, meu dever paterno me obriga a levantar uma questão delicada". As luzes do gabinete estavam em nível baixo, para leitura, e a testa dele parecia desabar para a frente nas sombras revolvidas. "É sobre meu irmão. Não posso deixar de notar que existe entre vocês dois um excepcional estado de afeto e familiaridade."

Isabel piscou diante do gosto áspero do conhaque, e observou: "Desde que minha mãe morreu, e o senhor afogou sua mágoa numa torrente de trabalho e viagens, meu tio ficou no lugar de pai para mim".

"É. Lamento que tivesse de ser assim. Apresento-lhe minhas desculpas tardias e fúteis, mas sinceras. Como posso me justificar? Talvez sua presença me fizesse sofrer, lembrando sua mãe, ou o impulso procriativo que a levou à infeliz morte."

Isabel encolheu os ombros. "O senhor fez o que pôde, pai, tenho certeza. O arranjo tinha suas vantagens psicológicas. Punha o senhor fora do alcance de uma desilusão da minha parte. Cada visita apressada, quando de suas passagens pelo Rio, cada semana de férias partilhada em Petrópolis, na Patagônia ou em Miami Beach eram mágicas para mim, e se o senhor estivesse mais disponível a magia teria diminuído. As crianças precisam de afeto físico, mas não são exigentes com quem dá. Tia Luna era amável, quando não estava ocupada com seus compromissos sociais, ou enlouquecida por uma de suas dietas intensivas, e havia as empregadas, cozinheiras, as freiras na escola, todas me dando de vez em quando um carinho, ou um sorriso, ou uma palavra significativa. Eu sentia que era vista como uma criança preciosa, muito favorecida. Sempre, no fundo, como um maciço muro de proteção, havia a sua alta reputação."

O pai tornou a permitir-se um arrepio. Quando fechou as pálpebras, a pele de veias finas logo abaixo delas contorceu-se, como a membrana nictitante de uma rã. "Uma infância triste, como você a descreve."

"É preciso uma infância triste", ela sugeriu, "para fazer a gente querer ser adulta."

"Meu irmão...", ele reiniciou, e interrompeu-se. "Seja franca comigo, mesmo que eu jamais tenha conquistado a sua confiança. Algum dia meu irmão, que você se lembre, abusou da proximidade em que a morte de sua mãe e minha ambição colocaram vocês dois? Ele algum dia, quero dizer" — mais hesitação, mais tremor facial nas sombras — "ultrapassou os limites de um tio em suas relações físicas com você?"

Tocara-a no único ponto que lhe restava de inocência.

Isabel sentiu-se nauseada com a pergunta, que exigia uma mudança muito grande no conceito que fazia de sua criação e de seu desenvolvimento sexual. Enrubesceu, e um véu cor-de-rosa pareceu ao mesmo tempo impregnar sua infância, obscurecendo os detalhes. Via apenas o apartamento, a vista de sua janela — janelas semelhantes, prédios de apartamentos e uma fatia reluzente do mar —, e não os habitantes, daqueles anos que vivera com o tio. "Ele me dava beijos de avô", lembrou, compreendendo, "e a natureza desses beijos foi se tornando mais cortês e cautelosa à medida que eu — que eu amadurecia. Às vezes, ele vinha ao meu quarto me dar um beijo de boa-noite, embora não mais com um livro de histórias de Babar ou Tintin para ler em voz alta, o que fazia quando eu era criança, com maravilhosa expressividade e animação. Agora apenas se sentava na cadeira ao lado de minha cama; ficava calado, e parecia cansado, e eu às vezes achava, por mais menina que fosse, que estava lhe proporcionando alguma coisa que tia Luna não podia, embora eu não fizesse nada. E aí, claro, eles se separaram, e o tio passou a sair em horas estranhas, muitas vezes várias noites seguidas, e me matricularam nas freiras, e por isso nossos contatos foram se tornando mais raros, e menos confortáveis quando se davam. Sim, eu o amei, e ele a mim, mas acho que o senhor subestima, pai, a qualidade do sangue dos Leme, se imagina seu próprio irmão capaz de qualquer invasão física. Foi inteiramente honrado no cumprimento da tutela que sua ambição e sua distração pessoais colocaram sobre ele."

E no entanto, no momento mesmo em que fazia a corajosa defesa do tio, selando a questão para sempre, ela sentia alguma coisa mexer-se em meio à rósea indefinição de suas primeiras lembranças — um toque, uma sondagem, ou ressurreição, que a memória não lhe permitia recuperar. Como é apavorante, pensava, que a gente não simplesmente cresça e aumente a experiência, mas vá perdendo egos anteriores. Avançamos para a escuridão, e a escuridão se fecha atrás.

O rosto do pai, naquela luz deformante, pareceu derreter de tristeza, tornando-se ainda mais informe e semelhante ao de uma lesma, a contemplar a filha com olhos azul-cinza, vários tons mais claros que os dela. Ele pensava, o que Isabel não poderia saber, numa certa rapariga, uma negra que vendia sexo e adorava cachaça, uma moça autodestrutiva, com uma cabeça pequena e oval e um corpo esguio e descarado, à qual costumava recorrer cronicamente, nos alegres dias do Rio antes de casar-se, e que ficara grávida, de qual homem, na multidão deles que a freqüentava, ninguém podia saber. Desaparecera de sua vida para ter o filho, e agora, olhando para Isabel, ele se perguntava se a filha não tinha em alguma parte do Brasil um irmão de olhos cinza, trazendo em si, sem nenhum propósito, o orgulhoso sangue dos Leme.

11
A FÁBRICA

Enquanto isso, Tristão conseguira, graças a diplomáticas pressões vindas de cima, emprego na fábrica de fuscas. Os carros, pequenos "besouros" Volkswagen em tons de castanho e marrom que lhes tinham valido o nome "fusca" no Brasil, eram fabricados num edifício gigantesco, cuja extremidade norte, como uma boca faminta, recebia as peças, e a sul, como um ânus incansável, despejava os fuscas prontos. Dentro, sob um céu que consistia em um telhado de aço plano sustentado por estruturas diagonais e correias ruidosas, guinchantes, para o transporte de componentes pesados como motores e chassis, o barulho da montagem era tão incessante e alto que Tristão temia perder não só o ouvido para o samba, mas toda a capacidade de gozar a vida. As máquinas transformavam os homens em máquinas.

Sua primeira tarefa fora varrer os parafusos soltos, os vasilhames plásticos de comida, aparas de metal e óleo derramado — as grudentas secreções de uma gigantesca besta industrial. Depois fora promovido ao posto de aparafusador da direita — a princípio, dos parafusos fixadores dos discos de freio (dezesseis milímetros, com um torque de quarenta e três), e depois, no início do segundo ano, dos parafusos de fixação do motor, que tinham dezessete milímetros de diâmetro mas eram apertados com um torque de apenas quarenta e dois. O torque menor e o ângulo mais acessível reduziam a dor na nuca e abaixo da omoplata direita, ao fim de um dia de oito horas de trabalho. À noite, ao deitar-se para dormir, ele sentia como se alguém futucasse o lugar com uma sovela; aos poucos, os músculos necessários compensavam, e a dor passava. Ele se maravilhava com a aparência de suas mãos, cada um dos pequenos músculos superdesenvolvido até o inchaço, e uma laje de calos na palma, no lugar onde segurava a torquês.

O parceiro de parafusagem, no segundo ano, era um alegre cafuzo canhoto do Maranhão chamado Oscar. Como atuavam o dia todo em simetria, girando e apertando os seis parafusos (quatro grandes e dois menores) que fixavam o pequeno motor na estrutura do compartimento do fusca, a cara larga de Oscar, onde os genes vindos da África em navio negreiro se fundiam com genes asiáticos vindos a pé da Sibéria para o tórrido Amazonas, tornou-se mais familiar para Tristão que a sua própria. Quando se olhava no espelho turvo do banheiro dos operários, o rosto que o contemplava parecia uma miragem, um engano — escuro demais, a testa alta demais, os lábios grossos demais, o olhar intenso demais. Oscar tinha uma larga falha entre os dois dentes da frente, e no espelho os dois incisivos de Tristão pareciam dolorosamente amontoados, tanto ele se acostumara à falha no sorriso malandro e companheiro de Oscar.

Às vezes, para aliviar o tédio, eles parafusavam um motor de cabeça para baixo, e, se os operários mais adiante na linha de montagem, que faziam as ligações de cabos e mangueiras, cooperavam na brincadeira, o carrinho ousado, na extremidade sul da fábrica, na verdade propelia a si e a seu motorista a poucas centenas de metros até o estacionamento onde se faziam os embarques. O Volkswagen era uma máquina de grande coração, explicava Oscar, projetada por um famoso feiticeiro chamado Hitler para levar as massas alemãs a um lugar chamado Valhala.

Se essa brincadeira fosse descoberta, Tristão e Oscar teriam sido demitidos e presos por sabotagem. Sob o governo militar, o vocabulário dos tempos de guerra coloria a linguagem do Estado. Tristão receberia de bom grado a libertação de seu trabalho, mas tinha pavor da prisão, que o afastaria ainda mais de Isabel. Não desistira de seu sonho de amor. Tampouco vivia em castidade: o bairro de Chiquinho, interligado por crianças errantes, oferecia várias irmãs grandes e disponíveis, e mesmo na fábrica, apesar de todo o rigor tirânico dos regulamentos que o governo e os sindicatos perpetravam, faziam-se contatos, que chegavam até a consumar-se, nas folgas para o cafezinho e nas idas ao banheiro. Apesar disso, mantivera-se casto na alma, o órgão espiritual onde sua vida clamava por sua forma eterna.

Virgílio, o mais magro e mais jovem dos pistoleiros, a princípio vigiara Tristão de perto, indo buscá-lo na fábrica após o trabalho, acompanhando-o a noite toda, nas pequenas diversões, e dormindo no mesmo quarto. Mas, durante as longas horas que Tristão passava na fábrica, Virgílio começou a jogar em um time de futebol da Mooca, o Tiradentes. Os treinos às vezes estendiam-se até o fim da tarde, e os jogos fora o deixavam ausente até a noite, depois a noite toda, depois várias noites seguidas. Chiquinho, Polidora e Tristão especulavam se ele não se envolvera com uma mulher — pois muitas garotas mostravam-se desavergonhadamente loucas por ligar-se a um astro do futebol, e mais ainda a um que andava armado —, ou então fora destacado para um caso mais urgente pelos poderosos.

Mas Chiquinho avisou: "Não pense, meu irmão, que, porque Virgílio se tornou negligente, você pode por isso correr atrás dessa loucura romântica. Os bacanas sabem onde eu moro, e, se você escapar da vigilância deles, eles vão se vingar em mim e em minha família inocente. A pequena Esperança ou o Pacheco seriam jogados com a garganta cortada aí na porta da frente. Polidora pode ser seqüestrada e currada. Não falo de mim mesmo — apelo à sua decência de tio e cunhado".

"Onde estava sua decência de irmão, meu irmão, quando me entregou nas mãos de meus inimigos?"

Chiquinho agitou nervosamente os braços morenos foscos, em refutação. "Qualquer inimigo de sua loucura é meu amigo. Eu agi pra salvar você de sua obsessão sexual, a pedido de nossa santa mãe."

Tristão riu da mentira absurda. "Minha mãe gostou de Isabel."

"De jeito nenhum — detesta ela, como representante da classe opressora, e paternalista, ainda por cima. O gosto é só de um lado, por causa da psicologia perversa da classe alta. Eu observei a garota quando ela estava aqui — era destemida, como só os inatingíveis ricos podem ser. Os reacionários pelo menos desconfiam o suficiente dos pobres pra ter medo deles. Mas esqueça esse bichinho de pelúcia louro, como ela sem dúvida já esqueceu você. Polidora e eu não temos alimentado você, dia após dia? Não está em situação melhor do que quando veio pra cá, dois anos atrás? Tem uma profissão requisitada, dinheiro no banco, numa economia em crescimento sem precedentes — dez por cento ao ano!"

Tristão maravilhava-se com o irmão, com a maneira como ele, filho de uma mãe negra, podia boquejar tão a sério o papo do *establishment* branco. A gente se escraviza por migalhas, pela simples imagem e rumor de migalhas. Tristão, no momento mesmo em que se submetia ao abraço de renovada fraternidade do irmão, estava decidindo fugir.

Foi ao banco e sacou seus cruzeiros — o bastante para manter-se por várias semanas, se vivesse modestamente, e viajasse nos transportes mais baratos. Uma noite, com Virgílio seguramente ausente, no Espírito Santo, jogando numa semifinal inter-regional, esperou que os ruídos das irritadas e relutantes crianças cessassem por trás da parede da cela de barras que era seu quarto e que o murmúrio de Chiquinho e Polidora analisando os acontecimentos do dia — as fofocas do bairro, os problemas profissionais dele como chefe da equipe de limpeza do laboratório — dessem lugar aos entremeados suspiros e roncos. Tinha sido interessante para Tristão — após o caos e a miséria encharcados de cachaça do barraco de sua mãe — observar um casamento de aspirantes à classe média. Chiquinho e Polidora pareciam-lhe um casal a percorrer agachado um estreito corredor, de pintura descascada e paredes com infiltrações, batendo a cabeça toda vez que tentavam se erguer, jamais chegando à sala ampla que visualizavam, de teto alto e arejado e altas janelas dando para o mundo. Em vez disso, viviam naquele longo e apreensivo agachamento juntos sob lâmpadas piscantes, os ossos tornando-se quebradiços, a pele enrugada e os cabelos caindo. Tristão, assim que se reunisse com Isabel, estaria livre para sempre daquela morte viva. Ela era sua vida eterna.

A parede junto à sua cabeça vibrava agora com um som de respiração abandonada. O bairro em torno da casinha humilde estava em silêncio, a não ser pelos miados de gatos fazendo sexo e o zumbido da eletricidade roubada nos transformadores ilegalmente instalados. Sorrateiro, descalço sobre os tijolos, usando um velho calção de banho e sua camiseta LONE STAR, que haviam se tornado seu traje de dormir, ele embalou suas poucas roupas e objetos numa mochila nova, de luminosa lona laranja, que comprara e contrabandeara para baixo da cama. Seu plano era esconder a mochila na copa de uma pequena laranjeira que havia no canto do minúsculo lote de Chiquinho. Os frutos faziam da árvore um cúmplice secreto ideal. Ele sairia para a fábrica de fusca de manhã cedo, quando as crianças ainda estivessem importunando Polidora pelo café, como minúsculos tubarões tirando mordidas de um tubarão maior, agonizante, e enquanto Chiquinho estivesse tomando seu compulsório chuveiro matinal, já que mesmo um cisco de detrito humano poderia causar uma devastação nos chips dos computadores. Sem ser visto, pegaria a mochila e, após colocá-la nas costas, partiria para Brasília. O dinheiro que sacara do banco estava amarrado e enfiado na mochila. Na escuridão da noite, saiu para escondê-la na laranjeira.

Mas o irmão não estava dormindo, pois, assim que a porta de alumínio, com seu desenho em forma de vime trançado, fechou-se com um estalido atrás de Tristão, Chiquinho, uma sombra cinzenta nua a não ser pelo calção de boxeador, estava ao lado dele na pequena varanda de cimento. Saíra pela porta dos fundos e dera a volta. Sua mão no braço de Tristão era como as garras metálicas que erguiam as grandes peças na fábrica de fuscas.

"Não pode ir embora."

"Por que não?"

"Polidora e eu precisamos do aluguel que os bacanas pagam por você. Sua saída vai desgraçar a gente."

"Você já se desgraçou, recebendo dinheiro dos seqüestradores de seu irmão."

"De que outro lugar, no Brasil, vai vir dinheiro, senão dos poderosos? Eles vão matar você, por ir contra eles."

"Morrer não é a pior coisa que um homem pode fazer. Viver derrotado é muito pior. A vida sem Isabel pra mim não é vida."

"Ela já esqueceu você."

"Se já, é melhor eu saber."

"Os bacanas vão pôr a culpa em mim. Vão se vingar em minha família."

"Já discutimos isso antes."

As vozes eram urgentes, mas baixas, ali fora em meio aos miados dos gatos. Para evitar acordar a família adormecida dentro de casa, os irmãos tinham-se afastado para o pequeno quintal, de grama raquítica e barro vermelho socado, coberto com os baratos brinquedos de plástico de Esperança e Pacheco. A mão de Chiquinho continuava ferrada no braço de Tristão como um grilhão. Ele tentou livrar-se dela, mas ainda delicadamente. "Diga a eles que não pôde fazer nada senão me deixar ir embora", disse ao irmão. "É a verdade. Não era sua obrigação me segurar, era de Virgílio."

"A verdade não adianta nada pra gente como nós. Tem gente morrendo no Brasil por dizer a verdade". À luz do poste, o rosto do irmão, demasiado próximo do dele para fazer ouvir seus sussurros, parecia cor de metal polido, aparafusado em seu fanático interesse próprio. Mas aquela conversa grandiloqüente de "gente como nós", que tinha isso a ver com Tristão e sua necessidade de Isabel — a branca beleza dela que deslizava pelo quarto escuro como óleo viscoso, as duas válvulas lubrificadas que recebiam seu dolorido inhame lá embaixo? Ele tentou soltar o braço, com mais força. Os dois irmãos começaram a lutar, com grunhidos abafados, ali no pequeno trato de terra de grama rala, na rua deserta de luz azulada. A mochila cheia era um estorvo, e Chiquinho, em seu pânico financeiro, tinha a força ossuda de um demônio. Mas os músculos de Tristão, enrijecidos por dois anos apertando parafusos num trabalho repetitivo que se impunha a ele até mesmo nos ritmos do sono, como um padrão, esticaram e torceram o frágil braço do irmão com a mão livre, até que Chiquinho gemeu e recuou. Mas ainda mantinha uma posição de combate, os compridos braços abertos como os de um caranguejo erguido sobre a traseira em autodefesa, e teria se lançado de novo sobre o irmão se a lâmina de Tristão, com a inscrição Gem, não se materializasse nos dedos dele. Ele a guardava no calção à noite, para o caso de Virgílio voltar bêbado do futebol — como tinha acontecido uma ou duas vezes, após uma partida perdida —, num estado de espírito provocador. Foi coisa de uma fração de segundo, para dois dedos finos e ágeis. A lâmina fazia dele uma nova criatura, com um único tentáculo oscilante. "Cuidado", avisou, balançando seu tentáculo lentamente no ar, para que o irmão pudesse ver o fio faiscante. Ele se sentia magicamente concentrado naquele impiedoso gume afiado, assim como, dois anos atrás, os revólveres dos dois capangas tinham refocalizado a sala de visita da casa do irmão, redesenhado suas linhas.

Largou a mochila com sua série de correias no chão. Enquanto os olhos de Chiquinho se fixavam na pequena lâmina reluzente, balançando devagar, a outra mão de Tristão agarrava o pescoço do irmão para imobilizar a cabeça. Encostou o fio da lâmina na face de Chiquinho. Com movimentos tensos e calibrados, fez com que a quina superior da lâmina furasse a pele, e depois correu o fio pela carne fosca abaixo, onde tocos de costeleta de um dia a sombreavam. O talho, de uns cinco centímetros, fez brotar um fio vermelho e luzidio, que parecia negro à luz azul; alguma coisa raspou na secura da garganta de Chiquinho. O pomo-de-adão tentou passar pelo aperto da mão de Tristão, que moveu a lâmina diante do hipnotizado olhar do irmão, como para transferi-la à outra face, mas leu um brilho de pacificação nos olhos de Chiquinho.

"Mostre isso aos bacanas, pra provar que lutou", disse Tristão. "Está vendo, fiz um favor a você, em troca dos muitos que você me fez."

12
A RODOVIÁRIA

Assim fugiu Tristão, embora descalço e de calção de banho, e com a camiseta tão esfarrapada que o anúncio do restaurante do Leblon estava quase ilegível. Achou que o ritmo daquele sangrento confronto fraterno não permitiria uma volta ao quarto para pegar as roupas com as quais planejava sair para o trabalho — a calça e a camisa de seda frouxa que Isabel lhe comprara na lua-de-mel. Chiquinho podia refazer-se do choque do ferimento e soltar um grito. Melhor abandonar as roupas para o próximo usuário e correr rua abaixo, com cuidado para não cortar os pés nos abundantes cacos de vidro.

Contou as ruas transversais, e após a décima parou de correr e pôs-se a andar, arquejando, as costas suadas por baixo das correias da mochila. A noite já era o dia seguinte. Os ônibus haviam parado de circular. As calçadas lixavam as solas de seus pés, que tinham ficado moles após dois anos de sapatos; e o cimento de São Paulo não era a areia das praias do Rio. Ele atravessou a Mooca e os bairros de classe média ao norte, onde o olhar desconfiado dos guardas-noturnos o fazia seguir em frente, mesmo quando lhe dirigiam insultos. O fulgor mais intenso do céu no Ocidente dizia-lhe para que lado ficava o centro da cidade. Num alto viaduto, que cobria a ravina do rio Anhangabaú e dava na avenida do Estado, Tristão passou por cima do verde terreno do parque Dom Pedro II, as copas das árvores imóveis e riscadas como cera endurecida. Cruzando a região da Sé, foi saudado pelo ritmo acelerado da vida; boates e bares emitiam a monótona felicidade da música pulsante.

Dirigindo-se para a Estação da Luz, viu garotas com botas brancas de cano longo e shorts bastante curtos, paradas, a conversar com homens que lançavam olhares para um lado e para outro, atentos para alguma fenda na parede da vida onde pudesse brotar uma touceira qualquer de oportunidade. Uma das raparigas, de botas cor de cedro lixado e envernizado, abordou-o, mesmo com o seu aspecto pobre; tão grande e alegre era a impudência dela, os seios expostos na blusa apertada até os carocinhos escuros dos mamilos, que o pobre inhame dele teve um início de rigidez. Em geral, àquela hora o inconsciente jazia enterrado num crônico pesadelo de parafusos que não giravam, enquanto fragmentos de Oscar sorriam para ele como num espelho quebrado.

"Sei que você gostou de mim", disse a garota. "Eu me chamo Odete."

"Eu gosto de você, mas dei meu coração a outra, que vou salvar dos bacanas."

"Se ela ama você também, não vai se importar que eu lhe dê uma chupada, é só dez cruzeiros."

A soma era pouco mais do que o preço de uma empadinha de camarão, de que ele também gostava. "Mas aonde a gente iria?", ele perguntou.

"A uma quadra daqui, num hotel limpo, onde me conhecem e fazem um bom preço, pra trabalhadores." A garota sentia que havia mais coisa nele que os pés descalços e uma camiseta rasgada. No hotel, ela disse que ele era grande demais para sua boca, por isso tinha de fodê-la, por apenas mais dez cruzeiros, além do preço da camisinha. Tristão resistiu puritanamente à camisinha, mas Odete disse que era para o bem dele, não dela, já que as garotas más como ela não tinham vida longa. Havia muitas doenças, o vício de drogas vinha com as longas horas e a tensão, e além disso tinha homens doentes que matavam putas por diversão.

"Então por quê...?", ele começou a perguntar.

"Viver essa vida?" Quando ela sorria, os lábios recuavam dos dentes como uma fruta abrindo-se e revelando as sementes. "É melhor uma vida curta que nenhuma. Mesmo a vida mais longa parece curta num leito de morte."

"Minha mãe", Tristão sentiu-se impelido a dizer a ela, "é uma puta."

As sobrancelhas depiladas de Odete formaram perfeitos arcos de surpresa acima dos olhos castanhos cor de canela. "E você tem ódio dela por isso?"

Sem juras de amor entre os dois, era mais fácil falar com aquela garota que com Isabel. "Não sinto nada a respeito", ele confessou. "Foi o que ela me ensinou — a não sentir nada por ela."

"Ah, a gente sempre sente alguma coisa pela mãe", disse Odete. "A gente se engana a si mesmo, dizendo que não sente nada."

Ele queria descrever para ela como Isabel fingira sentir amor pela mãe não amável, mas isso parecia demasiado complicado de explicar, e uma imposição e conspurcação totais. À essa altura, mesmo não tendo ainda trepado com ela, Tristão sentiu-se um pouco entediado com aquele encontro. Aquelas garotas que viviam aparecendo em sua vida, querendo trepar, lhe sugeriam como era precário e arbitrário o perfeito amor que ele e Isabel partilhavam. Percebia que havia amor em toda parte, e não resolvia problema nenhum. Na verdade, criava problemas. Os homens que percorriam as ruas de São Paulo ao meio-dia, na excitação dos negócios, não estavam acordados às três da manhã fazendo amor. Tristão estremeceu por dentro, ao ver como era tênue a fixação de sua vida em qualquer esquema, além da decadência do nascimento à morte; apegava-se à imagem de Isabel como o único fio de luz no escuro futuro.

Apesar disso, trepou com Odete, a princípio com ela de quatro, por sugestão dela, as nádegas empinadas parecendo lisos e oleados arcos de cedro, e depois com ela por cima, ele recostado nos travesseiros contra a cabeceira acolchoada — manchada por muitas cabeças gordurosas — os lábios roçando o mamilo esquerdo no círculo de carocinhos negros toda vez que o seio passava; ela subia e descia, um cilindro no pistão dele. Tristão demorou a gozar no pegajoso envolvimento da camisinha, e quando conseguiu, em meio a contorções e gemidos, ela deu um sorriso de satisfação profissional. Ao erguer-se do pau murcho dele, ouviu-se um pequeno som de sucção num dos cantos de densos pêlos encaracolados, polvilhados de vermelho, como os cabelos da cabeça da garota.

Ao contrário de Isabel, Odete era atarracada, com pernas grossas e uma barriga que em poucos anos ficaria flácida como uma rede. O sorriso de satisfação dela logo foi substituído por uma expressão de eficiência; se ela voltasse à calçada, na avenida Casper Líbero, ainda poderia conseguir outro cliente antes do amanhecer.

Quando pagava, ele perguntou: "Você pode me dizer, antes da gente se separar, onde posso comprar um par de sapatos a esta hora? Como está vendo, tenho dinheiro — é que saí de casa às pressas. E uma empadinha de camarão — está chegando a hora em que costumo tomar café". Por que se sentia inibido com aquela puta atarracada, agora que estavam vestidos? Sentia que ela precisava de menos ilusões que ele para viver — que naquele mundo sujo ela era aerodinâmica, um peixe na água, quando ele tinha de abrir caminho com tanta dificuldade, cheio de arestas e atrapalhado por um senso de missão, de destino superior.

"Pras empadinhas, tem um lugar perto do Jardim da Luz, mas pros sapatos talvez tenha de esperar até de manhã. Ainda gosta de mim? Acha que a mulher que você ama ia se importar, por você ter fodido comigo e brincado com os biquinhos dos meus peitos?"

"Ela manteria a coisa nas devidas proporções", calculou Tristão. "Como você, é uma realista."

Depois de se despedirem, e de ele ter encontrado um bar triangular bastante iluminado, onde o sonolento balconista não tinha empadinhas de camarão, só de galinha, e já azedas, ainda por cima, ele perambulou com sua mochila pelo bairro do Bom Retiro, passando por lojas fechadas com letreiros ilegíveis, num alfabeto caindo aos pedaços e desbotado de letras parecendo chamas, até chegar à estação de ônibus defronte à Estação Sorocabana. Os portais despejavam uma luz elétrica doentia na madrugada. Dentro, pessoas adormecidas estendiam-se pelo chão com suas trouxas e bagagens. A estação rodoviária parecia um focinho, cheirando o vasto interior do país, esticado até a borda da metrópole. A rançosa umidade do sono humano elevava-se densa do piso. Nas cadeiras de plástico moldado, bêbados cochilavam, as cabeças numa dança de torções. Os caipiras haviam enchido os desvãos por trás de escadas e bagageiros, e forravam as paredes da rodoviária com abrigos improvisados; o que parecia à primeira vista cantos cheios de lixo revelava serem pessoas dormindo amontoadas, cobertas com papelão e sacos plásticos de lixo, para dar uma semelhança de proteção contra as luzes intensas e piscantes. Agora que a luz da manhã se infiltrava na rodoviária, crianças pequenas andavam de um lado para outro em busca de um lugar para fazer xixi, piscando os olhos, espantadas por terem nascido.

Tristão encontrou por fim, no labirinto do prédio, o lugar onde comprar a passagem para Brasília. O balcão ia abrir dentro de duas horas, e a fila já era longa. Nela, caixeiros viajantes de ternos amassados e estudantes de sandálias, rabos-de-cavalo e camisetas com fotos de Che Guevara misturavam-se aos caboclos e sertanejos pobres do interior, vestindo o que pareciam pijamas duros de poeira amarela, que tinham sido atraídos para São Paulo como cães famintos à carcaça já comida de um boi. Mesmo estes olhavam de cima o rapaz negro de pés descalços e velho calção de banho, e vários passaram-lhe à frente na fila, até Tristão mostrar, com uma ou duas palavras ríspidas, seu brio de guerreiro.

Ele enfiou a passagem para Brasília no bolso interno junto com a lâmina, e encontrou uma loja de artigos esportivos que acabava de abrir defronte à rodoviária, onde, por três vezes o preço que custara dormir com Odete, comprou um par de tênis de lona branca. Nos cambitos dos tornozelos finos, os calçados pareciam cunhas desajeitadas, como barcos vistosos, mas eram abençoadamente confortáveis, com solas fofas. A viagem para Brasília durou quinze horas.

13
A SORVETERIA

Isabel e seus amigos muitas vezes passavam a noite na Sorveteria Jânio Quadros, batizada com o nome de um presidente que derretera. Alguns presidentes brasileiros renunciavam num faniquito, outros matavam-se a tiro para mostrar seu amor pelo país, outros ainda eram depostos pelos militares para agradar aos Estados Unidos — só Kubitschek, desde que Isabel nascera, cumprira o mandato inteiro, deixando o Brasil sob o peso de Brasília e da inflação como seu memorial. Nas paredes da sorveteria, viam-se pôsteres de Brigitte Bardot e de Fidel Castro; altas divisórias davam a cada grupo de quatro ou cinco, ou (espremidos) seis ou sete, nos reservados a sensação de privacidade quase clandestina. A fumaça azul dos cigarros — Continental, Hollywood, Luís XV eram as marcas comuns — pairava densa como o cheiro de sono e urina na rodoviária que Tristão cruzara dezoito horas antes. Um balcão de mármore na frente eriçava-se de aparelhos de cromo — bicos e bombas, torneiras e tubos flexíveis — necessários para a produção de refrigerantes, sundaes e o café forte e amargo de que os brasileiros gostam.

"Sartre é um palhaço caolho e pedófilo", dizia um dos amigos universitários de Isabel, Sylvio, nessa noite, "mas Cohn-Bendit vai derrubar De Gaulle, do mesmo modo como Jerry Rubin derrubou Johnson, e Dubcek vai destruir Brejnev." O globo andava num turbilhão além das fronteiras do Brasil, a juventude parecia tomar o poder, e o círculo de Isabel, filhos e filhas da elite, excitava-se como torcedores de futebol nas arquibancadas, quando o jogo vira no campo. Sylvio, cujo pai era um grande fazendeiro da Bahia, mostrara seu radicalismo mudando a marca do cigarro, passando do caro Minister para Mistura Fina, o quebra-peito dos operários.

"Brejnev jamais permitirá que o socialismo tenha uma face humana", argumentou Nestor Vilar, de seu lado do enfumaçado reservado. Magro e ascético, era filho de um coronel, e dizia-se anarquista, muito além das fúteis beatices da esquerda. "Se o socialismo assumisse uma face humana, desapareceria — vup, puf! A ditadura do proletariado não pode se dar ao luxo de tornar seus súditos humanos — deve ter robôs embaixo, e monstros no topo." A saliva juntava-se nos cantos da boca quando ele falava, formando nojentas bolhas brancas. Isabel dormira algumas vezes com Nestor, vários semestres antes, mas o pênis dele era fino, com tristes veias azuis e um apavorante saco rosa-vivo, e exigia dela muitos e indignos esforços para fazê-lo subir. Ela cortara o relacionamento, usando como desculpa as opiniões políticas dele. Pois ele absorvera mais do fascismo do pai do que sabia, e sua suposta anarquia se aproximava da repressão militarista. "Anarquia", dissera-lhe Isabel, "para você significa apenas acabar com as frágeis restrições à exploração e pilhagem que ainda existem; se existe um país na Terra que não precisa de um ideal de anarquia, é o anárquico Brasil, cuja bandeira nacional tem estampada tão esperançosamente a inscrição 'Ordem e Progresso' no céu do hemisfério sul".

"Nos Estados Unidos", prosseguiu Sylvio, examinando o rosto de Isabel por trás da nuvem de fumaça, dos vapores do café e do cheiro de leite azedo do sorvete derretendo nos pesados pratos de vidro em forma de caravela, "os negros reduziram Washington a escombros na esteira do assassinato de Martin Luther King. Em Chicago e Baltimore, também. O fim está próximo para os imperialistas brancos do Norte."

Ele sabia que ela gostava de ouvir falarem bem dos negros. Ainda não dormira com ele, mas havia negociações em andamento. Na escuridão iluminada a tochas de uma marcha antiimperialista, ele estaria ao lado dela, a mão buscando a dela que não estivesse empunhando um feroz cartaz ou uma vela de protesto.

Numa roda de fumo aconchegante, com a bossa nova de João Gilberto ou o tropicalismo de Gilberto Gil, ou, de mais longe ainda, o jazz de John Coltrane ou o plangente espanhol de Joan Baez pingando no cérebro cada vez mais descontraído de Isabel, os lábios que ela descobriria colados nos seus, enquanto uma mão tateava por entre as fendas de sua roupa, seriam os de Sylvio. Ele tinha cabelos oleosos, cacheados até os ombros, e era mais baixo que ela, mas sua altura não a impediria de dormir com ele; simplesmente não chegara o momento, e ela não queria que chegasse. Enquanto não dormisse com Sylvio, haveria alguma coisa de reserva, alguma coisa para saborear ou antegozar. Ela tinha apenas vinte e um anos, e sua vida parecia estar cada vez mais vazia, e não mais plena. O pai assumira o posto no Afeganistão, e tio Donaciano reduzira suas vindas a Brasília. Agora que, legalmente, era uma mulher adulta, perdera muito do interesse para ele; o que o fascinava era apenas a inocência que ela encarnava, com a possibilidade de violação. Estavam em maio, e o inverno começava a chegar ao planalto, com suas noites estreladas que a tinham obrigado, pela primeira vez na vida, a acrescentar suéteres de lã ao seu guarda-roupa. Naquele ano escolar, deixara de freqüentar as aulas de história da arte e passara a assistir, como ouvinte, às de botânica; mesmo assim, continuava à deriva, insatisfeita com sua educação. Os atos de aprender e ler — aquelas filas de incômodas letrinhas pretas arranhando os olhos, exigindo que relesse várias vezes até que algum tipo de sentido saltasse num esguicho como um bebê feio — não lhe agradavam; seu futuro não estava na palavra escrita. Estava na música e no fluxo de imagens, uma imagem deslizando colorida para outra, as novelas e partidas de futebol, e as reprises do Carnaval de fevereiro passado; instalara um aparelho de televisão em seu quarto, e as colegas se preocupavam com ela. Estava vivendo num sonho, ia perder o ano.

Contudo, ela acendeu outro Hollywood e disse a Sylvio, secamente: "Os negros jamais vão se revoltar, lá ou aqui. São alegres e bons demais. São bonitos demais. Sempre foi assim. Os índios morreram com a escravidão; os negros se elevaram acima dela, por sua natureza grandiosa. Por serem superiores, se deixam tratar como inferiores. Como os judeus, podem viver em nosso hediondo século xx — *viver*, e não apenas sobreviver". A menção aos judeus talvez fosse um flerte com Sylvio, um imperceptível adiantamento do momento em que dormiriam juntos, pois ele descendia dos cristãos-novos que haviam migrado com os primeiros colonos portugueses, para prosperar na economia açucareira, misturando-se sem preconceito, ao que parecia. Mas o judaísmo jamais era inteiramente esquecido, o contraste entre "novo" e "velho" diminuindo à medida que o catolicismo se esmaecia através das gerações, mas nunca desaparecendo por completo, como a mancha numa toalha de mesa puída que persiste por quantas lavagens seja, embora como uma sombra cada vez mais fraca.

Clarice, colega de Isabel, que tinha dormido com Sylvio e queria dormir com Nestor, mesmo tendo Isabel num ataque de risonha indiscrição dito como era, tragou com ociosa tranqüilidade um Continental e disse-lhe, hostil: "Acho que você os romantiza, querida. Nós todos fazemos isso, para nos poupar a culpa pela abissal condição deles. E eles conspiram conosco, isto é que é insidioso, sendo tão pitorescos".

Outra colega presente, a pedante Ana Vitória, com seu espantoso cabelo cortado em rudes tufos e tingido de siena queimado, e os minúsculos óculos de aro metálico empoleirados na ponta do nariz de botão, interveio: "Assim romantiza a sociologia contemporânea, seguindo Gilberto Freyre, um mestre da presunção. Se os brasileiros não romantizassem, acordariam para suas realidades, e para as realidades de Karl Marx".

"O próprio Marx é um tolo romântico", escarneceu Nestor. "Ele pensa que o proletariado é um grande super-homem, quando na verdade é um bando de coniventes e mesquinhos chorões e aproveitadores. Como os capitalistas, os comunistas procuram encobrir as opressões e crueldades de suas sociedades com mitos glamourosos. Que são Castro, Mao e Ho Chi Minh senão nossos astros de cinema, nossos Mickey Mouse e Gary Cooper em seus pôsteres? Todos os governos buscam esconder de nós as verdades sobre eles mesmos. Só num estado de anarquia surge a verdade sobre os homens. Somos feras, assassinos, selvagens, prostitutas."

Ana Vitória protestou: "Por que colocar as prostitutas nessa fileira de termos pejorativos? A prostituta é uma mulher negociando um produto de mulher, num certo tipo de situação de mercado. Suas rainhas da sociedade, suas princesas Grace de Mônaco, negociam em condições diferentes. Não há moralidade sexual. A expressão é um oxímoro. As mulheres têm de sobreviver".

"Exato!", exclamou Nestor, em tom de triunfo, como os militares aproveitando o caos para se impor.

"Claro, claro", ecoou Clarice do outro lado da mesa, uma simples prancha de madeira de pau-roxo, grudenta de sorvete entranhado nos poros, e marcada em todas as extremidades com queimaduras de cigarro. Falou com uma voz rouca a Nestor: "Como você diz, a anarquia é a única condição honesta — a humanidade sem romantismo, sem capitalismo, sem bobagens marxistas".

Nestor pareceu abobalhado com o cumprimento, deixando cair o queixo esburacado de espinhas, como se seu pau estivesse sendo chupado. Isabel fechou os olhos e visualizou aquele órgão branco, parecendo uma minhoca, e teve um arrepio.

"Isabel — você concorda?", perguntou Sylvio, pensando talvez que aquela reavaliação de todos os valores apressasse sua conquista.

"Ana diz apenas 'sobreviver'. Eu digo 'viver' ", disse Isabel, soando ingênua para si mesma, e enrubescendo um pouco. Havia uma febre em suas veias que ela não podia fazer aqueles outros partilharem.

Sylvio, a cara larga séria e cautelosa como a do irmão de Tristão, Euclides, na praia naquele dia, tinha um anúncio a fazer, numa voz tão sussurrada e carregada que até a fumaça dos cigarros pareceu paralisar-se atenta. "Esta quinta-feira. Um protesto estudantil de toda a universidade. Programado pro meio-dia. Vamos marchar pelo Eixo Rodoviário até a catedral e continuar em direção ao palácio presidencial até a polícia abrir fogo. Precisamos de baixas, para causar escândalo internacional. Os câmeras de televisão vão estar lá, nos prometeram. É hora de acompanhar as greves operárias em todas as fábricas têxteis e de produtos de papel. Vai ser lindo — vamos matar a fera com nossas mortes. Os que sobreviverem se reunirão depois no campo de golfe."

A voz miúda, decidida, de Ana Vitória dizia, com a secura de páginas sendo viradas: "Protesto estudantil é o oposto de protesto operário: é a tentativa da nova geração da classe dominante para manter o poder, disfarçada de revolução".

"O Brasil não é romântico demais, e sim não romântico o suficiente", explicava Nestor, atraído pelo anseio de Clarice por ele. "É o país mais pragmático do continente. Quem foram nossos revolucionários? Um dentista que escrevia maus poemas, e o filho regente de um rei procurando manter-se em seu cargo!"

"Isabel", disse uma outra voz, num tom ao mesmo tempo tímido e insistente. "Isabel."

Ela abriu os olhos e viu Tristão ali parado, na ponta da mesa de pau-roxo arranhada, um rapaz negro alto, com uma mochila laranja nas costas e usando uma camiseta tão desbotada e esfarrapada que quase não se conseguia ler a inscrição. Por um clarão de momento, no fulgor dos olhares pasmos dos amigos, ela duvidou que o conhecesse. Sua primeira emoção foi o pânico. "Como você me encontrou?", perguntou-lhe.

O tom acusador dela fez com que ele sorrisse. Na lenta tranqüilidade com que expôs os dentes perfeitos, os fortes dentes quadrados que a juventude dá como eternos, ela o reconheceu de novo como um amplificador de seu melhor e mais profundo eu. A testa dele, muito quadrada, era mais alta do que ela lembrava, como uma barricada erguida acima dos olhos fundos, nadando tristes em sua própria escuridão de breu. "Vim pelo faro", ele explicou, com uma voz cuja sombria textura de pano, com aquela suavidade carioca, exerceu um fascínio de silêncio sobre os palradores amigos dela. A forma adorável do nariz dele, achatado como para dar às narinas um maior domínio sobre o ar e suas fragrâncias, tornou plausível sua hipérbole.

A voz dele disparou vibrações dentro dela: sentiu-se transposta — música de cravo rearranjada para quarteto de cordas. O sorriso dele foi diminuindo, tornando-se grave, quando explicou: "Virgílio soube por César que você estudava na universidade daqui. Quando saltei do ônibus, depois de uma viagem de quinze horas, perguntei onde os estudantes se reuniam. Este é o décimo segundo lugar em que procuro. Mas você não parece contente por me ver. Não é mais uma garota de dezoito anos".

"Eu *estou* contente, sim", disse-lhe Isabel. "Me desculpe", disse a Sylvio, que se sentava entre ela e a liberdade, na ponta de fora do reservado.

Ele lhe perguntou: "Tem algum problema? Quem é esse vagabundo?".

Aos ouvidos de Isabel, a voz de Sylvio soou empalidecida. Ouviu o medo comprimindo a voz, aguçando-a, embora ele tivesse acabado de falar em marchar contra as armas dos militares, para criar um estardalhaço de notícias ensangüentadas. Ela se enrijeceu, e explicou com firmeza: "É meu amigo". Não conseguiu forçar-se a dizer: *É meu marido.*

Clarice trocava olhares conspiradores com Nestor, de um lado a outro da mesa, e junto dele Ana Vitória fitava rigidamente em frente, como se esperasse que o marxismo lhe dissesse o que fazer. Sylvio, recusando-se petulantemente a sair do lugar, virou as coxas para um lado, para deixar passar Isabel, o traseiro dela na minissaia de jeans a dois centímetros de seu rosto. As faces picadas de espinhas de Nestor pareciam esbofeteadas, de tão avermelhadas por aquele súbito embaraço, aquela irrupção na vida estudantil deles.

"Tchau, turma", disse Isabel a todos.

"Tchau", responderam, num acorde fraco e desigual.

"Adeus", disse Tristão, mais formalmente, com uma leve mesura.

Abraçando o pesado texto de botânica contra os seios empinados, ela o acompanhou por entre as paredes de fumaça até o lado de fora. O ar fresco, o céu da noite, aquela musculosa presença escura — aquilo era outro tipo de sorvete, uma delícia na dimensão não da boca, língua e garganta, mas dos órgãos mais abaixo, intimamente ligados à alma e sua aura. Um rasgão em sua camiseta acima do ombro revelava um triângulo mais escuro que o pau-roxo envernizado, e ela se lembrou de como a pele negra é suscetível a cicatrizes, que, ao contrário da branca, jamais perdoa, registrando cada arranhão e bolha com um cinza baço permanente como o do giz num quadro-negro mal apagado.

14

SOB AS ESTRELAS

Do lado de fora, na calçada, as luzes urbanas de Brasília empurravam o vazio abobadado. Restaurantes que serviam canja de galinha aguada e bares que emitiam o rude riso de julgamento da juventude lançavam quadrados de luz na calçada; acima, janelas retangulares acesas, dispostas como para superar e apagar as estrelas. Isabel usava uma blusa de jersey cor-de-rosa de mangas curtas, e trazia amarrado na cintura, para o caso de a noite esfriar, um suéter com a estampa da coroa de espinhos da catedral de Brasília; ao apressar o passo para acompanhar o de Tristão, o suéter oscilante dava-lhe aos quadris um balanço descuidado, desafiante. Os tênis brancos novos dele tremeluziam à frente, entrando e saindo nas poças de luz elétrica. Outros pedestres olhavam brevemente na direção deles: eram um casal descombinado, mas o Brasil fora povoado por casais descombinados.

Começando a arquejar, ela ousou tocar o braço dele, como para fazê-lo reduzir o passo; a mão saltou de volta, espantada pela férrea dureza dos bíceps. Sim, estava mais velho, os músculos mais nodosos, o rosto um pouco mais magro, notou ela, com uma ruga levíssima no canto dos lábios, onde antes não havia nada. Ela se sentia animada, exaltada, mas também apertou o passo, como se o tempo houvesse dobrado a esquina e rolasse ladeira abaixo.

"É, estive trabalhando", ele disse. "Durante dois anos, me puseram para apertar parafusos de fixação de motor na fábrica de fuscas. Eu já estava apertando parafusos até nos sonhos. Queria sonhar com você, Isabel, mas estava perdendo seu rosto, sua voz, dia a dia, noite a noite. Me revoltei e dei um talho no rosto de meu irmão para poder fugir."

"E agora que está me vendo", disse Isabel, fingindo uma viva alegria, apoiando a mão branca no férreo braço dele e virando-o, com a mochila laranja às costas como uma corcunda, para se dirigirem mais devagar ao ponto onde as luzes escasseavam, na delicada curva do Eixo Rodoviário Norte. "Ainda gosta de mim?"

A meiga carinha convexa de macaca, iluminada pela palidez da falta de sono estudantil, tinha agora uma certa fragilidade, como se a tristeza da vida estivesse lentamente sugando-lhe a seiva. "Me toque e descubra", ele disse.

"Aqui na rua? Você está maluco, Tristão." Mas a idéia molhou a beira de sua calcinha biquíni, por baixo da saia jeans.

"Tem vergonha de estar comigo? Fugi da casa do meu irmão com a roupa que costumo dormir. Por isso estou vestido assim. Na verdade, tenho dinheiro — dois anos de economias na mochila."

"Jamais vou deixar de adorar estar com você", ela disse, e, sem parar de andar a seu lado, passou a outra mão pela frente do calção, onde o inhame dele despertara.

"A gente precisa trepar, e conversar", ele disse.

"Sim. Continue andando, meu marido. Já, já aparece um lugar."

Haviam deixado para trás a maior parte das luzes da cidade, e passavam por grupos de trabalhadores à espera dos ônibus que os levariam de volta às suas favelas, a quilômetros de distância no meio do mato; as camisas claras caíam na escuridão como cristas brancas de ondas no oceano da noite. Agora, quando não passava nenhum farol, via-se apenas o brilho dos tênis dele, e o balanço do suéter dela, os longos cabelos platinados. Acabou a calçada. A dupla rodovia tinha uma faixa de grama no meio, da largura de uma quadra urbana. Quando andavam por ali, ela sentia através das sandálias pequenas pontadas do orvalho que descia da emborcada concha da noite acima, cada vez mais clara e cristalina. O passo dos dois juntos tornava-se lânguido e hesitante quando paravam para se beijar e se acariciar, e enfiar a mão sob as leves roupas um do outro para pegar e acariciar a pele receptiva.

Aqui e ali, na grande faixa da rodovia central, viam-se plantas, verdadeiros bosques; ao se aproximarem de um desses, o estudo de botânica de Isabel permitiu-lhe reconhecer as pacovas, bananeiras silvestres, com suas enormes folhas protetoras, entremeadas com esparto em luminosa floração, como lírios. A moita era suficientemente densa para eles se sentirem escondidos, sobre o chão de folhas secas e palha de pacova. Deitados, os amantes podiam ver o céu negro pontilhado de estrelas, mais densas numas partes que noutras, como touceiras do deserto mais próximas umas das outras em leitos secos que outrora continham água. De dentro da moita, longe das luzes fortes de Brasília, as estrelas brilhavam com uma intensidade que dominava a sua desordem: sem dúvida proclamava-se algum enorme milagre. Ela precisou apenas baixar a calcinha biquíni por baixo da sainha áspera, e ele, tirar o calção de banho, para tornarem-se amantes mais uma vez. A xoxota dela era para ele como ungüento despejado sobre dois anos de dor.

"Não vamos nos separar nunca mais", ele suspirou, seus jatos ainda refluindo dentro dela.

"Não, nunca mais", ela prometeu.

"Aonde podemos ir? A ira de seu pai vai nos seguir por toda parte."

"Não é ira, é desgosto, nascido da condição cultural dele. Olhe pra cima, Tristão. Imenso como este céu é o interior do Brasil. Nós vamos pro oeste, e nos perdemos por lá."

Enquanto os dois permaneciam escondidos na vegetação ornamental — que a irreprimível bananeira brava tornava semelhante a uma selva, as frutas verdes e pontudas misturando seu leve cheiro adocicado com o almíscar de Isabel e o bodum de Tristão, ainda mais forte pelo dia de provação da viagem —, o tráfego de Brasília passava pelas duas metades da estrada; anjos alados de luz de faróis visitavam-nos cegamente no matagal, gerando sombras de folhas e talos irregulares, rodopiando e expondo aos olhos dos amantes ocultos os próprios membros e os macios ventres nus. Nessas ondas de luminosidade os rostos pareciam, um ao outro, assustados. Tentavam imaginar o interior.

"Podemos viver por algum tempo com o meu dinheiro", ele disse, "mas não vai durar muito."

"Eu só tenho gasto dinheiro, mas posso roubar algumas coisas do apartamento de meu pai e vender no caminho. Ainda tenho o castiçal que não dei à sua mãe, e a cigarreira e a pequena cruz do tio Donaciano. Posso roubar as jóias de minha mãe que meu pai guardou. Na verdade são minhas mesmo."

"Não tire nada de seu pai que tenha valor sentimental", ordenou Tristão. "Espero ser amigo dele um dia."

Ela emitiu um ruído involuntário que dizia a ele ser essa uma visão sem esperança. O medo, escuro e extenso como o território onde se haviam metido, invadiu friamente o estômago dele; contudo, estar com ela reduzia à metade o terror. Gravetos de casca de cortiça, espalhados para adubar a planta quando nova, e que agora se decompunham de volta à natureza, haviam-se grudado no traseiro dela enquanto fodiam; ele lhe pediu que ficasse de quatro, como Odete no dia anterior, e espanou os gravetos encrustados nas almofadas gêmeas da bunda branca, branca. Ele beijou a nádega esquerda, depois a direita, e enfiou a língua no buraquinho entre elas. Jamais fizera aquilo antes, nem mesmo no Hotel Amour. Ela encolheu-se instintivamente, depois, sentindo a intenção séria no domínio das mãos dele sobre seus quadris, recuou para o rosto dele, para aquela sonda invertebrada, não querendo sujar seu amor com nenhuma nódoa de vergonha. O que era dela era dele. Era um novo terreno para eles. Ele inspirou fundo, com as narinas redondas apreensivas que ela voltara a admirar naquela noite, o mistério básico da merda dela, matéria que era dela e ao mesmo tempo não era ela. Assim ele deixou Odete para trás e relaxou em seu destino, reunido ao de Isabel.

Quando o casal emergiu da touceira de pacova, as luzes abstratas de Brasília pareciam fracas no horizonte — cartões de ponto esbagaçados, reduzidos de tamanho pelo voluptuoso transbordar de estrelas. Olhando para os lados da capital na escura faixa do meio da estrada, Isabel e Tristão acertaram encontrar-se na rodoviária às sete, e pegar um ônibus para Goiânia.

15

GOIÁS

O ônibus era uma caixa vagarosa, rangente, com a pintura verde-limão quase inteiramente coberta de poeira vermelha e lama seca. A princípio ia lotado, mas foi se esvaziando rapidamente quando se afastaram da frágil modernidade de Brasília e do círculo de favelas que havia brotado durante sua desordenada construção e jamais — ao contrário dos planos — erradicado. Em breve os passageiros eram poucos, tinham deixado o Distrito Federal e estavam na verdadeira zona rural, o campo cerrado, terras agrícolas ondulantes interrompidas por ralas matas baixas e campos que se tornavam pardos naquele segundo mês da estação seca. Isabel, com o seu recém-adquirido conhecimento botânico, identificava feijão, algodão e milho. Os talos das plantações pareciam desolados; havia uma melancolia, uma estupidez na paisagem rural que embotava o coração urbano do jovem casal — uma ostensiva repetitividade, como de alguém que só conhece poucas palavras mas não pára de falar. Onde não havia plantações, cabeças de bois negros, dificilmente distinguíveis de touceiras de mato espinhoso, pontilhavam a savana crestada sem cercas, que se estendia em direção às montanhas azuladas. A terra fora outrora mais produtiva, talvez; a estrada atravessava aldeolas vazias como jarras rachadas, com casas em ruínas, de cujos jardins murados o mato bravo reconquistava a posse.

O casal dava-se as mãos grudentas no calor cada vez maior, cochilando alternadamente. Tristão passara a noite deitado num banco da rodoviária, com receio de ser roubado, os braços entrelaçados com as correias da mochila, o maço de cruzeiros enfiado contra o baixo ventre, atrás do bolso do calção onde a lâmina esperava para ser desembainhada. As luzes da rodoviária eram fortes, e um pequeno grupo local parecia usá-la como clube de jogo, batendo peças de dominó e gritando ao rolar os dados do bozó. Ele dormira dez minutos de cada vez, e acordava sempre com as correias da mocilha cortando a circulação dos braços. Isabel ficara deitada acordada, em seu triste quarto ao fim do corredor ligeiramente curvo, imaginando o criado alto e magro e a gorda esposa se aprontando para dormir. Olhava as quinas do quarto que enfeitara com seus pôsteres de universitária e cadernos e livros, livros cujas grossas lombadas a encaravam ao luar, censurando-lhe a deserção. Às cinco horas, levantara-se e arrumara suas coisas sorrateiramente em duas valises, descera pela escada, esperando que o porteiro do edifício estivesse estendido atrás de sua mesa a dormir. Com as duas pesadas valises, na rua, parecia mais uma imigrante esperançosa na capital, em busca de emprego no governo, do que uma filha do privilégio. Ela tomou um táxi até a rodoviária, onde dividiu com Tristão o café da manhã barato de café, pupunha, pão e queijo. Desta vez, como casal, prometeram um ao outro, iam ser mais econômicos do que em São Paulo.

O ônibus os fez acordar sobressaltados quando rangeu e parou com um bamboleio numa cidadezinha onde só uma igreja ostentava sua cruz solitária em cima de uma falsa frente corrediça, em cujos ombros gesticulavam santos de pedra rachada. A remendada frente da loja ao lado da parada do ônibus não tinha nenhum cartaz novo, só uma colcha em tom pastel desbotada feita de pedaços de outros cartazes mais velhos; o único sinal de comércio vinha de uma velha que vendia espigas de milho assado num braseiro de carvão, num quente ângulo do sol junto a uma parede caiada. O vestido sujo tinha gola de renda, mas na cabeça encarapitava-se um chapéu de plástico de pala com o nome de uma cerveja, Brahma. Os telhados vermelhos da cidadezinha pareciam rachados e entortados pelo peso do indiferente céu acima, de um azul tão cru quanto uma pintura recém-aplicada.

Penetrando interior adentro, parecia-lhes que andavam para trás no tempo. Menos automóveis disputavam com o ônibus a estrada cada vez mais estreita. Homens e mulheres sacolejavam pelo acostamento montados em jumentos de cílios gigantescos como os de uma boneca. Os poucos automóveis apresentavam a silhueta quadrada, os estribos e o pára-choque arqueado bidimensional de uma era anterior, antes que o Brasil tivesse suas próprias indústrias, quando os carros, já muito rodados e muitas vezes consertados, vinham usados da América do Norte. A meia distância, um caminhão levantava uma nuvem de poeira ocre na qual vaqueiros vestidos de couro confundiam-se com seus cavalos e boiadas. A própria paisagem, onde as cercas de arame não interrompiam o planalto ondulante, parecia um couro fulvo, repelindo arranhões e água, cheio de cicatrizes e claras marcas de pés. Tristão e Isabel olhavam ávidos as monótonas paisagens de Goiás, mas após algum tempo, com os olhos ardendo, voltaram a atenção um para o outro. As barrigas roncavam, de fome e de medo do que haviam empreendido.

"Tudo pertence ao gado e seus donos", observou Tristão. "Não vejo lugar para nós, por mais vasta que seja esta terra."

"Só viajamos alguns quilômetros", tranqüilizou-o Isabel. "O Brasil não tem fim, tem oportunidades sem fim."

Contudo, na cidade de Goiânia, à qual chegaram após seis horas, uma impiedosa geometria de plano urbano — ruas circulares, numeradas e sem nomes — mandava-os sempre de volta à rodoviária, na avenida Anhangüera. O sono e as refeições irregulares começavam a afetar Tristão. Isabel embalara muitas de suas roupas e tesouros em duas valises azuis, e as costas dele, sob a mochila laranja, doíam; ela parecia uma pesada jóia pendurada no pescoço dele. Peões de pele acobreada, entontecidos pela cachaça, olhavam fixo na rua uma moça tão branca com um homem tão preto. Tristão sentia-se conspícuo, e Goiânia se assemelhava a Brasília o bastante — outro projeto abstrato imposto pelos planejadores a um vazio que não oferecia resistência — para que o pai de Isabel parecesse perigosamente próximo. O jovem casal morria de fome, mas os restaurantes dos quais se aproximavam os assustavam, com as explosões de grosseiras gargalhadas que vinham lá de dentro, o raspar de botas nos pisos de tábua, e as rajadas dos fortes odores do churrasco e da pinga barata. Por fim, na avenida Presidente Vargas, encontraram o Restaurante Dourado, especializado em peixes dos rios e lagos próximos.

O dono era um ucraniano, de cabeça calva e vários dentes de aço. O homem gostou dos novos fregueses, exóticos como ele próprio. O dourado é um peixe de gosto especial, disse a eles, com um molho de purê de banana misturada com cebola ralada e casca de limão. De sobremesa, recomendou uma fruta rara chamada mari-mari, e sentou-se à mesa deles tempo suficiente para contar como chegara ali. Era uma história enrolada, envolvendo uma guerra antiga: tinha sido capturado quando os alemães invadiram seu país, e fora obrigado a alistar-se nas tropas especiais que tomavam conta de alguns campos de prisioneiros com fins obscuros. Ele havia fugido quando os russos invadiram a Polônia, sabendo que iriam executá-lo como traidor e criminoso de guerra. "Presenciei história demais", disse. Escapara para o Brasil. "É um país alegre", disse a eles. "Tem os bolsos fundos e a memória curta". Quando ria, os dentes anacrônicos faiscavam como uma gaveta de facas.

Não mais famintos, a vitalidade reafirmada, Tristão e Isabel entraram numa loja numa rua curva chamada rua 82 e compraram para os dois botas de vaqueiro, de bico pontudo e costura elaborada. Tomando o restaurante como um presságio, pegaram um ônibus noturno para Goiás Velho e Serra Dourada.

Os amantes acordaram de um sonho atormentado, sacudido, e viram-se numa marcha rangente. O ônibus subia, numa estrada que se tornara uma larga trilha de terra, à fraca luz da manhã; galhos do mato bravo arranhavam os lados do veículo. A terra não tinha mais cercas, e o ônibus era obrigado a parar por causa de zebus na estrada, com suas orelhas caídas e corcovas absurdas. Por algum tempo, ficaram presos atrás de um carro de boi sobrecarregado de espigas de milho não descascadas e guiado por um menino descalço de cerca de dez anos, equipado com uma vara e um chapéu de palha se desfazendo. O amanhecer revelava aqui e ali as paredes brancas de ranchos de um andar encravados nas encostas, e choupanas sem pintura ainda mais acima, onde só os roçados mínimos, pontilhados de plantações irregulares de mandioca e feijão, indicavam o esforço humano contra as palmeiras, os cipós e os espinhentos quipás e cactos. O ônibus sacolejava para cima e para baixo, porém mais para cima, e Isabel repousava a cabeça, com o plúmbeo peso do desespero, no ombro de Tristão. Antes do meio-dia, chegaram a um vilarejo junto a um rio da montanha, pouco mais que uma hospedaria, uma loja e uma igreja com a porta trancada.

"Onde estamos?", perguntou Tristão ao motorista, quando todos os passageiros, como a um sinal que só ele não vira, desembarcaram do ônibus para as pedras escorregadias da inclinada praça da cidade.

"Curva do Francês", respondeu o motorista. "Daqui pra diante, não tem mais estrada."

Os outros passageiros já começavam a desaparecer. Alguns eram esperados, e os casais assim reconstituídos, depois de se abraçar e dividir as montanhas de trouxas que um deles trouxera de longe, afastavam-se juntos por uma trilha mal aberta no mato, rumo a um lar que não se via. Isabel, meio grogue e enjoada da longa viagem, sentia-se desorientada pelo abismo da situação dos dois. O coração de Tristão trancara-se, com a necessidade de ter coragem pelos dois. Tinha de proteger os artigos de luxo roubados e escondidos na bagagem, e também o maço de cruzeiros. Talvez a inflação não chegasse tão longe no interior.

O som precipitado, chocalhante, do curvo rio da montanha impregnava o ar, abafado pela mata em volta, e uma capa de nuvens tornava o sol tão fraco quanto a lua — uma simples ferida difusa no céu. A porta aberta da hospedaria, Flor da Vida, convidava-os para o único lugar de abrigo e movimento. Quando entraram, o punhado de fregueses parou a conversa no forte sotaque do sertão, aguçado como para ser ouvido acima de um vento incessante. Uma menina, a cara redonda como um prato, os cabelos tão repuxados em tranças que brilhavam no alto da cabeça como uma camada de esmalte, aproximou-se tímida deles.

"Minha esposa e eu estamos com fome", disse Tristão, mesmo naquele humilde cenário desfrutando a honra de chamar Isabel de esposa. Era como se seu corpo houvesse gerado outro, e a criatura assim composta fosse desajeitada mas terrível, dona de monstruosa dignidade.

"Que é que tem pra gente comer?", perguntou Isabel, agora com voz de mulher, mais grave que a de menina, e com uma delicadeza determinada que visava arrancar uma resposta da tímida garçonete.

"Arroz com feijão-preto", disse a menina, "e farinha."

"E quais são as outras opções?", perguntou Tristão.

"Senhor, não tem outras." A menina acrescentou então: "Talvez tenha um pouco de carne-seca de cabra".

"Está bem, nós vamos querer isso", disse-lhe Isabel. Depois que a pequena garçonete desapareceu por uma porta chocalhante e de vaivém ao lado do balcão, Isabel pôs a mão branca sobre a de Tristão em cima da mesa e disse: "Chegamos a um reino de poucas opções".

"Morrer de fome ou comer cabra seca", ele disse, com amargo prazer.

Mas quando chegou a comida, em pratos da grossura de um dedo, era fumegante, e surpreendentemente deliciosa. Até mesmo a fibrosa carne de cabra derretia-se na boca. Enquanto comiam, um homem aproximou-se — um homem baixo e robusto, cuja barba se fundia no vermelho acobreado da pele. Tinha pêlos até o alto das faces, e mesmo um tufo na ponta do nariz. Sem perguntar, a pequena garçonete trouxera-lhes copos de clara pinga, e agora aquele estranho simpático acrescentava um terceiro copo à mesa. "Que traz os senhores à Curva do Francês, nos contrafortes das Douradas?" A linguagem tinha um timbre áspero, mas era usada com cuidado, como uma pesada cópia rural de marcenaria barroca.

"O ônibus parou aqui", disse Tristão, tocando o pequeno retângulo de metal no cós do calção, para se reassegurar. "Não tivemos escolha, amigo."

O ruivão sorriu, os dentes irregulares e podres dentro da barba vermelha. "A estrada vai adiante, o motorista é um safado. Tem uma mulher num subúrbio, aí, com quem passa a noite. A estrada continua quilômetros e quilômetros, acreditem."

"Aqui tem subúrbios?", perguntou Isabel, agora com sua voz de menina; deixou escapar um riso argentino.

O ruivão, fixando os olhos turvos nela, declarou: "Os subúrbios são extensos. Antes, a paróquia tinha vinte mil almas, sem contar os índios tupi e chacriabá".

"Que foi que houve?", perguntou Tristão.

Por baixo das ferozes sobrancelhas do homem, os olhos, as escleróticas vermelhas, rolaram de um lado para o outro, como se o que ele revelava não devesse ser entreouvido dentro da Flor da Vida. "O ouro se esgotou, em menos de um século." Fez uma pausa, dramática; usava um colete de couro sobre uma camisa grosseira, ambos vermelhos; se pela própria cor ou pela poeira local, não era fácil determinar. "Mas a Curva do Francês vai voltar a ser uma metrópole", garantiu-lhes. "Todos os planos estão intatos. Avenidas concêntricas, parques simétricos, um belo posto médico, dirigido pelos jesuítas. Tem até — me perdoe por ofender seus ouvidos com isso, senhora — um bairro separado para bordéis, com entradas isoladas para garantir o anonimato dos clientes." Os olhos inquietos detiveram-se em Isabel, por um momento incomodamente longo, à espera de sua reação.

"Parece ótimo", ela disse, "para os que precisam desses serviços."

Tristão tocou de novo sua lâmina e perguntou sem rodeios: "Tem algum trabalho nesta região para um homem?".

O ruivão pareceu espantado com a pergunta. "Senhor, por favor — olhe em volta do senhor. Que vê hoje? Choupanas e mato, lembranças e esperanças. O ouro, como eu disse, se foi. Foi pra outra parte." Agora era a Tristão que ele dirigia seu olhar esquisito, ávido.

O jovem herói aceitou a deixa. "E pra onde ele foi?"

"Ah... lá pra *cima*." O informante fez um gesto vago, além das paredes de bebidas, em direção às montanhas acima deles. "Na Serra do Buraco. Tem milhares de homens, meu jovem amigo, ficando ricos, só com o trabalho dos braços. Todo dia encontram pepitas do tamanho de meu punho" — exibiu o punho, um bloco formidável, coberto de pêlos que pareciam radículas num nó de árvore vermelho-parda — "ou pelo menos do tamanho do selo no anel da senhora." Tinha visto, na pouca luz da casa, a reluzente face oval do anel DAR. "Mesmo umas poucas pepitas do tamanho de uma cabeça de fósforo compram para a bela dama vestidos para dez anos. Não posso deixar de notar que trazem muito pouca bagagem."

"Estamos em busca de um novo lar", disse-lhe Tristão, olhando Isabel para ver se falara demais.

"Por que isso?", perguntou o ruivão, exultando com o prazer daquela conversa. "Pela aparência de sua senhora, e o belo vestido que está usando, o último lar dela era confortável."

"Existe mais de um tipo de conforto, senhor", disse Isabel, a voz de mulher endurecida para abrir caminho à força na conversa. Tristão sentiu-se agradecido, temeroso de que, sozinho, pudesse comprometer a misteriosa negociação em andamento.

O homem deu um sorriso tão simpático que os lábios vermelhos exibiram o róseo lado interno dentro da barba eriçada. Falou a ela como se tivesse sido desafiado: "E a senhora encontrou um tipo insuperável de conforto nos braços de seu garanhão negro, não?".

Para surpresa de Tristão, ela disse friamente: "Encontrei, sim".

Assustava-o ver a condição de mulher que ele lhe dera agora fazer parte dela, para conceder a outros homens, se ela quisesse: "Fico feliz pela senhora", veio a resposta impassível, as hirsutas sobrancelhas do estranho baixadas sobre os olhos avermelhados e brilhantes. "Na Curva do Francês, nós não subestimamos o corpo e suas necessidades."

Tristão interveio: "Como se arranja trabalho nessa mina? Em São Paulo, eu trabalhei na montagem de fuscas — meu trabalho era aparafusar o suporte do lado direito do motor no lugar".

"Ah", disse o homem, impressionado; as hirsutas sobrancelhas ruivas ergueram-se, duplicando o número de rugas na testa acobreada. "Ouvi dizer que fazem carros em São Paulo. Os paulistas são uma raça esperta, mas cruel. Fez bem em fugir deles, meu caro amigo. Eles só pensam em conseguir escravos. Na Serra do Buraco, o senhor não vai trabalhar para os outros; vai ser garimpeiro — um mineiro patrão de si mesmo, um empresário independente. Todo o ouro que encontrar em seu lote será seu, menos uns meros oito por cento para o governo, e módicas contribuições para a cooperativa dos mineiros, que mantém a ordem, registros impecáveis, e opera as comportas e máquinas de pulverização. Não deve imaginar que o ouro sai andando direto da terra para os dedos da sua senhora. Tem muitas etapas, muitos estágios e desafios ao gênio brasileiro para organização. Os grãos de ouro são como piolhos nos cabelos embaraçados da Mãe Terra — se escondem, escapolem! Mas o peso do ouro o trai; quando se separa girando os minérios mais leves, a terra e a simples sílica, lá estão as criaturinhas, no fundo da peneira! É preciso ter uma peneira de mineração, a batéia, pois a cooperativa deixa cada garimpeiro levar para seu barraco os torrões mais promissores de minério, e lá, de noite, meu amigo, quando a gente agacha os músculos doloridos na lama junto à bruxa balbuciante do regato da montanha, eles surgem como vagalumes — não podem subir pelas bordas da batéia, os diabinhos, os preciosos micuinzinhos de ouro! Repetidas vezes, vi um pobre camarada, sem nada além dos farrapos nas costas, se tornar rico da noite para o dia, como um dos senhores nomeados por dom Pedro II!"

Era estranho, ouvir falar dos nobres de dom Pedro como se estivessem vivos. Mesmo assim, Tristão perguntou: "E como a gente se candidata a esse trabalho?".

As sobrancelhas ruivas arquearam-se de novo, tão altas que revelaram círculos de palidez em torno dos olhos do homem, embaçados de pinga. "A gente não se candidata — pare de pensar como escravo! A gente vai lá e toma posse! Para ficar rico, só é preciso uma picareta, um martelo, uma pá, uma batéia e uma posse."

"Como a gente consegue a posse?", perguntou Isabel. Pois ela aprendera, nos anos que passara vendo o tio Donaciano administrar languidamente sua riqueza, que nada deixa de ter um preço, e poucas coisas existem que não tenham um.

"Ora, a gente *compra*!", veio a resposta. "A gente compra uma posse de um garimpeiro que, como eu, já fez sua fortuna e, antes que cheguem as mazelas da velhice, quer desfrutar. Mas fique certa de que, embora com umas poucas pazadas eu tenha conquistado todos os meus confortos, até um caixão de pau-roxo envernizado e metal, ainda resta muito naquela posse, o bastante para sustentar um príncipe e uma princesa da Arábia! Não tem posse na Serra do Buraco como aquela; fica num lugar onde um antigo vulcão fez um veio de chumbo e uma rajada do mais puro fogo azul se fundirem, criando uma verdadeira fonte de ouro, uma goela congelada na terra como a da Mãe Terra cantando a nota mais exaltada! Aqui! Olhem!"

E de dentro do cano longo de sua bota direita tirou um pacotinho de papel, dobrado como uma calçadeira sobre a curva do tornozelo e cheirando a pés envoltos em couro. Era um mapa, pardo, quebradiço e sujo, tantas vezes dobrado e desdobrado que as dobras, quando o papel foi aberto na mesa, deixavam passar a luz. O mapa mostrava um vasto tabuleiro de xadrez de quadrados numerados, com um deles tantas vezes indicado com um dedo que o número fora apagado. "Aí está ela — minha bela. Tão generosa quanto uma puta, perdoem a expressão."

As posses todas mediam um metro e meio por um metro e meio, informou, e se estendiam infinitamente — até o centro da terra, se alguém pudesse cavar tão longe. Quando perguntaram o preço, ele disse uma soma que era o dobro dos cruzeiros que ainda restavam na mochila de Tristão.

Tristão olhou para Isabel, e ela viu a avidez nos olhos opacos mas faiscantes dele, e na barricada da testa o orgulho doido para testar sua força e astúcia contra a obstinação da terra. Para que a avidez dele não os prejudicasse, ela apressou-se a informar ao ruivão, com a voz firme, cheia e seca de sua nova maturidade, que embora o preço dele devesse ser uma piada, iam passar a tarde e a noite fazendo pesquisas e refletindo, e voltariam a procurá-lo pela manhã.

"Pela manhã, outro já pode ter agarrado essa oportunidade caída do céu", avisou o garimpeiro, mas com uma piscadela de olho, e deixou-os a negociar o preço do quarto da hospedaria com a mãe grávida da menina de cara redonda. Tristão estava começando a gostar da atmosfera do sertão, e de ter uma esposa e parceira comercial.

16

A MINA

Decidiram, em sussurros que prosseguiram até depois da meia-noite, comprar a posse. Desde o momento em que seus olhos se haviam encontrado na praia, tinham estado nas mãos de Deus, e a idéia de um jogo tão bruto atraía os dois. Tendo-se encontrado um ao outro, acreditavam em sua sorte. Nas remotas vastidões de Goiás, iam ficar ricos e ao mesmo tempo esconder-se do pai e de seus capangas. O ruivo aceitou tudo que restava do pacote de cruzeiros de Tristão, mais o castiçal de cristal cujo par Isabel dera impulsivamente à ingrata mãe de Tristão dois anos antes. Como isso ainda não parecesse bastante, e os olhos vermelhos do homem ameaçassem partir no frio ar matinal na hospedaria, cerrando-se como para voltar a concentrar-se na querida visão de sua "bela", Isabel ofereceu-lhe uma medalha que roubara da cômoda do quarto do pai, uma medalha que lhe fora concedida pelo rei da Tailândia, por seus serviços quando era vice-cônsul do Brasil naquele reino. O disco cheio de fitas mostrava um elefante coroado, e a inscrição era num curioso alfabeto, que sugeria poder mágico. O caloso polegar, com seu chumaço de pêlos ruivos, acariciou o metal agradavelmente cercado de seda — uma cor de cobre, como a dele —, e fechou-se o negócio. A posse, extraída da bota, consistia de várias folhas de papel dobradas, endurecidas e amareladas pela proximidade do calcanhar. Tristão teve dificuldade para lê-la, mas para cumprir a formalidade fitou por alguns minutos seu portentoso amontoado de selos do governo, letras miúdas e ousadas assinaturas oficiais.

O ônibus que os trouxera de Goiânia à Curva do Francês ia voltar à cidade, agora que o motorista fizera sua farra com a mulher nos agrestes subúrbios. Tristão e Isabel pegaram uma carona até a Serra do Buraco em um carro de boi, aberto ao céu mas com laterais de tábuas. Quatro bois emaciados puxavam-no por uma trilha coberta de mato, pouco mais rápido que o passo de um homem. O trajeto era sobretudo subida, mas com várias descidas em pequenos vales, onde a trilha cruzava rios secos, cobertos de seixos, sobre pontes de tábuas empenadas.

Por algumas horas, partilharam o sacolejante veículo, o fundo duro amaciado por velhas canas-de-açúcar, com três outros passageiros, garimpeiros mestiços ou parasitas dos garimpeiros, que se maravilhavam com os cabelos brancos de Isabel e suas duas valises azuis, tão pesadas de roupas como se carregassem pedras. Supunham que ela ia trabalhar na serra como prostituta, e que Tristão era uma curiosa mistura de escravo e protetor dela. Faziam piadas sobre o preço dela, calculando que a chegada de tais luxos indicava uma virada na sorte da Serra do Buraco. Os avanços deles tornaram-se suficientemente físicos — uma mão escura estendendo-se para acariciar a leve penugem do antebraço dela — que Tristão agarrou o mais próximo dos três e deu-lhe um soco na cara, tão calmamente quanto se apertasse um parafuso num suporte de motor de fusca. O homem chamou-o em resmungos de negro e cachorro, mas desabou de volta entre os dois companheiros, alisando a gengiva sangrenta acima do dente que o soco afrouxara. Já tinha perdido vários dentes, por briga ou podridão. "A gente vai tentar a sorte com os deuses do ouro", explicou Tristão, como para desculpar-se. Mostrou-lhes os papéis dobrados da posse.

O homem se vingou com palavras, sorrindo, exibindo as falhas negras na boca. "Esses papéis são impressos às centenas em Goiânia e Cuiabá; não valem nada", disse. "Quando o senhor chegar lá, vai ver que não tem posse nenhuma. A serra é um formigueiro, fervilhando de vigaristas."

Ao ouvir essas palavras, Isabel foi varada por uma fria adaga de compreensão: sua condição de menina era coisa do passado, estava indo para o desconhecido, e, se houvesse uma posse legítima, iniciara-se um processo que podia consumir a melhor parte de sua vida. Ela se encostou mais em Tristão, buscando o nebuloso conforto. Embora o ser dele estivesse concentrado em provar-se aos outros homens, ele passou o braço com duros músculos pela cintura dela, apertando-a.

Na verdade, a posse era real: o lote não explorado do ruivão destacava-se dos outros como uma coluna quadrada, abandonado. Sob o ataque das escavações, o que fora uma montanha transformava-se num gigantesco buraco; não centenas, mas milhares de homens, num arco de quase um quilômetro, passavam de mão em mão sacos de lama e metiam a picareta em rochas sobre toscas escadas de madeira encostadas nos penhascos abertos numa pedreira de terraços descendentes. Quase todo dia, pedras soltas e terra erosada deslizavam sobre os homens escravizados; todos os dias, morriam um ou dois garimpeiros, de avalanche, doença, exaustão ou briga de faca. Assaltos e assassinatos ocorriam dentro dos poços, e também nas dezenas de favelas que haviam brotado nas encostas em volta — filas de casebres misturados com algumas lojas, papa-defuntos e, incongruentemente, salões de manicure, com inúmeros cubículos pequenos para o serviço. Não havia bares; o álcool era proibido numa área de quinze quilômetros em torno da Serra do Buraco, pois senão as agressões seriam piores. Os homens, enrijecidos por carregar sacos de pedra de trinta quilos subindo escadas e estreitas bordas na terra quarenta vezes por dia, eram possivelmente os de mais boa forma da Terra, com peito de halterofilista e pernas de jogador de futebol. As brigas eram o único prazer deles, a não ser pelos poucos afortunados aos quais Deus permitia encontrar uma pepita de ouro. Tinham acorrido do seco e faminto Nordeste, das miseráveis aldeias de pescadores da Bahia e do Maranhão, das favelas de Fortaleza e Recife e das apáticas e pestilenciais aldeias do Amazonas e seus tributários para aquele terreaceado abismo de oportunidades. Uma empresa de mineração na distante São Paulo, com nome brasileiro mas controlada por dinheiro árabe e gringo, era legalmente dona da terra, no meio de enormes tratos da Serra Dourada, mas um juiz federal em Brasília determinara que nenhum brasileiro seria privado do direito de fazer prospecção de ouro. Era um direito nacional que remontava a 1500, quando o luxuriante litoral brasileiro foi avistado pela primeira vez. Os mineiros haviam estabelecido uma cooperativa que operava um sistema de represas, uma estação de tratamento preliminar, que poluía com mercúrio todos os rios da região, um posto de pesagem e um banco.

Assim que aprendeu os macetes, e adquiriu da cooperativa sua picareta, pá, martelo e sacos, para acrescentar à batéia amassada, gasta mas refulgente que o ruivão lhes vendera juntamente com a posse, Tristão sentiu-se feliz. Na fábrica de fuscas, privado de Isabel, ele se sentia esmagado no ambiente de barulho que cobria tudo, um dente numa engrenagem gigantesca, um algarismo economicamente insignificante entre os proprietários da fábrica e os sindicatos. Encaixado em seu lugar diante da cara larga e banguela de Oscar, apertara parafusos até os músculos das costas e dos ombros uivarem de dor. À medida que cada fusca corria pela esteira, parecia levar consigo um pouco dele em sua oleosa carcaça, de besouro. Ali, na montanha oca, em cima de sua coluna de pedra, quebrando a pedra em fragmentos, qualquer um dos quais podendo conter uma fortuna para ele e Isabel, sentia-se exultante e livre, uma figura heróica recortada contra o céu, enfrentando os elementos mas ao mesmo tempo companheiro deles.

Mas quando o primeiro ano se tornou o segundo, e seguiu-se um terceiro, sua coluna de pedra inexplorada acabou nivelada, sob seus esforços, com o terraço de posses exploradas em volta. Então, enquanto os operários dessas outras posses desapareciam, por morte, ferimentos ou desespero de algum dia tirar a sorte grande, sua posse de metro e meio por metro e meio tornou-se um poço, cavado centímetro a centímetro na rocha inflexível, inescrutável, e suas outrora grandes esperanças reduziram-se a uma fé ébria, fanática, no quase impossível.

Não que ele não visse, em todos esses dias de paciente trabalho, o brilho do ouro. Tristão e Isabel haviam ocupado um barraco vazio cujo fundo dava para um riacho poluído com mercúrio — talvez o mesmo que o ruivão abandonara. Toda noite, ele trazia para casa um saco das pedras mais promissoras que o trabalho do dia desenterrara — as mais claras com quartzo, as mais brilhantes com escamas de pirita, o "ouro de tolo" que às vezes acompanha o ouro de verdade. Pulverizava esses torrões promissores com um martelo e uma ponteira de aço, enquanto Isabel, dentro do barraco, preparava o feijão-preto com arroz da noite. E ele se agachava à beira do riacho, rodopiando os fragmentos na água à espera de que os mais pesados aderissem aos suaves sulcos da batéia, que se irradiavam do centro como os raios de um sol envolto em névoa. Era um processo que jamais deixava de ser fascinante, essa espera, junto à "balbuciante bruxa do riacho", de que aparecessem os "diabinhos, os preciosos micuinzinhos dourados". Com o olhar em transe do homem a fitar uma fogueira para ler nela um sinal de seu destino — um rosto adejante, uma mão de demônio — assim Tristão, noite após noite, até os olhos chorarem na escuridão, fitava a batéia rodopiante. A maior migalha de ouro que encontrou era menor que uma cabeça de fósforo, mas mesmo com esse pequeno achado eles compraram um pouco de charque na cooperativa, para fortalecer a monótona dieta, e fizeram amor pela primeira vez em semanas.

Em geral Tristão estava demasiado cansado para dar atenção a Isabel. Toda a sua paixão agora dirigia-se para os imaginados contornos do precioso metal escondido na matriz de pedra enlouquecedoramente obstinada. A luz da adoração dele deixara o corpo da esposa. Ali, nas encostas da Serra do Buraco, uma fina poeira entranhara-se na pele dela, acentuando as rugas que haviam aparecido na testa, nos cantos dos olhos, nos lábios e até mesmo na base do pescoço, outrora liso como um fio de leite. Sua carinha de macaca juvenil exibia agora uma expressão decidida na boca, um sombreado cansado em volta dos olhos. Quando ela tirava as roupas para se meter na cama, ainda havia aquela explosão branca na escuridão do barraco; mas, embora o coração dele ainda correspondesse, como à visão de uma nuvem de chuva subindo ao sol acima da silhueta da montanha, o corpo raramente podia.

"Você não me ama mais como antes", ela queixava-se naturalmente.

"Amo", protestava ele. "Meu amor é como a Mãe Ouro, imutável, embora se esconda momentaneamente."

"O ouro se tornou não só sua mãe, mas sua esposa. Você trabalha até aos domingos, e quase morre de fome. Os miseráveis ciscos e grãos que encontra, os funcionários da cooperativa lhe roubam no peso, e você bebe a metade na volta pra casa."

Era verdade, a cachaça era contrabandeada para as montanhas, e vendida a preços inflacionados, e Tristão, em seu desejo de ser como os outros garimpeiros, nem sempre recusava um ou dois copos. Despertava nele a velha fraqueza da mãe, que desprezava. Quando o cérebro ficava suficientemente embotado, abria-se uma luminosa caverna no implacável rochedo da vida, e a gente podia se arrastar para dentro. O espírito altivo e independente, que exigira na praia que ele reclamasse para si aquela fofura, arrancando-a da matriz de outros corpos, apodrecia, como sua camiseta LONE STAR há muito apodrecera com o sol e o suor, como a coluna de sua posse fora lentamente reduzida a nada pelos dias exaustivos.

Isabel, vendo suas palavras causarem dor no rosto do marido, e a sombra da derrota e da covardia passar pela barricada da testa dele, sentiu uma dor sua; mas decidira que tinha de pôr distância entre eles, se queria continuar sendo uma pessoa por si própria. Nos primeiros meses como mulher dele ali, fora uma escrava, pensando apenas em cuidar do conforto e do orgulho dele, enquanto ele se adaptava à provação do poço, caindo numa espécie de cochilo quando ele a deixava só no barraco, com o murmúrio do riacho lá atrás, e os perigos da causticante rua na frente, com o único posto de gasolina, o papa-defunto, a cooperativa vendendo produtos essenciais muito acima do preço, os multiplicantes salões de manicure. Pensara em arranjar trabalho, mas suas habilidades — prendas de moça rica, fiapos de conhecimento estudantis — não tinham valor ali. Só tinha um bem, que os homens na rua avaliavam ruidosamente sempre que ela punha o pé fora do barraco, no ar livre cegante, onde nuvens grossas acima das irregulares silhuetas das montanhas fulgiam brilhantes, mas raramente produziam chuvas. Quando chovia, era uma chuva perversa, embotante, cortinas cegantes que deixavam valas na larga rua de terra e traziam as margens do riacho açoitando e derrubando tudo até a soleira da porta dos fundos.

Isabel ficava dentro de casa, dormindo ou lendo caoticamente, para satisfazer uma sede devoradora de um pouco de mundo além daquele. Os instrumentos de mineração e os mantimentos vinham das fábricas do litoral embrulhados em páginas de revistas ou jornais velhos, contendo fragmentos de histórias velhas de anos, com ilustrações de heroínas e modas ultrapassadas e referências a mexericos sobre cantores populares e astros do futebol agora na meia-idade ou mortos de devassidão. Mas as histórias, que ela raras vezes podia acompanhar até o fim nos farrapos de papel amassados e retorcidos, eram atemporais — os mesmos cinco ou seis fatos básicos da existência humana eternamente revolvidos, como as setas que os animais feridos trazem em seus corpos de volta às mãos do caçador. Amor, gravidez, infidelidade, vingança, separação. Morte, sempre morte naquelas histórias.

As roupas dela começaram a acabar. As duas pesadas valises azuis estavam agora moles e vazias; a maior delas continha apenas a cruz com pedras encravadas que ela roubara do apartamento do tio Donaciano, a cigarreira com monograma e uma capivara de pelúcia que ela adorava quando criança, chamando-a de Azor e apertando-a contra o peito chato enquanto dormia. O brinquedo agora estava duro e fosco com a onipresente poeira de sílica do buraco da mina incessantemente revirado. Os vestidos, blusas e jeans elegantes, que ela não usara até virarem trapos, vendera às manicures, para pôr feijão-preto com arroz e farinha na mesa. Pois Tristão a seus olhos tornara-se uma máquina de músculos que ela devia alimentar, senão a marcha dos dois pela vida acabaria parando.

Quando não havia mais roupas a vender, tornara-se suficientemente amiga das manicures para elas lhe mostrarem como ganhar dinheiro. Era muito fácil, assim que se aprendia a deixar parte de si fora do caminho, no alto de uma prateleira mental. O draminha masculino de ascensão e queda era comovente, apesar da capacidade masculina de matar com as mãos, quando eles se zangavam. Mas dela era o poder feminino para prevenir a raiva. Dela era o poder de tomar tudo que eles podiam dar, entre as pernas.

Quando Tristão voltou para casa e encontrou na mesa não apenas feijão com arroz, mas toucinho defumado e uma panela chiando com o suculento peixe de água doce chamado dourado, e abacaxi e pitanga de sobremesa, olhou-a por um longo minuto — os brancos dos olhos de ônix avermelhados pelo pó de quartzo, como os do ruivão — e deliberadamente não perguntou que filão de ouro ela descobrira. Ela o desprezou por aquilo, aquela muda aceitação, mas também o amou por seu realismo, seu tato estóico. O romantismo é o que junta o casal, mas é o realismo que o leva adiante. Ele jogou o saco de minério promissor no chão de terra sem peneira naquela noite e sentou-se à mesa incomumente farta com a constrangida formalidade de um rei cujo cetro está vazio. Por toda a noite ela teve a impressão de que ele se movia ao seu redor com cautelosa delicadeza, como se a carne dela se houvesse transformado numa substância cristalina. Quando ela ia adormecendo na enxerga de palha de milho, sentiu-o tocar suas costas e ombros com a delicadeza experimental devida ao corpo de uma virgem.

Tornou-se mais afetuoso, de uma maneira impotente. À noite Isabel sentia-o olhar para ela freqüentemente à luz da vela do barraco, e ouvia uma lenta e cuidadosa melodia na voz dele, quando contava os detalhes de seu dia no poço da mina. Parecia-lhe agora que havia mais gente no quarto que eles dois. Ou seriam suas memórias que pululavam com os outros homens — os gritos, os apertos, os corpos em tão diferentes tons de pele, de músculos, cheiros, tipos de cabelo, formas de orgasmo abafado dentro dela? Com seu inexplicado excedente de cruzeiros, ela comprou uma longa banheira de zinco, e Tristão toda noite, no que se tornou uma cerimônia, pegava baldes d'água no riacho, que eles esquentavam no fogareiro a querosene. Ela abaixava na comprida bacia de água quente e quedava-se lá até sentir a água esfriar em volta, e a visão de seu corpo imerso, a pele cor de peltre e os pêlos púbicos subindo e oscilando como algas marinhas embotavam, a sua memória; depois o marido, branco de pó de pedra, requentava a banheira com um novo balde e recuperava seu reluzente negror na água que ela sujara. Desse modo faziam-se limpos e lânguidos para a cama; adormeciam com leves toques de carinho, como duas pessoas que se afogam separando-se no mar.

Mesmo nos dias em que fizeram amor vigoroso e incessante, Isabel não ficara grávida. No segundo ano dos dois na Serra do Buraco, ela ficou, e o barraco sacudiu e tremeu com o milagroso levante da natureza. Ela vomitou ao amanhecer durante semanas, e depois tornou-se grande e lerda, com a barriga tão inchada e esticada que Tristão se sentia tonto de amor por ela, com aquela inexorável duplicação dela. O bebê chegou (a bolsa d'água rompeu-se à meia-noite, e o primeiro choro se deu no momento em que o cinza do amanhecer revelava, no barraco, o contorno das coisas), e era um menino, de palmas azuis enrugadas como flores recém-desabrochadas e órgãos genitais parecendo um botão ainda fechado. Ela sugeriu timidamente chamá-lo de Salomão, nome de seu pai, mas Tristão, despertado da passividade do transe do ouro, protestou com gestos apaixonados, dizendo que o pai dela era mortal inimigo dele. Como ele não tinha pai conhecido, aceitou a segunda sugestão dela, o nome Azor, da capivara de pelúcia que ela adorava em criança.

"O bebê é muito branco", observou um dia.

"Todo bebê no começo é branco", ela disse. "A parteira disse que a melanina deles fica toda numa bolsinha na base da espinha. Depois se espalha pro resto da pele."

Mas, à medida que os dias passavam, e o bebê engordava com o leite de Isabel, e as pernas moles começavam a endurecer, a pele não ficou muito mais escura. Tristão tomava a inocente bolha de carne nos braços, fitava-a — Azor gorgolejava, erguendo a mãozinha em forma de estrela para o conhecido rosto negro — e tentava distinguir uma sombra da África, a menor gota de sangue negro tingindo a brancura de Isabel. Não conseguia. Isabel indicava o nariz chato do bebê, as orelhinhas em concha, a testinha quadrada e meio severa, e dizia ver Tristão nisso. O bebê seguinte, uma menina nascida um ano e dois meses após Azor, era escura, mas escura, achava Tristão, com a vermelhidão do índio. Os cabelos da menina, embora negros como os seus, eram absolutamente lisos. Ele não fez objeção a que Isabel a chamasse de Cordélia, nome da mãe dela, a quem ela mal lembrava. Sua sobrevivência a dois partos era de certa forma um triunfo sobre a mãe, que morrera no segundo.

Os recém-chegados encheram o barraco com a inocente intensidade de suas necessidades, seus caprichos e tombos, suas cólicas e golfadas, sua fome e excrementos, dando aos adultos pouco tempo para duvidar do curso que o destino escolhera para eles. A natureza dizia-lhes agora por que se haviam juntado. A cooperativa das manicures arranjou uma velha, uma tupi desdentada separada de sua tribo, para tomar conta das crianças algumas horas por dia, para Isabel poder voltar ao trabalho. O nome desse acréscimo à família, que vinha à tarde e ia embora à noite e não revelava onde dormia, era Kupehaki.

17
A PEPITA

O enorme zumbido da mina — o estalar das picaretas, o martelar quando se montavam as escadas mais profundas e os muros de contenção mais grossos; as conversas e cantigas desencontradas quando os homens mourejavam em fila única subindo as bordas inclinadas e lamacentas rumo às comportas e aos montes de escória que se despenhavam pelas encostas da Serra do Buraco como uma segunda montanha brotando ao lado da estripada primeira; a ocasional explosão de gritos quando irrompiam brigas ou uma avalanche soterrava as posses terraceadas — o zumbido tornara-se o elemento de Tristão. Longe daquela grande colméia invertida, mesmo para estar com Isabel e as duas crianças, ele se sentia meio diminuído, meio troncho e culpado, como se estivesse traindo sua verdadeira esposa, a tentação do ouro. Essa sensação, na mina, de seu verdadeiro eu envolvendo-o, tornava-se mais forte quando estava de fato em seu poço, o buraco profundo e bem-feito, de um metro e meio quadrado, que ele escavara com picareta e pá na rocha da montanha.

A posse vizinha à sua na esquerda, ociosa durante um ano, fora assumida por um grupo de irmãos e primos do estado de Alagoas, os Gonzaga, e a equipe formada por eles se aprofundava rapidamente, alcançando o solitário progresso de Tristão, expondo sua posse ao ar e ao sol. Mas ainda havia uns vinte ou vinte e cinco centímetros verticais de rocha cercada de terra onde ele podia perder-se, onde o zumbido se tornava um murmúrio distante e o céu se reduzia a um minúsculo quadrado azul lá em cima, cruzado por nuvens como atores vistos num drama por uma fresta nas cortinas. Sua intimidade sugeria a terrível solidão da cova, mas isso tinha alguma coisa de heróico; não era mais frio no fundo da posse, mas ligeiramente mais quente, como se ele se aproximasse aos poucos de um dos segredos da natureza guardados a fogo.

Durante alguns dias vinha acompanhando um sinuoso veio claro pela parede esquerda abaixo, uma clareza avermelhada do tipo tido como mais promissor, pois o ouro costumava ser encontrado junto com seus irmãos, o cobre e o chumbo. Quando a terra cora, diziam os mineiros, é que o ouro está para se despir, o ouro em seu brilho nu.

Sua picareta atacava a rocha, um sólido golpe atrás do outro. As duas pontas da ferramenta estavam igualmente embotadas, polidas pelo uso; ele usara três daquelas nos três anos em que ali estava. Com um esforço meio desajeitado, Tristão virava para o lado, já que o veio de rubra clareza se voltava para dentro, afastando-se dele; parecia que a ponta da picareta seguia a curva do corpo de uma mulher por uma espécie de quina, para dentro da racha entrevista, peluda, excitante. Estava tendo uma ereção, como às vezes acontecia na intimidade de sua posse. A energia sexual que não podia reunir à noite, com Isabel, apoderava-se dele no meio do dia, quando metia a picareta na rocha. Às vezes chegava a masturbar-se, o olho do céu fixo lá em cima, mas imaginando sempre o corpo da esposa — contudo, com o inhame esguichante não do marido, mas de um dos brutais fregueses de Isabel, cuspindo nos peitos dela quando acabavam.

A picareta, rasgando para dentro, revelou um brilho, ou pelo menos foi o que seus olhos, atormentados pela penumbra e pelo pó de pedra, pareceram dizer-lhe. Ele se ajoelhou e atacou a fenda da rocha, alargando o brilho. Nuvens, lascas de pedra parecendo punhos a abrir-se e fechar-se, voavam por cima dele; o zumbido da vasta pedreira lá fora filtrava-se por sobre a borda de sua mina privada. Quando o sol entrou no quadrado de céu e lançou seus raios diretos de cima, o ar preso pareceu tão quente quanto a água do banho de Isabel.

Mas ele podia ver melhor. Dentro de uma hora, enquanto a fúria de seu ataque empilhava detritos às costas e deixava sangrando a pele em torno das unhas a escarafunchar, expusera a área brilhante em baixo-relevo. O torrão tinha um brilho avermelhado, não escamoso como a pirita, a enganadora.

Com mais duas horas, entrecerrando os olhos como se estivessem voltados para dentro de um forno, Tristão já havia desenterrado suficiente matriz acima e abaixo para soltar a pepita. Pois era uma pepita, uma fatia bruta mas sedosa de ouro, a essência da riqueza, na palma da mão, muito mais pesada que um pedaço de pedra do mesmo tamanho. Talvez dez centímetros por quatro, e oitenta gramas de peso, tinha os começos de uma forma — uma espécie de barriga, uma divisão do que poderia tornar-se umas pernas, uma cabeça sem rosto. Era um ídolo; era algo sagrado. Tinha pequenas crateras, como a Lua. Ele a passou de uma mão para a outra, agitado; tentou esconder seu brilho mesmo do quadrado de céu acima. Se algum dos milhares de homens zumbindo em torno soubesse daquilo, ele logo estaria morto. A cabeça zumbia; respirava de modo tão rápido e superficial como um pássaro; caiu de joelhos e agradeceu a Deus e a seus espíritos. A mão que molda os destinos tinha mais uma vez baixado e tocado sua vida.

O uniforme de trabalho da Serra do Buraco consistia em calção, camiseta, chapéu de palha ou poliéster, e tênis de basquete até os tornozelos, por causa de todas as subidas e descidas que eles tinham de fazer — as botas de vaqueiro de Tristão haviam-se revelado muito pouco práticas, por ter solas escorregadias e machucar os pés, e os tênis da rodoviária eram finos demais. Os homens usavam também bolsas presas em torno da cintura, nas quais guardavam os grãos de ouro até haver o bastante para ser derretido e convertido em dinheiro e depositado no banco da cooperativa. Tristão receava que a pepita fizesse volume demais na bolsa; assim, misturou-a com as outras rochas no saco de trinta quilos e encaminhou-se para casa debaixo do fardo, como para mais uma noite de pulverização, bateamento, feijão com arroz, pôr as crianças na cama, tomar banho na água suja de Isabel e dormir.

Quando ele despejou o saco sob o olhar de Isabel, por um segundo arrasador receou que a pedra houvesse desaparecido. Tinha descido para o fundo, com o seu peso, e parecia muito com os outros fragmentos, sem valor, da montanha. Mas seu peso a traiu, e ele a pegou. Umas poucas esfregadas vigorosas com o polegar removeram suficiente pó de sílica para revelar o brilho bruto do ouro.

"Estamos ricos", ele disse à esposa. "Você não precisa mais sair de casa durante o dia pra ficar com as manicures. Talvez a gente possa comprar uma fazenda no Paraná, ou uma casinha à beira-mar no Espírito Santo".

"Aí meu pai encontra a gente", ela disse.

"E quem se importa? Demos netos a ele. Eu não provei ser um marido leal nestes anos?"

Ela sorriu da ingenuidade dele. Do mesmo modo como ela insistira em amar a imprestável mãe dele, também ele alimentava, entre ataques de ódio, uma patética esperança de que o impiedoso pai dela cedesse e se tornasse o pai que ele nunca tivera. "Ele não se deixa acalmar tão facilmente, Tristão. A idéia de que está agindo como pai, não apenas por si mesmo mas por minha mãe morta, faz dele um fanático. Quer o melhor pra mim. Você é o melhor, mas ele não pode ver isso; vê apenas com os olhos antigos, os olhos dos brancos poderosos, os olhos dos antigos donos de escravos e senhores de engenho."

"Que coisas terríveis você diz, Isabelinha — como se o passado fosse o presente. As manicures deixaram você cínica; deixaram você azeda. Quando Deus dá um presente, é blasfêmia encará-lo com desconfiança. Me abrace: nossos anos aqui deram seu fruto, seu tesouro."

Em sua exuberância, desejando abraçar Isabel, ele deu a pepita para Azor segurar. O menino a deixou cair sobre os dedos dos pés descalços, e explodiu num choro que fez a irmã soluçar por simpatia no berço — uma velha caixa de cabos de picareta, apoiada sobre tijolos, como proteção contra as cobras e formigas.

Isabel tomou o filho soluçante nos braços e disse a Tristão: "Foram anos difíceis, e um pouco de nosso amor sofreu com eles, mas estivemos a salvo aqui, e escondidos. Tenho medo de que essa pepita nos arraste para a luz".

"Você se preocupa demais, minha querida; é seu sangue burguês. Amanhã, vou levar a pepita para o avaliador da cooperativa. Se o preço dele me parecer pouco, tem negociantes de ouro independentes que andam pela serra — eles podem oferecer mais, já que não pagam os oito por cento do governo, contrabandeando o ouro pela fronteira da Bolívia, com a cumplicidade dos índios." Esse folclore era lugar-comum na colméia humana da Serra do Buraco: como o ouro vivia em miúdos fragmentos e veios dentro da imensa massa de pedra, também vivia nas conversas e pensamentos dos mineiros.

Mas as previsões de Isabel eram corretas. Embora Tristão conseguisse levar sua pepita sem ser visto ao escritório do avaliador, de lá se espalhou rapidamente a notícia da magnífica descoberta. O escritório, com o banco da cooperativa e a coletoria de impostos do governo, ocupava o único prédio de cimento na espalhada aldeia de madeira. Encimado pela estrelada bandeira brasileira, ficava colado no necrotério, abastecido todo dia pelos produtos das brigas de faca, acidentes nas minas, doenças dos pulmões e pelo banditismo que empesteava as estradas que davam acesso à Serra do Buraco. O avaliador, um homem magro e amarelo de terno negro e colarinho de celulóide, e falando português com o cicio efeminado da terrinha, estalou apreciativamente a língua e, após consultar suas balanças e explicar que uma avaliação exata só podia ser feita depois da fusão e purificação, ciciou uma soma de centenas de milhares de cruzeiros novos. "E maish o sheguinte: o valor vai shubir, à medida que o do crusheiro cai..." Tristão sopesou a pepita; seu aspecto físico mudara da noite para o dia, de um ídolo humanóide transformara-se numa caroçuda batata, os olhos parecendo marcas de varíola a sugerir uma pedra-da-lua. Deixou-a aos cuidados do banco, aceitando um recibo com a suspeita de jamais voltar a ver a celestial pepita, sua mensagem do além.

Chovera muito durante a noite; as encostas e os gastos degraus da pedreira desfaziam-se sob os pés. Ao se aproximar da área de sua posse, viu um grupo de homens reunidos; as posses abandonadas em torno da sua voltavam a ser subitamente exploradas. Costas morenas curvavam-se ativas sobre o minério feito poderoso pelo rumor, e dois dos irmãos Gonzaga saíam da posse de Tristão. Antes que ele pudesse questioná-los, eles o questionaram.

"Seu bandido!", gritou o mais velho, mais baixo, dos dois, chamado Aquiles. "A gente olhou e mediu, e você cavou até nossa posse! Aquela pepita é nossa!"

"Ladrões como você", disse o mais jovem e mais alto, Ismael, "deviam ser enforcados e esquartejados como exemplo para todos os garimpeiros!"

"Eu estava inteiramente dentro das paredes de minha posse", insistiu Tristão, embora, lembrando-se do brilho, da frenética escavação para o lado e da sensação de estender-se a uma obscena intimidade, se perguntasse se na verdade não haveria trespassado. A evidência era indeterminada, pois nem mesmo ele poderia dizer de imediato de que ponto exato na terra esburacada viera a pepita.

"Vamos chamar os agrimensores", ameaçou Aquiles, frenético, "e a polícia, e os advogados."

Eles o processaram, e o processo, que se arrastou durante meses, atraiu a atenção da imprensa nacional. A pepita, repetidas vezes retirada de seu lugar no cofre do banco para ser fotografada, era a maior e a mais pura já encontrada na Serra do Buraco, embora não tão grande quanto algumas das descobertas no interior australiano em 1851. Uma nova onda de ganância e esperança excitou o Brasil, por intermédio dos meios de comunicação. Um repórter de *O Globo* fotografou Tristão e Isabel em seu barraco: Isabel tomando banho na banheira de zinco, as bolhas de espuma só não ocultando os ombros e braços nus, a reluzente barriga da perna e o pé modestamente arqueado; Tristão segurando o filho claro e gorducho e a bebê vermelhusca nos braços, os olhos brilhando como bolhas de vidro negro abaixo da nobre testa alta, a fitar desconfiado a câmera.

O fotógrafo, um homem atarracado e mal-amanhado de meia-idade, com várias câmeras extras penduradas no pescoço e muitas piadinhas para provocar um sorriso, e a repórter, uma jovem inteligente e avançada, vestindo meias arrastão nas pernas finas como varas, tinham sido tão cativantes e simpáticos que seria violar todas as regras de hospitalidade não recebê-los e posar como queriam. Os invasores, durante a hora que passaram no barraco, pareciam mais da família — vindos num impulso para emprestar aquele charme urbano — que a ponta de uma crescente cunha de exposição impessoal. Isabel, é verdade, teve a presença de espírito de esquivar-se das perguntas diretas ao responder sobre seus parentes, e a malandragem de Tristão levou-o a mentir sobre sua família, da qual se envergonhava; mas as fotos, em preto-e-branco, falavam volumes. Tristão e Isabel, fitando do interior de seu antro iluminado pelo flash na página três de *O Globo*, tornaram-se mais um daqueles casais cujas fisionomias meio tontas, envelhecidas, num ambiente pateticamente miserável, são elevadas por um curioso golpe de sorte da massa de indizível pobreza para a luz, como peixes fisgados. MINEIROS DISPUTAM DESCOBERTA DE ENORME PEPITA, dizia o título da matéria. CASAL ERRANTE BARRADO À BEIRA DA RIQUEZA. Seguiram-se outros repórteres, e Tristão se mostrou cortês com todos; aquela invasão podia trazer perigo, raciocinava seu espírito esperançoso, ou um novo início.

Um dia, ao voltar do trabalho ao escurecer, ele encontrou um vulto prateado, um homem de terno cinza, sentado numa das duas cadeiras do barraco. Seu primeiro pensamento, envergonhado, foi que Isabel agora andava exercendo seu ofício na casa deles; mas depois viu que o homem, com uma expressão triste, as têmporas grisalhas e o bigode cuidadosamente aparado, era César. Isabel estava de pé, assustada, junto ao fogão, com o gordo Azor no quadril e os cabelos soltos até a cintura. Cordélia estava no berço, soluçando no sono. "Meu amigo, tornei a encontrar você", disse César, exibindo displicentemente o revólver cinzento, apontado não para Tristão, porém, mais polidamente, para um lado. "No seio de outra família — esta de sua própria lavra. Meus mais sinceros parabéns."

"Onde está Virgílio?", perguntou Tristão. "Ele ainda é o ponta-direita do Tiradentes da Mooca?"

César deu um sorriso cansado. "Depois que você fugiu dele, Virgílio foi... remanejado."

"Por que persegue a gente? Não estamos perturbando ninguém, aqui."

"Isso não é exatamente verdade, meu amigo. Apesar de toda a sua lamentável falta de disciplina, o Brasil ainda não está inteiramente sem padrões, sem tradições, sem ordem. Você perturba meu excelente patrão, por exemplo."

César, que se via como um mensageiro a serviço da família de Isabel, devia ter estado, no seu falso tom paternal, a conversar com Isabel algum tempo, pois mostrava-se estranhamente descontraído — um tanto lânguido e afetado, a arma apontando ociosa para o chão de terra. Não esperava que Tristão jogasse, com a força adquirida no massacrante trabalho diário, o saco de trinta quilos de minério em cima dele, atingindo-o no rosto e fazendo-o revirar para trás na cadeira, uma frágil armação de pau de primavera.

Num mergulho, enquanto Isabel gritava e Azor ria de excitação, Tristão estava ajoelhado sobre o peito de César e, com uma pancada decisiva, já esmagara o lado de sua cabeça com a maior das pedras que se haviam esparramado. O rosto careteante do homem mais velho relaxou, e as pálpebras fecharam-se com um estremecimento. A têmpora grisalha sangrava agora. Envelhecera demais para seu ramo de trabalho.

Tristão entregou a Isabel o revólver de César e lhe disse: "Temos de ir embora. Pegue suas coisas e prepare as crianças; vou esconder o cadáver."

"Ele ainda está vivo", protestou Isabel.

"É", disse simplesmente Tristão, com um pouco da melancolia do silenciado César, a melancolia superior daqueles que estão por cima. O homem era pesado, mais pesado que três sacos de pedra juntos, mas Tristão, de novo em contato com seu destino no desvio, sentindo a calma exaltada de uma descarga de adrenalina, pôs facilmente o corpo nos ombros.

Do lado de fora já era noite, ainda sem lua mas com algumas estrelas. Cigarras estridulavam. Mais abaixo no riacho, alguns metros acima do barraco deles, criara-se uma espécie de passagem com pedras escorregadias espaçadas no leito; do outro lado, no matagal da outra margem, havia uma trilha tortuosa onde, quando a escuridão se fechava, podia-se andar sem ser visto. Os garimpeiros e seus dependentes iam ali satisfazer as necessidades naturais, e mais de uma vez o pé de Tristão escorregara em um invisível cocô humano, cuja casca dura, assim partida, desprendia um mau cheiro que o acompanhava por muitos passos. Junto com as viscosas carícias das frondes e troncos das palmeiras, as folhas brilhantes redondas de uma planta cujo nome ele não sabia roçavam sua pele com um toque delicadamente cortante. Quando saía da trilha, os espinhos o feriam. Começou a recear que César despertasse e o condenasse a outra luta. Os músculos dos ombros, apesar de endurecidos, começavam a latejar; mas o matagal tornava-se menos denso, a lua saíra, e o ambiente em torno era mais visível. Agora Tristão podia ver, em silhueta iluminada, como um castelo a distância, as trituradoras da cooperativa, onde os sacos de minério eram pulverizados e amalgamados com mercúrio, depois com cianureto, que atraíam quimicamente os átomos do ouro. Toneladas e toneladas de escória haviam formado, nas costas ocas da Serra do Buraco, uma segunda montanha, e foi pelas pulverizadas encostas cinzentas daquela avalanche de escória, de pedra digerida e excretada, que Tristão desceu carregando o inconsciente César. Ninguém ia ali, nos vales abissais daquele deserto criado pelo homem. Até as cobras e formigas o evitavam.

Num buraco remoto, clareado pelo forte luar, Tristão jogou sua carga; em seu coma, César gemeu, até o gemido transmitindo, fantasticamente, o toque pessoal do homem, a paternal dignidade bem-humorada com que ele disfarçava seu ferrão de policial. Tristão virou com delicadeza o crânio pesado, respeitável, agarrando a massa de cabelo grisalho, até que o volume da jugular de César lançasse uma sombra ao luar, no ponto mole por trás da mandíbula, abaixo do crescente de sombra lançado pelo lóbulo da orelha. Por baixo da veia, sabia Tristão, corria sua irmã mais viva, mais vermelha, a artéria da carótida. Puxando a lâmina de barbear de um só fio, a fiel Gem, do bolso de dentro do calção onde ela dormia, logo abaixo do cós, ele cortou horizontalmente o volume, tão fundo quanto ia a lâmina, e em seguida, embora o jorro de sangue, apesar de grande, não fosse tanto quanto ele imaginava, acrescentou um talho vertical acima, só depois percebendo que assinara seu crime com um T.

Seu plano era enterrar o corpo nos detritos poeirentos da mineração, mas enquanto o sangue jorrava o coração continuava a bater, e parecia uma obscenidade sepultar César vivo. Como um cachorro jogando terra freneticamente com os pés, Tristão cobriu o terno cinza de poeira cinza, mas deixou a cabeça de fora, projetando-se da encosta como uma rocha, ou como a elegante cabeça decepada de uma estátua.

18
MATO GROSSO

Voltando ao barraco, morto de cansaço pela culpa e o esforço de seu ato, Tristão encontrou, em vez de repouso, uma atmosfera de ação compulsória. A família estava pronta para partir, os poucos pertences portáteis entrouxados aos pés. Sua mochila laranja fora recheada com mudas de roupa, e os utensílios de cozinha mais leves embrulhados em cobertores e mosquiteiros. À luz tremulante do candeeiro de querosene, até o bebê tinha os olhos arregalados e um ar solene, o choro abafado pelo perigo no ar. A velha tupi, Kupehaki, soubera da partida deles e aparecera: falando áspera e rapidamente, eles tentaram convencê-la a não acompanhá-los, mas ela não deu sinal de ouvir. Continuou à distância de um braço do ombro de Isabel, andando quando ela andava, oscilando quando ela oscilava, e até desabando empaticamente quando Isabel desabava de medo e desespero. Grudara neles e não podia ser desgrudada. A velha tupi trouxera consigo uma comprida cesta de vime, um jiqui cilíndrico, carregado nas costas e preso por uma grossa faixa na testa, e na verdade poderia ser útil, eles decidiram, mesmo que só os acompanhasse no início da viagem.

Os cinco partiram afinal em fila única, atravessando o riacho poluído e descendo a trilha que se afastava do triturador e do monte de escória, entrando num vale desabitado, a não ser pelos bandidos que atacavam os comerciantes de ouro e as tropas de bois e mulas carregados de mantimentos. O zumbido mecânico da montanha, que continuava até a meia-noite, diminuía atrás deles; os sons da aldeia mineira morriam, a não ser pelo latido de um cachorro e a explosão de uma gargalhada ou xingamento especialmente altos. A Tristão, parecia que o caminho deles, alargando-se e estreitando-se entre as sombras negras irregulares da vegetação, fulgia azul sob os pés, à medida que os olhos se adaptavam à noite. À luz azul, o sangue de César jorrara roxo. Isabel trazia a pequena Cordélia adormecida, com a cabeça subindo e descendo, numa tipóia listrada, em seus seios. Tristão a princípio carregou Azor nos ombros, as mãos da criança frágeis mas agarradas com tenacidade aos cabelos duros, impregnados de pó de pedra, do condutor. Quando Tristão sentiu as mãos relaxarem e o menino cair no sono, tomou-o nos braços, espantado de como se tornara pesado em menos de dois anos. Na mochila trazia, juntamente com mudas de roupa, o revólver de César, carregado com as seis balas, as botas de vaqueiro e a bolsa de cintura com um ou dois grãos de ouro nas costuras; as ferramentas pesadas de mineração, embotadas pelo uso, tinham sido deixadas para trás, sem arrependimento. A gente solta peles na vida, para continuar vivendo.

Kupehaki, cabeça curvada à frente para sustentar o peso da tipóia na testa, trazia no jiqui algumas panelas, uma caixa metálica de fósforos, alguns anzóis e linhas de pesca, a cruz portuguesa cravejada de pedras preciosas, e, apanhados às pressas na despensa do barraco, mantimentos para três dias — leite em pó, feijão, charque, folhas de mate e duros torrões de puba, polpa de mandioca fermentada. Ela e Isabel alternavam-se levando na cabeça a trouxa volumosa, mas não pesada, de mosquiteiros e cobertores, com um velho couro de boi que, estendido no chão, eliminava mordidas de formigas e aranhas venenosas.

Acamparam nessa primeira noite de terror numa saliência rochosa a três quilômetros da mina, os adultos revezando-se de sentinela, com a fogueira a estralejar e a escuridão em torno a fervilhar de criaturas ou espíritos. Até as árvores pareciam ter vozes e uma intenção predatória ao estender os galhos. A noite toda, gritavam vozes angustiadas, à medida que o assassinato percorria seu caminho nas trevas. Mas o nublado amanhecer encontrou os desabrigados viajantes intactos, livres para limpar a garganta e os olhos do resíduo de fleuma noturna e arrostar o fardo da sobrevivência. Evitando as trilhas movimentadas, desceram os vales pedregosos da Serra Dourada, viajando sempre do nascente para o poente, em direção ao interminável e ondulante planalto do Mato Grosso. O céu tornou-se imenso, como se Deus desse um suspiro de alívio e desistisse do intenso labor da Criação, contentando-se com algumas moitas emaranhadas de espinheiros baixos, misturas de mandacaru, mato bravo e capim alto, e de vez em quando uma modesta mata. A árvore mais visível no mato era o pinheiro brasileiro, em forma de cone invertido, cada galho escuro estendendo-se mais que o inferior, até que uma pirâmide de camadas precisas parecia equilibrar-se na ponta. Kupehaki mostrou-lhes como extrair, da casca podre e caída daqueles gigantes, uns bichinhos suculentos chamados coro, que, quando não era possível fazer uma fogueira adequada, podiam ser comidos crus e esperneando; assim que se vencia o nojo, tinham o gosto de banha de coco.

Foi Kupehaki quem, nos dias e semanas da viagem deles para oeste, atravessando o Mato Grosso, mostrou-lhes como pegar morcegos, lagartos e sapos, aranhas, larvas e gafanhotos, como extrair água das bombacáceas, que bagas colher e quais evitar por serem venenosas, que sementes e castanhas valia a pena colher e descascar, e onde encontrar o mel armazenado pela abelhinha sem ferrão lambe-olho, que adora o suor humano e cobre furiosamente as narinas, os dutos lacrimais e os úmidos cantos da boca. São piores que as moscas sugadoras de sangue e os marimbondos, essas minúsculas abelhas que preferem morrer em êxtase dentro dos fluidos do rosto humano a fugir.

A natureza fora virada pelo avesso na Serra do Buraco — vazada, revirada e pulverizada, vítima da paixão humana pelo ouro. Ali, nos intermináveis e monótonos matagais e savanas, nas secas elevações de chapadões, alternando-se com fios de rios pardos, o homem retomava sua modesta posição na luta incessante, no oceano de faminta proteína, no delírio espumante da predação. Kupehaki mostrou-lhes como, com a lâmina de Tristão, cortar as parasitas cinzentas que, de um modo insidiosamente indolor, se enterravam nas pernas deles, e como se despir logo quando uma folha de aparência inocente, ao roçar na pele, soltava uma multidão de minúsculos carrapatos cor de laranja, que lavravam por baixo das roupas como uma espécie de incêndio; esses invasores, se não fossem varridos e repelidos, num instante embrenhavam-se sob a pele. Foi Kupehaki quem mostrou a Tristão como recolher gravetos no mato e, quando acabaram os fósforos, acender a fogueira noturna com dois gravetos girados num monte de capim seco, e a Isabel, como armar um abrigo de folhas verdes de palmeiras que dava uma ilusão, se não a realidade, de proteção. Quando, pouco além do círculo acanhado da fogueira, uma onça soltava seu rugido, era Kupehaki quem acalmava Azor com histórias de um travesso deus-onça. Ela impunha tranqüilizadores limites aos perigos em volta, descrevendo as criaturas da selva como irmãos e irmãs deles. Quando os ruidosos macacos guinchavam acima e despejavam excremento sobre eles, ela interpretava isso como uma engraçada saudação; a mordida de pequenos morcegos vampiros, que se grudavam na mão exposta de alguém adormecido à noite, ela descrevia como uma espécie de beijo, que purgava o sangue, moderadamente. Durante o dia, indicava embevecida a abundância de pássaros — os periquitos verdes, os brancos íbis e lavandeiras, os colhereiros cor-de-rosa, os jaburus da altura de um homem, os bem-te-vis de papo amarelo e as vistosas graúnas, cujos ninhos se amontoavam entre as orquídeas roxas que floresciam nas majestosas palmeiras uauaçu. A distância, onde um lagoa pantanosa reluzia como uma miragem, coágulos coloridos, ilhas cor-de-rosa e brancas, de flamingos e garças reais fulgiam no calor. Ouvindo o desusado som de vozes humanas, os grandes pássaros voavam em surda explosão, e ao passarem acima o ar tatalava de uma maneira emocionante.

Tristão receava gastar as seis balas do revólver de César. Uma vez mirou na asa de uma garça e errou; outra vez atirou num lerdo e bamboleante tamanduá, cuja gordurosa carne assada deixou todo mundo doente; uma terceira vez, feriu um veado que fugiu em três pernas na vastidão da savana, até tombar e ser devorado pelos vorazes porcos-do-mato. As três balas restantes, ele resolveu guardar para um inimigo humano, se algum aparecesse. Kupehaki mostrou-lhes clareiras onde uma camada de cinzas sobre a terra cor de café indicava que os índios tinham cultivado mandioca, milho e tabaco, e deixado algumas cestas de vime como lembranças dessa estada de uma ou duas temporadas. De homens mais brancos — mamelucos nascidos de pais portugueses e mães índias — havia traços mais rudes, buracos e túneis de abortadas minerações cobertos pelo mato, e choupanas caindo aos pedaços de aldeias desaparecidas. Às vezes as ruínas eram de séculos e quase irreconhecíveis como restos humanos — uma fila de pedras que tinha sido um muro, uma depressão na terra que havia sido um depósito. Os homens haviam passado ganânciosamente por aquela vastidão, sem nada encontrar que os fizesse deitar raízes. Muitos tinham morrido, e sido deixados para trás sob gigantescas covas, assinaladas por anônimas pirâmides de pedra, ou cruzes de madeira transformadas em finas cascas pelos cupins. Onde a madeira fora pintada, os cupins roíam em torno das letras, deixando-as no chão como farelos ilegíveis de pintura. O nome de uma pessoa não durava muito no Mato Grosso.

O estado de espírito dos mais recentes exploradores, mesmo à beira da inanição, não era de desesperança. Um dia tinha de aparecer no horizonte uma aldeia povoada, ou um rio que os levasse a algum lugar onde a mão-de-obra deles pudesse ser aproveitada, onde suas pessoas pudessem introduzir-se num tecido social. Sob os fardos, eles pareciam recuar no tempo, afastando-se das fúrias que o excesso de população trouxera à sua época, para um casto espaço onde pares de mãos humanas ainda se dispunham a ter valor. Isabel lembrava-se, dos mapas que as freiras lhe mostravam na escola, que o Brasil acabava no oeste; tornava-se Bolívia, ou Peru. Ali havia montanhas de picos nevados, e índios de mantas e chapéu-coco, e revolucionários maoístas que podiam pegá-los e transformá-los em soldados na guerra contra os homens de ternos cinza-prateados.

Enquanto isso, a marcha através da monótona mata apresentava a urgência diária de encontrar comida, permanecer vivo, afastar os demônios da preguiça que assediavam o sangue.

Azor, que era gorducho como uma larva no início, desenvolvera membros magros e um olhar cavo; aprendera a andar com eles, horas a fio, sem se queixar, embora seu rosto entrasse, parecia a Isabel, em mumificada velhice. Cordélia, ainda mamando, saía-se melhor, embora o leite de Isabel estivesse secando. Isabel perdera a redondez feminina, e estava magra como Kupehaki, embora a pele não pendesse em dobras tão frouxas dos braços, como a pulsante crista a cair do pescoço de um lagarto. As costelas haviam se tornado visíveis e delicadas como as de uma folha de palmeira, e nas batatas das pernas saltavam músculos duros como os de Tristão. Enquanto ela pegara um bronzeado que refulgia ao sol diário, os cabelos descorando-se em deslumbrante contraste, ele ficara fosco, os ombros negros desbotados como a mochila outrora laranja-vivo que usava, agora de um leve cor-de-rosa, como um estandarte seguindo pelas trilhas no capim, no mato, na floresta, que mudavam de uma coisa para outra nas distâncias interminavelmente repetidas do Mato Grosso. Uma espécie de embaçamento infiltrava-se na pele de Tristão — manchas claras como um mapa espectral, nas faces e nos antebraços — e alguns cachos grisalhos haviam aparecido no cerrado tapete da carapinha. Ele desistira de barbear-se, para manter o fio da lâmina, e a barba rala, mais fina e leve que os cabelos, crescera uns dois centímetros, e depois parara.

O amor de Isabel por ele assumia uma nova forma, uma forma alongada como um grande anel a girar no céu, na incansável vastidão acima e abaixo, e depois voltando, surpreendendo-a com sua força, uma força adormecida despertada por algum súbito ângulo raramente visto — de cima, digamos, a alta testa séria e quadrada escondendo os olhos que pareciam janelas para as trevas, e a linha curva de seu queixo aninhando-se na cava do ombro musculoso — ou pela visão do corpo magro dobrado, a emaciada silhueta curvada na tarefa de fazer uma fogueira, os nós da espinha visíveis como as brilhantes corcovas de uma corredeira. Às vezes, quando ele se agachava junto à fogueira, sentando-se sobre os compridos calcanhares claros para examinar o corpinho paciente de Azor em busca de carrapatos, piolhos e outros bichos, ou quando, noite alta, lhe trazia Cordélia chorando para mamar — pois mesmo os peitos secos consolavam o bebê —, Isabel quase chorava em sua estranha alegria, alegria porque ele a escolhera, porque fora até ela na luz cegante da praia e gravara-se nos olhos dela, em suas jovens fibras moles, e dera definição à sua vida. Ele a escolhera, e a tomara e aceitara, e aceitava mesmo agora aquelas crianças como suas e, como seu destino, a perseguição do pai dela. Quando ela o via movendo-se sem saber que era observado, sentia-o pisar em suas entranhas, de modo que elas se embrulhavam lá dentro, liqüefeitas, temerosas, dolorosas, extaticamente tensas. E quando ela, depois que os outros por fim se aquietavam — Azor e Cordélia dormindo embolados com a velha Kupehaki, embaixo de uma única peça de mosquiteiro sustentada por quatro estacas —, deslizava pelo solo arenoso do acampamento para lembrar-lhe seu amor, o inhame inchava com pronta rapidez. Fora-se a impotência dos dias de mineração, mas a potência, antes fruto da intimidade dos dois, como uma semente brotando de uma fenda úmida, agora vinha de longe, como um murmúrio de trovoada que desdenha causar chuva. Na selva, único homem entre eles, Tristão tornara-se fugidiamente grande — uma lua que surge do tamanho de um botão perto do olho.

"Tristão", ela perguntou-lhe baixinho uma noite, "e se a gente morresse aqui?"

Os duros músculos dele passaram pela rápida contração de um dar de ombros. "Aí os urubus limpam a gente e seu pai nunca vai nos encontrar."

"Você acha que ele ainda está atrás de nós?"

"Mais do que nunca, depois que eu matei o homem dele."

"Não é o meu pai quem está atrás da gente", ela disse, defensiva. "É o sistema."

"Querida Isabel, eu jamais devia ter entrado em sua vida. Você hoje seria uma gorda esposa da sociedade carioca, morando na avenida Vieira Souto."

Ela pôs as pontas dos dedos nos lábios dele. "Você é meu destino. É o que eu sempre quis. Eu sonhei você, e você apareceu. Estou feliz mesmo, Tristão."

Pela manhã, levantavam-se, punham lenha nas brasas da

fogueira, requentavam o que sobrara da refeição da noite passada, procuravam comida em volta para a jornada do dia, e seguiam em frente. Se havia um riacho próximo, ou um lago não muito pantanoso, tomavam banho, rapidamente, antes que os parasitas ou peixes venenosos fossem alertados pela ruidosa presença. Erguendo rápida o corpo reluzente de um dos filhos da água ainda fria da noite, Isabel olhava para cima, e a abóbada do céu parecia suspensa de um pivô; havia alguma coisa na paisagem e no céu dominante, onde as nuvens se destacavam em transparente verticalidade ou adensadas em massas agachadas a correr para leste, os centros simultaneamente densos e diáfanos — para leste, rumo à costa distante, ao distante século atual —, alguma coisa de imóvel movimento, de delicada crueldade, uma ausência transbordante, uma altivez de exagerada matéria que ainda guarda certa ternura em torno, como a casca do ovo contém a nutritiva albumina em torno da gema.

Viajando dia após dia, eles pareciam andar numa roda de moinho movida a pés que, não conseguindo se deslocar no espaço, se engrenara no tempo. Havia um gosto no ar do planalto, um leve tempero de fumaça, que Isabel julgava ser o cheiro do Brasil que chegara a Cabral e seus navios naquele dia de abril de 1500, o cheiro da cozinha tupi e da madeira vermelha que constituía o único tesouro inicial da vasta terra oculta. Ela se sentia cada vez mais à vontade, embalada pelo ritmo repetido da viagem — o despertar do sono entrelaçados, o descobrir que se haviam aproximado da fogueira em busca do calor das cinzas e estavam imundos; o banho na perolada e franca luz da manhã; as voltas em busca de comida, bagas, castanhas, abacaxis bravos, de pequenos animais para abater com paus ou pedras, lagartos, toupeiras e esquilos de barriga laranja e flagrantes caudas laranja, uma busca jamais tão infrutífera que passassem fome nem tão bem-sucedida que se sentissem fartos, a fome parecendo um gás que vivessem inalando, deixando a cabeça tonta; pegar a carga, entre risonhas e mentirosas promessas ao inquieto pequeno Azor de que em breve a viagem ia acabar; o mourejo sob o fardo em fila única, cruzando as baças distâncias até aquela meta a oeste, até aquele grupo distante de araucárias verdes, aquele rochedo cor-de-rosa, aquela brecha no horizonte azul-pardo; e depois o acampamento à noite. Sob o fixo e tremulante olho rubro do sol poente, parecendo uma brasa, faziam um novo lar, a coleta, o reconhecimento, e punham a fogueira a refulgir sob as primeiras estrelas, como uma frágil filha do Sol que se pusera.

Isabel sentia-se segura e aconchegada dentro daquela rotina repetida, mas Kupehaki notava cada vez mais sinais de cultivo na savana. Num raso vale que evitaram, viram um rebanho não de veados, mas de cavalos — as bestas mamúticas, de olhos arregalados e servis, que os invasores europeus haviam trazido ao continente.

"Guaicuru", disse a velha tupi, mas não puderam fazê-la explicar o que significava a palavra. Kupehaki apenas revirou os olhos e exibiu os dentes, que tinham sido limados em ponta quando ela era criança. Esses novos modos nervosos contaminaram as crianças, cujos choros, queixas e exigências impossíveis, por sua vez, irritavam os adultos.

Chegaram a um rio pardo, largo e rápido demais para vadear. Ainda restavam uns poucos mourões apodrecendo, em forma de X para sustentar um passadiço, de uma grosseira ponte índia que fora levada. Fariam uma jangada no dia seguinte, de toras de balsa amarradas com cipós. Terraços arenosos haviam-se formado ao longo da beira do rio, e no mais alto deles, junto a um denso grupo de palmeiras uauaçu e das outras maiores e esguias, as carandás, eles se instalaram para passar a noite.

19

O ATAQUE

O escachoar da água na beira do rio e o grito rascante das rãs que vinha de lá impediram Isabel de mergulhar num sono profundo, e assim, foi como uma extensão dos sonhos meio formados que uns homens altos e nus, pintados como cartas de baralho, se materializaram à baça luz do luar e ao fulgor das brasas já agonizantes da fogueira. A língua em que falavam uns com os outros era áspera e rápida, mas não alta, mesmo quando o ataque atingiu o rápido auge. Deviam ter estado espionando, pois as ações eram planejadas. Dois vultos pegaram Kupehaki e a ergueram; enquanto um lhe prendia os braços, o outro agarrava os cabelos, cortava a garganta com a esbranquiçada curvatura de uma queixada de dentes agudos, torcia a cabeça da velha e arrancava-a; jorrou uma pluma, uma pena negra de sangue, quando o corpo caiu. Um grito de descrença subiu na garganta de Isabel e engasgou-se. A cabeça decepada, pareceu-lhe então e para sempre depois nos pesadelos, olhava-a com uma calma de pálpebras pesadas, como a dizer que ela fizera tudo o que pudera e agora esperava uma palavra de dispensa da senhora.

Dois outros vultos altos ergueram as crianças, ainda enroscadas no sono em seu casulo de rede de mosquiteiro, e desapareceram de volta ao grupo de palmeiras estalando a língua. Azor tentou gritar, mas uma mão deve ter-lhe tapado a boca. Outro vulto virara a comprida cesta de Kupehaki e procurava tesouros entre as coisas derramadas, na terra arenosa ao lado do corpo decapitado.

Tristão levantara-se depressa, e com isso o índio que devia cuidar deles parou. A agitação avivara a fogueira agonizante com um clarão de vida, e a esse clarão eles se viram um ao outro. O índio estava nu, a não ser pela cônica bainha do pênis e os braceletes de contas e dentes nos pulsos e tornozelos. O rosto depilado, dando aos olhos sem cílios uma aparência rubra e ferida, era coberto de desenhos rendilhados de tinta vermelha e azul e, como brancas e finas presas de elefante, três bastões de osso se projetavam do lábio inferior perfurado. Tinha o cabelo curto e duro, com algum tipo de cera; quando exibiu os dentes, eram tortos e negros. Exibiu-os porque à mesma luz que era visto, via um homem mais escuro e uma mulher mais clara do que ele jamais contemplara, e a visão lhe era terrível e sagrada. Trazia uma lança de bambu com a ponta afiada e sem dúvida envenenada, mas ergueu-a frouxa por um fatal segundo, como um pescador que hesita ao calcular o ângulo no qual a lança deve penetrar a enganosa água. Isabel sentiu o forte cheiro resinoso que vinha dos cabelos duros, e viu que no lugar das orelhas do índio havia asas de pássaros; e então Tristão deu-lhe um tiro, com o revólver de César.

O atacante largou a lança e, soltando um gutural grito de pasmo, enterrou as unhas no flanco, como se tivesse sido ferroado por uma abelha. Tentou correr, mas aquele ferimento no organismo deixara as pernas assimétricas, e ele correu em círculos, e depois caiu para a frente, em direção à fogueira, ainda pedalando, os pés enterrando-se na areia. Os outros índios, com aquela covardia franca dos selvagens, haviam desaparecido ao som do tiro. Aos ouvidos de Isabel, aquilo soou como um tapa, despertando-a por fim. Em que momento tinha saltado de pé, para postar-se junto a Tristão naquele segundo final? Não se lembrava. Em vez disso, o cheiro resinoso lembrara-lhe as aulas de violino que o tio Donaciano outrora acertara para ela. Como todas as outras — de desenho, dança e bordado — também aquelas haviam falhado; sua única aptidão era para o amor.

Tristão encaminhou-se para o corpo escoiceante do índio e apontou o revólver, mas não disparou. Em vez disso, pescou do calção o que devia ser a lâmina e agachou-se para fazer alguma coisa que suas costas a impediram de ver. Quando tornou a levantar-se, a dormência assassina da expressão dele caiu sobre ela como orvalho. Continuar viva era estranho e úmido.

Ele explicou: "Preciso guardar duas balas. Talvez para você e eu, se eles voltarem".

A idéia de ser morta por ele tinha uma bela correção que fez contraírem-se as entranhas dela. Depois, contra o luminoso rochedo da fantasia, quebraram-se as ondas amargas e surdas da realidade deles. O corpo de Kupehaki jazia a seus pés, restos cheirando a excremento liberado no paroxismo da morte. "Roubaram nossos filhos!", gemeu Isabel, o pronome possessivo uma mentira.

"Os índios têm cavalos", disse-lhe Tristão. "Escute. A gente pode ouvir as batidas dos cascos se afastando. Não podemos nunca pegá-los a pé." Fazia cálculos; a barricada da testa franzida numa carranca. Estava furioso, pareceu a ela.

"Oh, meus bebezinhos", ela disse, e desmaiou. A terra arenosa veio ao seu encontro como o fofo colchão da cama de infância subia flutuando ao encontro de seu corpo quando, nos dias depois que sua mãe morrera de parto e o pai se tornara um monstro ferido, ele a trazia adormecida nos braços de um lugar festivo e emocionante onde todos se achavam juntos, e num fugidio despertar ela tinha consciência dos braços fortes, dos lençóis brancos e cobertores felpudos puxados, de seu cansaço e confiança sentindo-se carregada do fundo poço de um sonho para outro.

20

SOZINHOS

Quando ela recobrou a consciência, a luz matinal faiscava na pele morena do rio, e Tristão sentava-se fitando a fogueira que reavivara. Ela entrou no mato para responder ao chamado da natureza e viu junto à vegetação quebrada e depressões na areia o corpo de Kupehaki, para onde fora arrastado. Formigas e abutres logo reduziriam a fiel tupi a nada. Isabel tinha a boca seca, o estômago vazio. "Que vamos fazer?", perguntou a Tristão.

"Viver, enquanto pudermos", ele respondeu. "Precisamos atravessar o rio. Mas temos de continuar seguindo para oeste. Atrás de nós, só há sofrimento e perigo."

"Mas Azor e Cordélia..." Lágrimas rolaram quando ela se lembrou dos frágeis membros deles e da confiança que brilhava nos olhinhos úmidos e arregalados, como copos estendidos para serem enchidos. Mesmo quando a fome e o cansaço desabavam sobre os corpinhos desprotegidos, eles a buscavam cheios de fé.

"Não temos forças", ele disse, "nem poder para recuperá-los. Mesmo que os recuperássemos, como íamos protegê-los contra os riscos desta selva? Talvez estejam melhor assim, minha querida Isabel, com aqueles que sabem como sobreviver. Se os selvagens pretendessem matá-los, teriam feito isso na hora."

A fúria do desamparo dela explodiu. Ele parecia tão complacente, expondo a situação de modo tão sombrio, tão racional. "Por que nos daríamos ao trabalho de viver?", ela perguntou-lhe. "Que significa para o mundo" — fez um gesto largo, incluindo até as distâncias além de Mato Grosso — "se morremos agora ou depois? Por que lutar por mais um dia sequer, Tristão?"

Ele a olhou com cautela — a cabeça ligeiramente inclinada para um lado, os olhos entrecerrados — como fazia quando era um simples pivete de praia, embora desde então seu rosto tivesse apresentado as primeiras rugas. "É até um pecado perguntar isso", disse-lhe. "Nosso simples dever é viver."

"Não há ninguém lá", ela gritou, expandindo o gesto e incluindo o céu, "pra se importar com qual é nosso dever! Não há Deus, nossas vidas são um terrível acidente! Nascemos numa confusão de dor, e dor e fome e desejo e medo nos fazem seguir em frente sem nenhum objetivo!"

Ele ficou sério, e falou em voz baixa, como para recolher de volta da vastidão do silêncio escandalizado o protesto dela. "Você me decepciona, Isabel", disse. "Por que o mundo é tão complicado, se não tem nenhum objetivo? Pense no cuidado que há no menor inseto e planta em nossa volta. Você diz que me ama; então deve amar a vida. A vida é uma dádiva, pela qual temos de dar alguma coisa em troca. Eu creio nos espíritos", disse, "e no destino. Você era meu destino, e eu, o seu. Se morrermos sem luta agora, jamais atingiremos nossos destinos. Talvez nossos destinos incluam a recuperação de seus filhos, talvez não. Eu só sei do seguinte, Isabel: você e eu não fomos unidos para enfiar crianças na goela do mundo, mas para dar testemunho do amor — dar ao mundo um exemplo de amor. Eu sentia isso mesmo na fábrica de fuscas, quando parecia que não ia ver você nunca mais."

E a verdade foi que ela, submetendo-se ao julgamento dele, e suportando com ele as semanas seguintes de errância e lenta inanição, sentiu mais amor que nunca. Sua necessidade de fazer amor com ele jamais fora tão forte, nem mesmo nos dias do hotel em São Paulo. No desesperado isolamento deles, trepando ela o reivindicava e o tranqüilizava, uma lembrança para si mesma de que ela ainda estava ali embaixo do céu, um pedido de perdão a ele, e um perverso triunfo das forças em declínio. Como tinham pouca comida, trepar tornou-se o alimento deles. Como estavam perdidos, seus corpos tornaram-se sua mútua destinação, seu único lar. Não tinham a habilidade de Kupehaki para explorar o mato, e várias vezes comeram bagas venenosas, ou desenterraram e cozinharam raízes venenosas. As febres e alucinações quase acabaram com eles; a diarréia esvaziava suas entranhas até deixá-las limpas como mármore esfregado. Emaciada, nauseada, tremendo tanto de febre que os dentes batiam, ela mesmo assim queria brincar com o inhame dele, e seguir as veias inchadas com a ponta da língua, e sugar a pequena gota de néctar transparente que brotava da minúscula fenda única, antes de sentir o precipitado atrito entre as pernas, e as costas dele, duras como uma tábua nodosa, embaixo de suas mãos em garras. Se tivesse de despender a última energia num tal abraço, sua vida teria a forma de uma flor, a macia corola aberta para a luz da vida.

E ele, admirando-se com a paixão dela, supérflua e extravagante como uma convoluta orquídea que se alimenta de ar, deixava-a excitá-lo mesmo quando tinha a vitalidade tão baixa que o próprio esqueleto lhe parecia um monte de pedras pesadas num fino invólucro de pele, que ele arrastava pelos espinhosos chapadões e arriava tonto à noite no duro lugar de repouso. Fraco demais para se levantar do chão, via meio em sonho a nua Isabel montar em seus quadris e abaixar-se sobre sua verga. Suas ancas, a barriga e o monte de Vênus de pêlos transparentes eram redondos mesmo no emaciamento, a última gota de gordura fêmea. A racha deslizava seu abocanhamento sobre ele, primeiro seca e doendo, depois molhada e viscosa, descendo para a gordurosa fofura dos pêlos púbicos dele, e subindo, e descendo, os seios murchos a bater no tronco branco, as costelas iguais às de uma folha de palmeira.

A fome é uma dor a princípio, uma intrusa rosnante, roedora, e depois um narcótico, uma tontura e penumbra habituais em que a consciência flutua sem protestar. Mesmo os ruidosos macacos, nos trechos de mata, recuavam respeitosos no grande caramanchão verde, para deixar passar os fantasmas deles. Locais arenosos úmidos guardavam pegadas frescas de pacas e tapires, mas eles jamais viam esses animais, e de qualquer forma estariam demasiado fracos e lentos para pegá-los. As aulas de botânica de Isabel possibilitavam-lhe distinguir entre a palmeira de buriti, de frondes parecendo rígidos leques, a babaca, de frondes muito longas e curvas e ar descabelado, a baixa nacuri, a buritinana espinhosa e de tronco esguio, que adora o solo úmido, e a ainda mais esguia acasí, de tronco reto como uma flecha; mas não havia nada em todas essas plantas para comer naquela estação, nem castanhas nem palmitos. A florescente vida em torno deles não passava do torturante revestimento de parede de uma cela estéril. A certa altura chegaram a uma floresta petrificada, meio em pé e meio caída em grandes cacos, como um templo vandalizado, as colunas despedaçadas calcificadas em tons de verde-musgo e rosa-lama, branco-morto e azul-distante. Que deus teria sido ardentemente adorado ali, e apesar disso morrera?

Quando o casal estava à beira do colapso, iridescentes beija-flores de costas cor de esmeralda, peitos amarelos e asas invisíveis pairavam no ar em torno deles, frutas pedindo para serem colhidas; Tristão e Isabel aprenderam a estender o braço e pegar os pequenos pássaros na palma da mão, surpreendendo o bater das asas frenéticas, e com um movimento do dedo quebrar seus pescoços. Seis ou oito deles, trabalhosamente despidos das perfeitas penas metálicas e assados em varas finas como agulhas, produziam alguns bocados de carne dura e agridoce. Em outros momentos, Tristão e Isabel viam-se cercados por um círculo de cajueiros com frutas maduras, uma plantação deixada por alguns agricultores passageiros e já desaparecidos, e devoravam com voracidade o que podiam alcançar, com castanha e tudo. Assim, de um evanescente banquete a outro, o casal seguiu vagando, numa mata cada vez mais cerrada, onde quase não podiam ver o sol em sua marcha para oeste, e onde a luz do dia era muitas vezes uma simples fagulha gélida acima da camada mais alta de vegetação.

Tinham iniciado sua convivência sozinhos nadando no rio pardo ao lado do fatal acampamento. Cada um pegara como flutuador um gordo tronco de palmeira caído, mas os toros podres absorviam água como esponjas, e logo afundaram; Isabel teve de ser arrastada os últimos cem metros, a mão branca repousando no ombro luzidio de Tristão como uma sanguessuga num reluzente esturjão negro. Por sorte, as piranhas que mordiscaram seus tornozelos não estavam acostumadas a carne e movimentos humanos, e nenhuma mordida às tontas de suas mandíbulas provocou as gotas de sangue que as teriam posto em frenesi. No fim de suas forças, Tristão encontrou bancos de areia sob os pés; ele e Isabel puderam seguir vadeando, arquejantes, até a margem oposta do rio. Sem que o soubessem, haviam cruzado o planalto, da região onde os rios correm para o sul, entrando no Paraguai, para a terras dos parecis, onde os rios são tributários do Amazonas, mil e quinhentos quilômetros ao norte.

21

O RESGATE

Semanas haviam passado. Os dois deitaram-se para morrer. Um pequeno bosquete de palmeiras de cera bravas oferecia uma sombra móvel, agradável; por entre os troncos ondulantes, Tristão e Isabel podiam ver juntos uma encosta de capim e arbustos, que ia dar em outro rio, aquém de mais uma encosta, no chapadão aparentemente interminável. Era no fim da tarde; as finas sombras apertavam mais sua rede suave, e os mosquitos e os minúsculos maruins começavam a infligir aquelas picadas às quais Tristão e Isabel há muito se haviam tornado imunes.

Os amantes deram-se as mãos e voltaram os rostos para o céu; ele ouviu a respiração dela afundar num ritmo rouco e lento, e virou-se mais uma vez para ver o seu perfil — a testa queimada de sol, onde a loura linha dos cabelos assentava-se para trás a partir das têmporas, e a luzidia curva para fora da parte inferior do rosto, que assinalava sensualidade e uma queda para a safadeza, como ele imaginara à primeira vista. Seus dedos encontraram, frouxo no emaciado dedo dela, o duro círculo do anel com a inscrição DAR que lhe dera um dia, e seus olhos, quase tão baços quanto os dela, registraram a presença, além do perfil da moça, de umas botas de couro de cano alto, bastante desgastadas pelo uso e o tempo. Havia outras botas, botas masculinas com aquela aparência muda, profundamente usada, de pés de animais, e acima delas culotes rasgados de grosseira baeta, em várias cores desbotadas.

Tristão sentou-se, e sentiu a ponta de um espadim na garganta. "Quieto, negro", disse uma voz profunda, não desagradável, com um sotaque exótico e cortês que Tristão jamais ouvira antes. Um rosto cor de bronze, gordo mas não mole, todo barbado, e emoldurado por um grande chapéu de couro, assomava por cima do cabo gravado do montante. "Por vossa aparência macilenta, há muito estais em busca de víveres. Não seria preciso um furo muito fundo para sair do outro lado. E que é essa visão a dormir junto de ti? Uma bela princesa, eis o que parece, muito longe da corte de dom João v. Duas casas do tabuleiro de xadrez, vindas para nos proporcionar um jogo!" E pelo tom de júbilo da gargalhada do homem, e dos companheiros curiosos reunidos em torno, Tristão não pôde ter dúvida do tipo de diversão que se seguiria. Mesmo quando lhe punham grilhões pesados, enferrujados, em torno dos pulsos, e uma coleira de ferro com uma corrente pendurada no pescoço, ele achou, em sua passividade e fadiga, que faziam aquilo para seu próprio bem.

Isabel despertou com um grito, transportada, aparentemente, do teatro desmoronante de seus sonhos. "Tristão", disse, "se morremos, o céu tem uns anjos rudes."

Os homens, seis ou sete, eram todos barbudos e vestiam remendos puídos e esfarrapados de couro e pano; todos usavam uma espécie de armadura no peito, uma carapaça de couro cru recheada com algodão — macia o suficiente para o conforto, ela julgou, mas dura o bastante para agüentar flechas. As roupas mostravam anos de uso e gasto; alguns homens usavam chapéus de palma trançada em vez de couro, e outros tinham lenços amarrados na cabeça em vez de chapéus. A alguns faltavam um ou dois membros. Vários carregavam mosquetes e bacamartes. Murmuraram de encantamento ao ouvi-la falar, como se alguém houvesse transportado um cravo argentino, cantante, de Veneza ou de Antuérpia para aquele remotíssimo posto avançado da civilização. Haviam-se passado séculos desde que tinham ouvido a voz de uma mulher branca. O número deles foi aumentado de uns vinte índios, cujos trajes iam da nudez total até as calças frouxas e blusas de peão ou camponês. Um selvagem mal-encarado usava penas de papagaio enfiadas no septo; outros haviam enfeitado sua nudez com braceletes de couro de macaco e colares de nacaradas conchas fluviais de muitas voltas; mas todos, incluindo as várias mulheres, que traziam bebês nos braços ou na barriga, pareciam harmonizados naquela tropa variegada e, com a insistência das abelhas lambe-olho, amontoavam-se em torno de Tristão, a tocá-lo pegajosamente, impudentemente, examinando suas partes, como se ele fosse um mecanismo curioso.

Relutavam mais em tocar Isabel, e ela tentou usar sua autoridade para interpor o próprio corpo diante de Tristão; mas a rudeza com que a afastaram assinalou o limite do espanto em que tinham sua branca beleza. Ela também sentiu um limite na medida em que sua leve voz feminina e seu sotaque carioca penetravam nos grossos tímpanos daqueles encourados aventureiros. Contudo, num curioso exemplo de deferência, o chefe do bando, o homem do espadim, deixou-a segurar a corrente da coleira de Tristão, como se reconhecesse sua posse anterior.

"Estou com medo, Tristão", ela confiou num sussurro.

"Por quê? Esses são a sua gente." Magoou-a parecendo hostil e ressentido. Um abismo se abrira de repente entre eles, após a longa jornada em que quase se haviam fundido seus corpos minguantes. A voz dele suavizou-se um pouco. "Pelo menos vão nos dar comida. Esses safados estão cevados como porcos."

O grupo desceu a encosta, numa trilha que se alargava em direção ao rio. Campos roçados e plantações cuidadas de mandioca e feijão prepararam-nos para a vista da aldeia, um grupo de cabanas de palha de coqueiro espalhadas, algumas sem paredes, em estilo índio, e outras fechadas com paredes de toros e barro, para adequar-se ao senso de isolamento europeu. Ao longo do rio, havia giraus para secar peixe, e arcos de estacas dispostos para pendurar redes. Várias canoas escavadas e incompletas espalhavam-se em volta, cercadas por lascas de madeira e umas poucas ferramentas enferrujadas. Um estandarte gasto pelo sol, com uma cruz e um escudo visíveis nas dobras desbotadas, pendia de um mastro de bambu fixado ao teto da maior construção do acampamento, uma maloca sem paredes, onde toda a população podia reunir-se. Ali os cativos, após serem alimentados e banhados durante uma hora por hábeis e insistentes mãos índias, foram levados diante da assembléia. O homem que os descobriu conduziu-os por entre a multidão excitada a outro homem de rosto brônzeo, semelhante, porém mais velho e mais magro; sentava-se numa cadeira de vime cujo alto espaldar, enfeitado com uma pele de onça malhada, que incluía a cabeça rosnante, ecoava o esplendor do trono.

"Eu tenho a honra de ser o capitão desta bandeira de bravos e devotos paulistas", explicou ele, apresentando-se com irônica sonoridade: "Antônio Álvares Lanhas Peixoto. Já conhecestes meu irmão caçula, José de Alvarenga Peixoto". A barba de Antônio tinha a forma de uma longa ponta, e no rosto o moreno amarelado da mistura racial da família era quase dourado, um ouro moreno que brilhava nas faces e ao longo da curva do proeminente nariz curvo. O homem imaginou ver o olhar de Isabel em seu nariz, pôs o dedo no lado dele e disse: "Minha mãe era uma carijó, e meu pai, um cristão-novo, ou seja, um antigo filho de Abraão, como a metade dos habitantes de São Paulo. O Santo Ofício da Inquisição na Bahia jamais estendeu seus abençoados serviços tão ao sul — não", apressou-se a acrescentar, "que os padres fossem nos encontrar carentes de fervorosa ortodoxia. Pelas chagas de Cristo, não arriscamos nós nossas próprias vidas e sanidade pela salvação das almas dos infiéis? Não temos nós vagado anos sem conta por este maldito inferno de cactos e formigueiros, atormentados por todo tipo de peixe de dentes afiados e insetos zumbidores que o Criador de Tudo julgou por bem inventar? Não fomos nós assediados sem misericórdia, de todos os lados, pelos próprios selvagens que buscamos salvar, selvagens armados e enlouquecidos pelos jesuítas espanhóis, traidores tanto de sua raça quanto de sua religião?".

As perguntas exortatórias pareciam dirigidas não tanto a Isabel — embora mesmo no auge da fúria oratória ele mantivesse grudado nela um olhinho brilhante, da amorosa cor do âmbar — como ao bando de guerreiros esfarrapados reunidos às costas dos cativos.

"Os blasfemos de hábito negro dão guarida aos infiéis", disse a ela, falando dos jesuítas, "nas chamadas reduções, para seu próprio lucro e devassidão, mantendo-os em ociosidade e nus, enquanto somos *nós* que na verdade os reduzimos, em nossas aldeias e nas aldeias do rei, à religião por Deus inspirada, ao trabalho útil e ao decoro civilizado."

"Eu ouvi falar dos reis", disse Isabel, timidamente, "mas eles governaram há muito tempo."

"Sim", interrompeu o José de cara redonda. "Há muito estamos nos sertões, pois juramos jamais voltar sem índios ou ouro. Se sobrevivermos a um ou dois reis, e descobrirmos que em nossa ausência geramos milagrosamente um ou três bebês em casa, que significará isso quando voltarmos ricos a nossas propriedades, com tropas de criados dispostos, para empregar e trocar por mais terra ainda? O ouro branco é a meta, o ouro rubro é o ganho!"

O irmão ergueu um longo indicador para silenciar tão ganancioso entusiasmo. "Nós recrutamos o gentio para a própria salvação deles", lembrou ao grupo, falando a Isabel. "Mesmo que nos golpeiem numa das faces, oferecemos a outra, e simplesmente os fazemos cativos, quando eles matariam sem pensar. No tenebroso mundo sem Deus deles, comem o cérebro e órgãos internos de seus inimigos, para adquirir coragem na batalha. Nós corrigimos esses costumes ilusórios, ensinando-lhes em seu lugar a ciência correta e os ofícios úteis. Assim, mesmo quando nos pagam com flechas envenenadas, em meio às crueldades da batalha, nós lhes apresentamos as misericórdias de nosso Salvador!"

A gargalhada diante dessas grandiloqüentes afirmações não pôde ser reprimida; enquanto os outros bandeirantes entregavam-se a uma alegre confusão, José confidenciou a Tristão e Isabel, com a astúcia de um longo conhecimento: "A não ser, por certo, que eles sejam demasiado fracos ou novos para trabalhar, ou as mulheres demasiado velhas para esquentar a cama da gente".

"Os nativos em nossa volta", perguntou Isabel a Antônio, "são todos escravos, então?"

"Rogo-vos, criança, não digais 'escravos'. A escravização dos indígenas é proibida por firme instrução real, e condenada por uma reiterada bula papal. 'Administração' é tudo que pretendemos. Estes que vedes à nossa volta são nossos aliados, tupis, guaranis e caduveos convertidos à nossa causa, e que por conseguinte tornaram-se nossos guias e amorosos companheiros. Somos, muitos de nós, nascidos de mães índias, e concebemos de igual modo. Alguns outros, sim, escapariam ao nosso serviço se pudessem. Mas Deus ainda não favoreceu nossa expedição com uma grande colheita de almas convertidas, e muitos desses que convertemos para Jesus têm sido chamados, infelizmente, para Seu lar celestial pela febre e a sífilis. Nosso capelão exauriu seu estoque de precioso vinho, dando a última comunhão."

"É assim que safados escapam", irrompeu José, "morrendo! São tão pouco agradecidos à nossa proteção que torpemente fazem o coração parar! Eis por que vosso negro, minha senhora, é tão bem-vindo como um tesouro aqui; mesmo em São Paulo, não são muitos que podem dar-se ao luxo de negros puro-sangue. Eles são uma raça que Deus fez para enriquecer seus melhores, filhos de Cam para servir aos filhos de Sem e Jafé. Eles não morrem. Sentem saudades de sua terra pestilencial e fazem ídolos e tambores, e, se muitos se reúnem num bando, se rebelam e fogem para o mato e formam quilombos, onde só há libertinagem e anarquia; mas não morrem em nossas mãos, em quantidades tão traiçoeiras!"

"Ele não é escravo!", exclamou Isabel.

As barrocas sobrancelhas de Antônio, na qual cerdas grisalhas se misturavam com outras cor de bronze, levantaram-se em branda surpresa. "Que é ele, então?"

"É meu homem — meu companheiro, meu marido", disse Isabel. Preparou-se para resistir a uma onda de zombarias, já que parecia absurdo dizer isso de uma criatura obstinadamente muda, presa numa coleira como um cachorro ou macaco; mas suas palavras caíram sobre um silêncio de pasmo. "Eu o amo", ela disse, em meio ao silêncio, numa vozinha falha, tantos quilômetros tinha trazido aquele amor, como uma peça de porcelana de Dresden, de uma ponta a outra do Brasil.

Antônio curvou-se para a frente, ainda gentil, os olhos âmbar atentos. "Contai-nos vossa história", ordenou.

"Estamos viajando para oeste há mais semanas do que podemos contar", ela explicou, "fugindo ao desagrado de meu pai com nosso casamento, e em busca de um lugar onde possamos nos estabelecer e realizar algum trabalho útil. Há uma quinzena ou mais, nosso pequeno grupo foi atacado por selvagens pintados; eles mataram nossa fiel tupi e seqüestraram nossos dois filhos, e fugiram montados em cavalos enormes." Com essa breve história, a soma dos fardos acumulados foi demais para seu espírito debilitado, e as lágrimas escorreram-lhe pelas faces, a garganta doendo com a contenção dos soluços.

"Ah, eram os guaicurus — demônios encarnados", disse José, muito sério. "Eles se adaptaram aos cavalos árabes como mágicos, não usando nem sela nem estribos; montam de um salto só. As mulheres, para manter a tribo móvel, exterminam os filhos na barriga, com violentos ferimentos que as deixam estéreis para sempre; para compensar a falta de crianças, eles as roubam onde podem, para criar como suas, nos costumes de Satanás. São tão antinaturais esses safados que vestem alguns homens como mulheres, homens que mijam de cócoras e uma vez por mês acham que têm um corrimento de sangue. Os sacrilégios deles não conhecem limites."

Isabel falou a Antônio. "Senhor, poderiam meus filhos" — faltou-lhe a voz na garganta dolorida — "poderiam o senhor e seus homens resgatar meus filhos?"

O capitão da bandeira curvou-se para ela, à maneira de um pai amoroso. "Os guaicurus são muitos, e ferozes", disse com tristeza. "Nós éramos três vezes mais em número antes de nossas batalhas com os guaicurus."

"E com os irmãos dele em demonismo: os paiaguás", interpôs agitado José, suando indignado em sua grossa carapaça de couro. "Estes não têm cavalos, mas canoas, nas quais deslizam pela água como pássaros! Eles nadam como peixes, com alfanges na boca!"

"Esse", perguntou Antônio a Isabel, o olhar cor de âmbar e a barba grisalha pontuda desabando sobre ela com uma pressão que lhe lembrava a bossuda testa inclinada de seu pai, "esse a quem chamais de vosso marido não lutou para proteger os filhos que eram tão vossos quanto dele?"

Aquele dificilmente seria o momento de explicar que os filhos talvez não fossem de Tristão. A confusão do ataque — as crianças enroladas na rede como larvas, os guaicurus com as pinturas vermelhas e azuis, os ossos brancos espetados nos lábios — voltou à horrorizada visão dela, quando explicou: "Ele lutou. Atirou num deles, mas eles eram demais, e as crianças já tinham sido levadas".

"Dizeis que ele atirou?"

José interveio. "Nós encontramos este mecanismo entre os pertences deles, senhor. Parece de maravilhosa fabricação, e o tomamos por um brinquedo holandês ou uma caixa de rapé italiana, até que o exame mostrou ser uma pistola, mas quadrada e habilmente reduzida, e sem pederneira."

Entregou a arma de César. Antônio examinou as superfícies luzidias e, com um gesto jovial digno de um mosqueteiro à antiga, apontou-a por cima das cabeças deles, mas não muito acima, e apertou o gatilho. O acre estalo do tiro e o zumbido do vôo da bala paralisaram a maloca, sem deixar um buraco visível no teto de palha; divertido, o capitão tornou a disparar, e depois produziu um clique. Eram as duas balas que Tristão vinha poupando para Isabel e para si próprio. Agora teriam de viver.

"Como dizeis, irmão, um brinquedo de criança. O cano não conteria chumbo suficiente para abater um beija-flor."

Antônio falou então a Isabel, num tom concludente. "Esse escravo negro não é mais vosso esposo. Escravos não se casam. Não desespereis. Eu sou um homem solitário, e não tão velho em minhas faculdades, vais descobrir, quanto primeiro vos pareceu."

O obstinado silêncio de Tristão ao lado dela era uma espécie de trovão, como as batidas de seu próprio coração espantado, persistente.

22
O ACAMPAMENTO

O velho chefe da bandeira tomou Isabel como esposa — a terceira, uma vez que duas índias, Takwame e Ianopamoko, já atendiam às suas necessidades. As outras não pareceram ressentir-se desse acréscimo à família; as mãos da novata aliviavam o trabalho e, durante o primeiro ano, foram enormemente poupadas de prestar serviço na cama de Antônio. Isabel ficou grávida, e no segundo ano deu à luz um filho de olhos cor de âmbar, ao qual chamou Salomão, na esperança de que se tornasse um adulto sábio e honrasse o pai dela; talvez assim se aplacasse a fúria perseguidora dele. Quando fez chegar essa decisão a Tristão, por intermédio de Ianopamoko — a mais jovem das concubinas índias, mais jovem até mesmo que Isabel; uma saborosa beldade tupi-kawahib de tronco cilíndrico e sem cintura, membros esguios e graciosos —, Tristão deu um sorriso de escárnio, e amaldiçoou a esposa. "Que o filho lhe devore o coração", disse, e o delicioso rosto de Ianopamoko, ao tentar imitar o riso zombeteiro nos lábios grossos do negro, era tão ferozmente contorcido que chegava a ser cômico. Um rendilhado desenho de tinta azul cobria as feições meio achatadas de Ianopamoko, linhas pontilhadas e anzóis contendo um significado conhecido apenas para a enrugada velha que renovava os desenhos quando desbotavam, e que estava ela própria próxima do grande esquecimento, ou imensa lembrança, da morte.

Talvez a praga de Tristão tivesse pegado, pois o novo bebê era curiosamente quieto e inerte nos braços dela, ao passo que

Azor dera chutes e empurrões com os musculozinhos gordos desde as primeiras semanas.

Tristão, usando um grilhão nas pernas a fim de que não pudesse fugir, fora a princípio mandado a trabalhar nos campos, os campos de coivara plantados com mandioca e milho, batata-doce e amendoim, tabaco, abóbora e feijão-preto — mas depois, quando se tornaram visíveis as habilidades mecânicas que ele desenvolvera na fábrica de fuscas e na mina de ouro, mandaram-no escavar canoas para a eventual mudança da bandeira rio abaixo. As canoas tinham de ser sólidas e largas, para desencorajar os guerreiros paiaguás, capazes de nadar embaixo d'água, de virá-las, e exigiam que os maiores troncos de castanheiro, mogno e araucária fossem trabalhosamente escavados e moldados com a única e enferrujada enxó de ferro do acampamento. Os irmãos Peixoto esperavam que aquele rio os conduzisse ao Madeira, às margens do qual, segundo expedições anteriores, as aldeias índias eram tão densas como uvas em vinhas, pedindo para serem colhidas, e de lá ao Amazonas e à volta para casa por mar, para uma paradisíaca velhice na província de São Paulo, cercados de ex-pagãos domesticados e agradecidos.

Deitada ao lado de Antônio, na cama sob o alto crucifixo dele, fascinantemente detalhado — cada unha dos dedos das mãos, dos pés, cada cabeça de cravo e filete de sangue mais reais que o real —, Isabel ouviu a história da longa jornada dos bandeirantes; que tinham partido com o coração exaltado e amplos suprimentos, as esposas, os filhos e os que financiavam o empreendimento acenando-lhes nos primeiros quilômetros de estrada bem trilhada; que tinham chegado quarenta dias depois, com as fileiras reduzidas e imundas, às Missões de Paranapanema e Guairá, só para encontrar as missões, com suas dóceis tribos cristianizadas reunidas como ovelhas arrebanhadas, tão saqueadas por ataques de bandeiras anteriores que os safados jesuítas espanhóis haviam decidido se mudar, com os sobreviventes, para o sul e o oeste, além das cataratas do Iguaçu, no Paraná; que haviam alcançado e cruzado o Paraná, após meses de dificuldades, apenas para enfrentar várias batalhas terríveis, já que as autoridades espanholas tinham por fim permitido aos jesuítas armar os índios com espingardas. Os fáceis triunfos, com sua colheita de milhares de cativos, dos famosos Antônio Raposo Tavares e André Fernandes, já pertenciam a um passado mais inocente. A bandeira dos Peixoto recuara para o oeste e o norte, para o alagado Pantanal, onde os ganhos eram magros. Os massacres, as doenças e os ataques de onças e jacarés, dizimando os índios debilitados, haviam-nos precedido. Pequenos grupos de remanescentes mortos de fome, apenas uma ou duas famílias, assim que caíam cativos, iam morrendo um a um, com muitos e desagradáveis peidos e tosses. "Ao chegarmos a uma aldeia, encorajávamos os habitantes a concluir a colheita de sua plantação, e nós próprios demonstrávamos uma paciência à altura da tarefa; quando a colheita finalmente se efetuava, eu dava a ordem de seguirmos adiante, carregando o resto dos víveres e fazendo com isso que os índios nos seguissem e engrossassem nosso grupo. Como vos disse José, minha querida Isabel, os gentios tendiam a perecer, quando não de males a que seus espíritos não opunham resistência, ou do excesso de pinga que os homens maldosamente empurravam neles, então de pura perplexidade — pura incompreensão selvagem do que tentávamos realizar. Quando falávamos de ouro, eles invocavam cidades do metal logo além das próximas serras, como para nos fazer ir embora mais depressa, e também cidades de diamantes, quando descrevíamos essas gemas. Mas nunca chegávamos ao fim da selva. A estação das chuvas seguia-se à da seca, o rio azul seguia-se ao rio pardo, e nosso bando continuava sem chegar, quando, sob o Cruzeiro do Sul, viajávamos para o norte."

"Há quanto tempo foi isso, meu amado senhor? Há quantas estações o senhor vem viajando?"

"Não se pode dizer, querida criança. Meu cérebro absorveu a branca neblina das distâncias."

Por mais tempo que estivessem empacados naquele acampamento, na mente do amo ainda ardia a esperança de seguir adiante, e isso levava as balouçantes suíças dele a uma excitação que às vezes se espalhava às nodosas e frouxas entranhas, a esperança de alcançar aquele rio Madeira que ia proporcionar-lhe seus saudáveis habitantes, ansiosos pela conversão ao estilo de vida brasileiro, e transformar sua fazenda nas terras roxas de São Paulo em um céu na terra.

Segurando o inerte filho nos braços, e mal vendo no rosto exangue da criança a força ou o conhecimento para mamar, Isabel chorava, e chorava duplamente ao pensar em Tristão, seu altivo amante, acorrentado à interminável tarefa de escavar a frota de canoas de fundo chato com golpes de enxó cega. Pois os índios, que antes da chegada deles tinham trabalhado sem muita vontade nas canoas, agora achavam aquilo abaixo deles, e que seu dever consistia apenas em açoitar o escravo negro para apressar o trabalho.

Ianopamoko tinha pena de Isabel; surgira entre as duas um amor fraternal, e também uma linguagem mútua, composta do parco português da índia e das expressões de sua língua nativa — uma língua cujas palavras acabavam com as bem acentuadas sílabas *zip*, *zep*, *pep*, *set*, *tap* e *kat* — que Isabel adquirira aos poucos.

"Sabe", disse-lhe um dia Ianopamoko, quando a débil criança das frouxas entranhas de Antônio estava com um ano, "ainda existe magia. Os invasores não destruíram todos os vestígios de nossa antiga aliança com os espíritos. Ainda restam lugares distantes onde os" — e usou uma palavra, terminada em *zep*, que designava com desprezo os portugueses como "comedores de tripa de tatu" — "não puseram o pé poluidor. Tem um feiticeiro, a dezessete dias de caminhada para oeste, que pode..."

"Libertar Tristão?", perguntou Isabel com avidez.

Ianopamoko hesitou; uma pequena ruga formou-se por baixo do rendilhado azul de sua pintura facial. "Eu ia dizer que ele pode dar a seu bebê um cérebro como o dos outros bebês."

"Ah, sim?", Isabel tentou parecer interessada, como cabia a uma mãe. Mas como ex-estudante da Universidade de Brasília que fizera cursos de psicologia, sabia que não se pode dar tão facilmente assim um cérebro, com seus bilhões de neurônios interligados. E a mente fraca de Salomão, sua recusa a engatinhar, ou pelo menos iniciar os rudimentos da fala, haviam desviado de volta o afeto dela para o marido; a praga de Tristão mostrara-se mais forte que o nome de seu pai e a semente de seu captor, e assim os defeitos da criança serviam como uma ligação secreta com o escravo africano, cujos incansáveis e furiosos golpes de enxó enchiam o acampamento, do amanhecer ao anoitecer, com um som de percussão.

"A magia", explicou cautelosamente Ianopamoko, como para cobrir a distância que sentia entre suas prioridades, "tem suas regras e limites. Se fosse para seu bebê ficar inteligente, é possível que você tivesse de abrir mão de um pouco de sua própria inteligência, do mesmo modo como o corpo dele em seu ventre comia coisas que sua boca mastigava."

"Estou disposta a sacrificar uma parte de mim", disse Isabel, com franqueza e cautela iguais à da outra. "Mas não posso me conceber menos inteligente sem deixar de ser eu mesma."

"Será uma longa viagem até o pajé, e não sem perigos. E ele também não é imortal. Está muito velho, e muito triste, pois vê e prevê o destino de seu povo."

"Se ele tem poder mesmo", perguntou Isabel, "por que não reverteu a onda de morte e derrota que chegou com os europeus?"

"A magia não pode ser generalizada", explicou Ianopamoko, nem um pouco impaciente. "Não pode ser" — e a longa palavra terminou em *tap* — "política. Seu domínio é a alma pessoal, não uma nação ou um povo. Tem de haver um pedido, e procedimentos, e uma conseqüência na qual tem de haver uma certa ambigüidade. Como na natureza, nunca se recebe nada sem se dar alguma coisa em troca. Entre muitos índios" — a palavra, terminando em *kat*, significava literalmente "pessoas decentes; não indecentes nem impuras" — "a magia se tornou exaustiva demais. O pajé é evitado, não muito procurado. Mas você, cuja chegada entre nós é como uma aparição, e cujo sofrimento tem a tranqüila profundeza de um encanto, eu achei que talvez precisasse de uma solução mágica."

"Você iria comigo, Ianopamoko?"

"Sim. Eu teria de ir. De outro modo, você jamais chegaria lá."

"Mas, querida, por quê?"

A esguia jovem desviou o rosto, como para desviar um raspão de possível indecência. Tinha os cabelos curtos endurecidos por uma mistura de cinzas e resina, em forma de cuia. "Eu amo você", ela disse, mais ou menos, em sua língua complicada e entrecortada.

Os toques casuais, suaves como finas anteras deixando nos pêlos dourados das patas das abelhas um aveludado pólen cor de chocolate, com que a esposa anterior acolhera Isabel na família do chefe da bandeira haviam evoluído, em muitas noites, para carícias mais prolongadas e objetivas, feitas à vista dos outros, no estilo inocente de uma raça para a qual a nudez era traje completo. Se às vezes os carinhos de brincadeira produziam um arrepio secreto, um orvalho de prazer nas pétalas da feminilidade, e um adejo de vontade de corresponder até onde permitiam os mistérios da carne, que vergonha poderia haver no coração de Isabel, incomodamente suspenso entre um amante velho e outro acorrentado? Sim, as duas esposas se amavam, e faziam amor uma com a outra.

"E Salomão?", ela perguntou. "Devemos levá-lo conosco? A viagem pode matar o pobre fracotinho."

A resposta de Ianopamoko foi solene: "É verdade, ele deve ficar. Só nós duas iremos. Takwame e as filhas vão cuidar de Salomão, dando-lhe uma nutritiva papa de mandioca e banana. Eu notei que seu leite está secando, e de qualquer forma seu filho nunca se deu bem com ele". Teria Isabel ouvido uma sugestão de censura na voz da outra? Que sabia aquela mulherzinha sépia, não maior que uma criança, da maternidade, seus pontos mortos e natural insensibilidade? Embora tivesse sido por um tempo a favorita de Antônio, ela havia permanecido estéril, em seu íntimo impermeável ao fascínio masculino.

23

A MESETA

A floresta a oeste, do outro lado do rio (que elas atravessaram, na madrugada da fuga, usando uma das pequenas canoas que os pescadores do acampamento guardavam amarradas à margem), podia com justiça ser chamada de selva, ou mata. Dos arbustos escorchados, masculinos, do mato grande, elas passaram para um mundo feminino mais luxuriante, mais escuro. Estreitas trilhas que os olhos de Isabel não poderiam ter seguido serpeavam por um mundo de sombras verdes, carregado de flores e frutas. O canto do jacu, parecendo uma trombeta, e os guinchos e a gritaria de invisíveis macacos-aranha acompanhavam a passagem dela por aquela densa tapeçaria, cujo mais alto dossel de galhos deixava passar apenas finos raios de sol, turbilhonando com a poeira dos insetos. Entre os monótonos troncos cinzentos de árvores que se esticavam para o céu, engrinaldados com trepadeiras e protegidos por raízes erguidas, a vegetação baixa era rala; durante quilômetros as duas mulheres caminharam sobre um pardo chão de cascas de sementes e palhas de palmeira secas, como sobre lápides irregulares de uma escura catedral deserta, lembrando o incenso adocicado da podridão. Castanhas e castanhas-do-pará choviam sobre elas quando Ianopamoko subia agilmente num tronco e sacudia os galhos; deslizando descalças do amanhecer ao anoitecer, as viajantes banqueteavam-se com os frutos roxos do araçá, do tamanho de morangos, cheirando a terebintina e fazendo a saliva na boca borbulhar, com as vagens da ingá, recheadas de polpa doce, abacaxis bravos, cuja carne abunda em caroços negros e tem um gosto de framboesa, as peras chamadas bacuri e a gostosura ainda maior chamada açaí, que da noite para o dia se coagula num queijo sumarento. Todas essas coisas doces pendiam à espera delas, num éden desabitado. A Criação parecia jovem, e cheia de formas tentadoras, enfeitadas; como muitos outros artistas, Deus conseguira seus efeitos mais elaborados logo no início.

À noite, as duas mulheres deitavam-se juntas num único casulo de rede de mosquiteiro, e de manhã abriam-se como úmidas borboletas. Abraçavam-se ainda mais forte quando o frio da noite aguçava a mordida; mas iam subindo cada vez mais alto por entre aquele verde mundo fechado, e no décimo sexto dia saíram em campos montanheses de mato alto, terraços irregulares a pulsar com a corrida de sombras do vento e conduzindo a uma meseta de rocha, da qual tombavam várias cascatas faiscantes. Aquelas trilhas de lágrimas no rosto da natureza, às vezes indistinguíveis de congelados veios de quartzo, corriam sobre largas fitas de algas e musgo. Vários índios, falando uma língua que Ianopamoko só entendia com dificuldade, cumprimentaram-na cautelosos no mato alto. Encaravam Isabel como se não fosse humana. A voz de Ianopamoko, delicada e incessante, despejava *taps* e *zips*, explicando, implorando, exigindo. A certa altura, tomou os longos e luminosos cabelos de Isabel nas mãos, como se os pesasse, e em outro momento passou o dedo molhado na pele de Isabel, para mostrar que a brancura não era pintada.

"Eles acham que estão correndo um grande risco", explicou por fim Ianopamoko, "e querem um tributo."

"Nós trouxemos a cruz e a cigarreira", disse Isabel. "Salve a cruz. Ofereça a cigarreira."

O ornado monograma gravado do tio Donaciano desapareceu por baixo do enrugado polegar escuro, alargado pelos pacientes trabalhos manuais da floresta, do chefe dos índios. O índio ficou abrindo e fechando a cigarreira, e toda vez que abria ele seguia, com um sorriso baboso e manchado de negro, e logo uma franca risada de espanto, o invisível vôo em ziguezague que imaginava ter capturado lá dentro. O presente foi aceito.

Após essa longa negociação, Isabel e Ianopamoko foram conduzidas por um íngreme rochedo acima, numa trilha minúscula e escorregadia, que várias vezes passava por trás de uma cascata cuja espuma as espetava com pequenos arco-íris do tamanho de libélulas.

No alto, algumas cabanas redondas de sopapo, erguidas baixas contra o vento, amontoavam-se em meio a uma vegetação como Isabel nunca vira — formas truncadas, espinhentas, nodosas e brilhantes, como se transplantadas de jardins de coral no fundo de um mar raso. Tinham-se enraizado nas fendas de uma superfície de lava riscada de rachaduras. Isabel pisava naquela superfície como se saltasse pelo caminho de pedras de um rio, ou sobre pães colados ponta com ponta; a pedra era cinzenta, queimada num fogo mais antigo que o oceano. Quando ergueu os olhos, viu na imensa distância uma coisa nova para ela, e que só vira em livros e revistas de moda e viagens: neve, uma alvura luminosa nos cumes das montanhas, que a distância tornava azuis como o bojo das nuvens. Aprendera geografia o suficiente com as freiras para saber que aqueles deviam ser os contrafortes dos Andes, e que em algum ponto entre eles e ela o Brasil finalmente acabava.

Embora tivesse morado três anos entre os índios, e aprendido um pouco da língua e dos costumes, eles ainda lhe apresentavam uma opacidade de crianças turronas, uma imprevisibilidade misturada com obstinada timidez e disfarçado desejo. Para os que deles dependiam, parecia uma pequena distância, que uma faísca poderia saltar de repente, da ajuda ao assassinato; um mundo inteiramente diferente, carregado de eletricidade psíquica, pairava entre aqueles olhos amendoados e bocas mutiladas. A aldeia no topo da meseta era uma espécie de catedral, abastecida pelo mato e a floresta abaixo, e centrada no pajé, em sua cabana baixa e oval. Isabel associava segurança com lugares religiosos; mas era ali, ponto central de um sistema invisível, que ela poderia causar alguma ofensa fatal. Cheia de temor, ela se preparava para a primeira entrevista com o pajé.

A cabana dele parecia, em textura e forma, uma casa de joão-de-barro, tão pequena que ela teve de se abaixar para entrar. A fumaça fez arderem e turvarem-se seus olhos. Uma fogueira apática, feita de touceiras de musgo que ardiam com uma chama azul, foi revelando aos poucos um homenzinho nu deitado numa rede pendurada atrás do fogo. Tinha o corpo liso, a barriga inchada, mas a cabeça era extraordinariamente murcha, ou talvez apenas parecesse diminuída pelo alto cocar de penas de cauda de papagaio. O rosto fora depilado, cílios, sobrancelhas e têmporas, no entanto acima das brancas orelhas de abano mechas de cabelos cresciam como finas penas ancilares. Em volta dos tornozelos, usava fieiras de grandes castanhas triangulares secas, e numa mão segurava uma cabaça vazia, do tamanho de um ovo de avestruz, que sacudia para enfatizar algum ponto do que dizia.

Assim que o pajé a viu, fechou os olhos e sacudiu a maraca, como para afastar a visão. Embora ela houvesse se acostumado a andar nua como os índios, para essa ocasião pusera na cintura uma espécie de sarongue que havia feito antes — a fim de proteger as pernas contra os espinhos e as picadas dos insetos, quando colhia alimentos no mato para a casa de Antônio — com o vestido de seda azul-marinho estampada de flores vermelhas que usara, em toda inocência, para ir à casa de Chiquinho, outra ocasião em que desejara apresentar-se favoravelmente.

"Maíra", saudou-a o pajé. "Quem é você? Por que perturba minha paz?"

Ianopamoko traduzia as palavras dele na híbrida língua sua e de Isabel, e muitas vezes teve de pedir ao pajé que repetisse, já que, além de falar um dialeto estranho, ele era desdentado e trazia vários batoques de jadeíta no lábio inferior, que abafavam sua pronúncia. "Maíra", ela explicou a Isabel, "é o nome que eles dão a um profeta parecido com o Jesus dos portugueses. Ele nunca viu ninguém da sua cor, com os cabelos parecendo raios de sol. Os brancos jamais apareceram nesta parte do mundo."

Isabel lembrou-se de Tristão dizendo com desprezo "sua gente", o que podia ter asssinalado o início de sua tentativa de buscar um milagre. "Eu não sou profeta, sou uma mulher reduzida ao desespero, que vem suplicar sua magia", ela disse.

Ianopamoko traduziu, e o pajé franziu o cenho e resmungou, interrompendo-se com chocalhadas iradamente prolongadas da maraca. "Ele diz", sussurrou Ianopamoko, "que magia é coisa de homem. As mulheres são terra e água, os homens ar e fogo. As mulheres são — não tenho certeza das palavras dele, acho que quer dizer 'impuras', mas também, num certo sentido, 'negócio complicado'."

Então falou diretamente com o pajé, por algum tempo, e explicou a Isabel: "Eu disse a ele que você veio por causa de seu filho, cujo pai era tão velho que o bebê nasceu sem o calor de uma pessoa normal".

"Não", protestou Isabel à amiga. "Eu não vim por causa de Salomão, mas por causa de Tristão, meu marido!"

O pajé olhou de uma mulher para outra, sentindo as contradições entre elas, e brandiu a maraca indignado, a saliva esguichando de um dos buracos no lábio onde um batoque de jadeíta tinha caído. Falou sem elevar a voz, obrigando as mulheres a curvar-se sobre sua rede a balançar.

Ianopamoko, corada, murmurou a Isabel: "Ele não gosta de mim, porque sou uma mulher da raça dele. Não está dizendo isso, mas eu sinto. Acho que está dizendo que você é um homem, de um modo espiritual, e por isso está disposto a falar com você, mas só diretamente".

"Ah, mas eu não posso! Não me deixe com ele!"

"Senhora, eu devo. Eu o desagrado. A magia não pode funcionar se eu estiver com você." Ianopamoko já se levantara, sobre as belas pernas lisas, e o pajé gesticulava e continuava falando, a saliva voando, o maravilhoso cocar de penas balançando. "Ele está pedindo", explicou Ianopamoko, "cauim, petume e iajé."

Petume, descobriu Isabel, era um tabaco de sabor estranho, e cauim uma espécie de bebida fermentada com gosto de caju. O pajé ficou impressionado pelo modo varonil como ela, parecendo de volta aos dias de estudante em Brasília, tomou a bebida e aspirou o tabaco, num longo cachimbo que ele lhe passava o tempo todo. Parecia ter o cuidado de soprar a fumaça diretamente em cima dela, e quando ela percebeu que aquilo era uma cortesia, soprou-a em cima dele. A visão dela começou a vidrar-se, um conjunto de pontinhos luminosos brilhando aqui e ali no ventre de barro seco da cabana, e ocorreu-lhe que o cachimbo continha mais que tabaco. Talvez o outro ingrediente fosse iajé. O velho pajé, com o corpo infantil nu, o pênis decorosamente vestido com uma bainha trançada, um dedal de palha através do qual o prepúcio fora puxado como uma pequena flor de cacto ocre, nada dizia, apenas contemplava-a cada vez mais satisfeito. Durante todo esse tempo, ela se agachava do outro lado da fogueira, defronte dele; os tendões, distendidos por todos aqueles anos entre selvagens e bandeirantes, sentiam-se à vontade assim esticados. Naquela posição, o sarongue não cobria suas partes, mas também, por que cobri-las? Não nos proporcionam elas nossos momentos mais gloriosos, e não nos guiam por toda a vida ao nosso destino? Talvez fosse uma idéia de bêbado.

Quando por fim o pajé falou, ela, milagrosamente, entendeu; algumas das palavras murmuradas destacavam-se como pontos luminosos, brilhando de significado, e o sentido da frase se movia coleante através dos escuros espaços entre elas. Alguma coisa na fumaça corroera a fronteira entre suas mentes.

Ele disse que ela possuía um coração de homem.

"Ah, não!", ela protestou, e por falta de palavras pôs as mãos em concha por baixo dos seios nus, erguendo-os de leve.

Ele abanou a névoa de fumaça com a mão, e com a outra deu um vago chocalhar na maraca. Disse que ela não queria curar o seu filho. Por quê?

Ela não tinha as palavras para dizer que o filho lhe causava repugnância, fazia-a sentir vergonha. Em vez disso, imitou a patética expressão frouxa de Salomão, os olhos onde não vivia a menor centelha. Disse a palavra que significa "homem" — cheia de arestas afiadas, terminando em *zep* — e bateu no peito com a mão espalmada e pronunciou: "Tristão".

"Tristão fode você", ele disse, na verdade.

"Sim", ela respondeu, "mas não há três anos", e com os dedos imitou graciosamente um grilhão em volta do tornozelo nu. "Ele foi feito escravo por homens maus", disse, com um orgulho meio tonto da extensão da frase. "Ele é negro." Receando que isso não ficasse claro, desenhou a alta silhueta dele no ar e pegou um pedaço de carvão da beira do fogo. Além disso, apontou pelo buraco-chaminé da choça, onde uma ou duas estrelas luziam num círculo negro, pois anoitecera. "O povo dele veio do outro lado do grande oceano, de outra ilha grande, maior até que o Brasil, onde o sol fez as pessoas negras."

"Maíra, que quer você de minha magia?"

Quando ela explicou, os olhos sem sobrancelhas do pajé se arregalaram e caiu-lhe o queixo desdentado, a princípio de incompreensão, depois de compreensão.

Ele disse, até onde ela pôde entender: "A magia é um meio de corrigir a natureza. Nada se pode criar, só Monã pode, e ele há muito tempo se cansou de criar, porque viu a bagunça que os homens fizeram deste mundo. A magia só pode transpor e substituir, como acontece com os adversários de um jogo. Quando uma coisa daqui é posta *ali*, alguma coisa dali deve ser posta *aqui*. Para todo ganho, há um sacrifício, em outra parte. Está entendendo?".

"Estou."

"Está disposta a fazer algum sacrifício por esse Tristão?"

"Já fiz. Perdi o meu mundo. Perdi o meu pai."

"Está disposta a mudar o seu eu?"

"Sim, se ele ainda me amar."

"Ele ainda vai foder com você, mas não do mesmo jeito. Quando a gente perturba a natureza com a magia, nada continua sendo o mesmo. As coisas mudam." Voltara a estreitar os olhos, que pareciam ardentemente rubros, com a fumaça e o cauim.

"Estou disposta. Estou ansiosa."

"Então vamos começar amanhã, Maíra. O que fazemos temos de fazer à luz do dia, em seis dias." A boca parecia vir atrás dos sentidos, que chegavam à mente dela antes que ele a abrisse. "Como vai me pagar?"

"Quando saí de casa, abri mão de quase tudo o que tinha. O que me resta é uma pequena cruz coberta de jóias. A cruz é o símbolo de nosso Deus. Significa ao mesmo tempo morte em agonia e vida eterna. Com esse símbolo minha gente está conquistando o mundo." Com o carvão, desenhou uma cruz na branca palma da mão e estendeu-a para ele ver. O pajé fechou os doridos olhos cansados, como se afastando a má sorte. "Vale muitos cruzeiros", disse Isabel.

"Que é cruzeiro?"

Ela não soube explicar. "Papel que a gente usa para troca, em vez de conchas ou resina."

"Eu aceito *isso*", ele disse, indicando o anel dela, o anel que continha as letras DAR.

"Não, por favor — foi Tristão quem me deu, para se devotar a mim!"

"Então é bom. Contém o espírito de vocês dois." Estendeu a mão, a rede oscilando para longe, e fez o gesto de abrir e fechar o punho que não precisava da mediação de qualquer droga para ser interpretado.

Com uma dor no coração, ela deslizou o anel com a inscrição para fora do dedo e colocou-o na mão em concha do pajé. A palma dele parecia febril, como as dos filhos dela quando os germes do resfriado, sarampo ou coqueluche os invadiam e as células de seus corpos os combatiam. Como se um dente lhe fosse arrancado, ela soube que jamais iria reaver o que acabara de entregar. A vida nos rouba de nós mesmos, pedaço a pedaço. O que resta no final é outra pessoa.

"Para o tratamento dar certo, você tem de saber meu nome. Eu me chamo Tejucupapo."

"Tejucupapo."

"O tratamento vai mudar você."

"Estou em suas mãos, Tejucupapo."

"Você tem o espírito de um grande homem. A fúria de viver de um guerreiro. Não é como aquela imundície que veio com você. Ela vai morrer logo."

"Oh, não — a querida Ianopamoko, não! Ela tem sido tão graciosamente boa comigo!"

Tejucupapo disse mal-humorado, os batoques batendo nas gengivas inferiores: "Ela sente prazer sensual sendo boa. Se entregando a você. Se satisfaz assim. Sente o homem em você e...". Na verdade, disse: "Você fode ela". E cuspinhou caudalosamente, de tal modo que a fogueira gemeu e emitiu uma fina nota aguda.

Contudo, Ianopamoko foi usada nos tratamentos mágicos, que exigiam que todo o corpo de Isabel fosse pintado com a tinta negra do jenipapo. Não podia ser esfregada em largos movimentos, mas trabalhosamente aplicada naqueles desenhos rendilhados, de linhas pontilhadas e curvas em S, que só as índias sabem fazer, com a simbologia própria secreta e na ordem propícia. Enquanto Ianopamoko trabalhava, cobrindo a radiante pele branca de Isabel, era ajudada por meninas da aldeia da meseta, usando pequenos pincéis feitos de pêlos de capivara presos em palitos de bambu. Tejucupapo soprava fumaça quente de petume sobre os desenhos, fazendo-os penetrar mais, dando-lhes a gravação indelével da criação de Monã. Isabel continha o riso, sentindo a meticulosa carícia dos pincéis e as quentes nuvens do báfio fumegante de Tejucupapo soprando até dentro de suas fendas mais íntimas.

Assim, cheia de cócegas, maravilhava-se ao ver as faces de Ianopamoko brilhando de lágrimas, como a face da própria meseta. Ianopamoko a amara como ela era. À noite, Isabel tentava comunicar à companheira que não mudara por dentro, e fazia amor com mais insistência que antes, com uma rudeza masculina, pois a exigente índia tinha menos facilidade de chegar a um arrepio do que antes. A misteriosa brancura de Isabel era parte de seu encanto para Ianopamoko, ela compreendeu, e sentiu-se insultada. Só Tristão amava o seu ser mais íntimo, e não sua aparência.

Enquanto ela se preparava para o atordoamento das sessões de pintura, fumando a mistura de petume e iajé para poder entender as palavras do pajé, ele lhe falava, entre longas e quentes exalações de fumaça, dos tempos lendários, tempos em que a Terra era quase vazia, muito recentemente criada por Monã. Os homens andavam como pequenos bandos de micuins de esterco no solo de chão batido de uma maloca, tendo por teto as estrelas, que reluziam mais brilhantes naquele tempo. Uma geração sucedia à outra, sempre passando para novas caças, para espaços onde a terra ainda não estava exausta. A caça era farta: manadas de cavalos com barba sob o queixo e com árvores de ossos na cabeça, e de criaturas peludas, que devoravam a presa com as ventas e cujos dentes curvos se cruzavam diante da boca. Fugindo sempre rumo ao horizonte, a caça levara os homens a atravessar uma terra estreita com mar de ambos os lados — mar que Monã não tinha feito, mas que fora deixado pela chuva usada por ele para apagar o grande incêndio de sua cólera com os homens antes de Irin-Magé, o pai do primeiro Maíra. Esses homens não eram exatamente homens, mas nós os chamamos assim. O fogo chamava-se Tatá. As águas chamavam-se

Amã Atoupave. Monã tinha posto os homens na Terra para louvá-lo e mostrarem-se agradecidos por sua existência, mas eles só queriam beber cauim e foder. A nova terra era vasta, mas os homens a consumiram, matando a caça e uns aos outros, e esquecendo Monã. Chegaram a outro lugar estreito, entre intermináveis extensões de Amã Atoupave. Os homens atravessaram e não apareceu ninguém para combatê-los. Havia muitas árvores grandes nesse novo lugar. Preguiças gigantes, que dormiam de cabeça para baixo por todo o tempo de uma vida humana, e tatus com pedras na cauda, e peixinhos nos rios que comiam uma vaca antes que ela pudesse mugir de dor. Os homens embrenharam-se entre as árvores. Caçavam e pescavam. Cavaram mandioca, e tiraram remédios das árvores, e teceram roupas de penas. Ali tinham paz. Eram felizes. Monã inventara a mulher num lugar anterior. E então, nesse lugar, concedeu sua bênção final aos homens: inventou a rede. Só Tupã, trovejando invisível no céu, e Jurupari, correndo invisível na mata com seu mau cheiro, lembravam ao homem o tempo e o fato de que tudo muda.

Toda tarde repetia-se o processo, sempre com desenhos diferentes, para cobrir os intervalos cada vez menores de pele branca. Após cada estafante camada, Isabel via-se mais solidamente coberta com a tinta de jenipapo; no sétimo dia, estava morena escura, mais escura que os grãos de café, porém mais clara que café forte, em todo o corpo, com exceção das palmas das mãos, das solas dos pés, da pele por baixo das unhas e no interior das pálpebras. Até os lábios da vagina, espantou-se em descobrir, tinham assumido a cor roxa do jenipapo. A carinha de macaca, com os lábios projetados e o osso do nariz achatado, agora possuía mais plenamente, mais abertamente, sua matreira alegria. Os cabelos platinados haviam sido esfregados tantas vezes, fio por fio, com resina preta, que se haviam endurecido e adquirido um leve cacheado. O corpo, com sua nova pele de ébano, mostrava a nodosa musculosidade que os labores como terceira esposa de Antônio lhe tinham valido — uma extensão de osso curvo e uma calombuda tensão nas nádegas, nas batatas das pernas e nos seios que resistiam ao espaço, que desejavam andar, mover-se, rolar. Nua, parecia menos nua que antes. Ostentava um brilho, uma camada flexível que parecia de metal enegrecido por eletrólise. Os cabelos que antes caíam soltos pelas costas agora estavam cortados, formando uma almofada em torno da cabeça, eriçados como as penas de papagaio do cocar de Tejucupapo. Agora parecia mais o guerreiro que, segundo o pajé, o seu sexo ocultava.

Os olhos ainda eram azuis-cinza. O pajé lhe disse: "Os olhos são a janela do espírito. Quando sua alma ficar negra, os olhos também ficarão".

Ao se despedirem, ele lhe avisou: "Agora você deve procurar um protetor. Não é mais Maíra. Sua pele não é mais mágica".

"*Sua* magia, Tejucupapo — tem certeza de que ela deu certo... em toda parte?"

Hesitou em falar, diante de Ianopamoko, do milagre que pedira. Sabia que a outra não aprovava.

Tejucupapo leu sua mente. Pendurado na rede, exausto, o báfio fétido de cauim e tabaco, sacudiu a maraca. "Eu lhe disse — quando uma coisa dali é posta *aqui*, alguma coisa daqui tem de ser posta *ali*." Parecia um triste selvagem velho, ocioso e derrotado.

"Antes que eu o deixe para sempre, Tejucupapo, ouça minha última pergunta. Seu povo sofre. São roubados e violados; morrem tribos inteiras. As armas e doenças do branco vão acabar chegando até mesmo a esta meseta, trazendo o cristianismo e a escravidão. Por que sua magia, e a de todos os outros pajés, não faz nada contra essa maré?"

O mago falou com Ianopamoko, tão rápido que Isabel não pôde seguir, e os dois índios riram, à sua maneira infantil, virando o rosto para esconder as membranas da boca.

Ianopamoko, com sua voz delicada, interpretou: "Ele diz que não se pode mudar o passado, que o passado e o futuro são como as raízes e os galhos de uma árvore sólida. Diz que a magia só serve para o fruto, no momento em que cai".

Olhando com os olhos ardentes os rostos das mulheres, Tejucupapo ergueu a maraca na mão esquerda e a deixou cair, com um forte chocalhar de sementes secas, na direita. Assim rápido, dizia o gesto, passa a vida, em seu momentâneo potencial de ser desviada pela magia.

24

VOLTA AO ACAMPAMENTO

Durante os dezessete dias da viagem de volta, através da selva que lhes prodigalizava seus frutos e castanhas, e cujas trilhas quase invisíveis as duas mulheres percorriam em verde melancolia por entre a gritaria de macacos e papagaios, de tucanos ladrando com bicos absurdamente grandes e ciganas chiantes com asas em garra, a índia mostrava-se tremulamente afetuosa, apertando a negra e flexível Isabel contra si com uma nova fúria, uma fúria nascida da previsão.

Ianopamoko parecia ter ficado menor, mais frágil, mais sofregamente feminina, com seus graciosos membros esguios e o tronco moreno sem cintura. Isabel às vezes se enfadava de bancar o homem com ela, embora houvesse certa exaltação em ser visivelmente a mais forte, e em seguir na frente, incansável em sua nova pele, levando uma longa e leve lança que os homens da meseta lhe tinham dado como presente de despedida, enquanto Ianopamoko seguia atrás, carregando os poucos pertences e rações das duas numa cesta às costas.

Quando chegaram ao seu rio, após o décimo sexto dia, o acampamento dos bandeirantes no outro lado parecia sinistramente quieto. Onde antes havia choças, agora só se viam algumas poucas ruínas em meio à folhagem, os mourões de arrimo carbonizados. Era no fim da tarde, e logo iria escurecer. Uma única tocha oscilava de um lado para outro no lusco-fusco, e um ou dois gritos vieram do outro lado do rio, a deslizar silenciosamente. A pequena canoa que tinham roubado para a fuga estava onde a tinham escondido, num renque de palmeiras baixas, e Ianopamoko, retomando a chefia, insistiu em que descessem nela rio abaixo, além do ponto onde terminavam os campos cultivados, e só lá atravessassem. Depois, de manhã, ela se infiltraria nos campos para o reconhecimento. Isabel devia ficar atrás. "Minha gente me protegerá. Eles me conhecem", ela disse, "e não conheceriam mais você."

"Mas Antônio vai ficar furioso com você, por fugir. Eu pensava em proteger você, defender você dele." Seu plano era explicar a excursão ao pajé como uma tentativa de aliviar o idiotismo do filho deles, e fingir detectar, nos dias seguintes, sinais de inteligência e energia.

Ianopamoko tocou o antebraço de Isabel, e correu os dedos por ele abaixo, para lembrar a sua pele. "Minha querida senhora, receio que uma defesa sua agora não tenha nenhum peso. Esqueceu como seu exterior está mudado. A primeira idéia deles ao ver você vai ser transformá-la numa escrava, se não a matarem como a um demônio. O que os comedores de tripa de tatu não compreendem têm de matar. É a estreiteza do universo cristão deles que lhes dá aquele terrível ardor e poder. Esta noite, vamos dormir juntas, e depois, de manhã, eu vou ver o que aconteceu no acampamento." A ternura da jovem sépia — cujos desenhos entrelaçados de renda pintada se haviam desbotado durante a longa viagem — pairou acima de Isabel a noite toda, como uma leve chuva tamborilando entre as folhas.

Quando o amanhecer a despertou, Isabel estava coberta de orvalho, e Ianopamoko desaparecera. O sol atingiu a altura de meados da manhã, e Ianopamoko ainda não retornara. Isabel avançou engatinhando cautelosamente, com sua lança, pela periferia dos campos de mandioca e feijão-preto, contornando até onde ficava a maloca, e onde agora só havia cinzas, palhas de palmeira e cabaças espalhadas, e o flutuante cheiro doce da morte. Vários corpos de índios, retalhados por espadas e despedaçados por animais, jaziam no chão há suficiente tempo para mal parecerem humanos, ressecados como charque; na terra batida e varrida entre o longo pavilhão e a casa de Antônio, Isabel encontrou o corpo ainda fresco de Ianopamoko, os braços esguios decepados do tronco. O lago rubro onde jazia o corpo desmembrado ainda estava meio líquido, um hibisco vermelho de coração aberto, arroxeado pelo reflexo do céu. Quem diria que o corpinho de Ianopamoko continha tanto sangue? Uma nuvem rodopiante e pululante de micuins e lambe-olhos, o zumbido maciço triunfante alto como um canto, alimentava-se no lago coagulado; os insetos voavam e tornavam a pousar sobre as deliciosas feições chatas de Ianopamoko, e até nos olhos abertos, formando desenhos como renda que logo mudavam de forma.

"De todas as maravilhas de Deus, uma meretriz negra!", trovejou atrás dela um arcaico barítono em português. Isabel voltou-se e viu José Peixoto, o rosto sem chapéu frenético e queimado de sol, aproximando-se dela com o espadim erguido. O gibão acolchoado parecia cair aos pedaços, soltando fragmentos de algodão sarjado; tinha emagrecido muito, e envelhecido o suficiente, com as experiências recentes, para parecer-se com o irmão mais velho. Ela ergueu a lança mas ele a afastou com a espada, cortando-a em duas, tão perto do rosto que ela sentiu o passar do vento.

"Como chegastes aqui?", ele lhe perguntou. "Sois vós outra dos que conspiram na traição de meu porco irmão? Negra como o leite dos hotentotes, mas de olhos misteriosamente azuis. Demônio, há alguma coisa de senhora e de familiar em vosso olhar. Misericórdia! Merda! Malditos índios, nós os decepamos e decepamos, e eles continuam vindo — soltaram entre nós seus amigos demônios do inferno, embora só quiséssemos o bem-estar eterno deles, malditos bugres!" Ela percebeu que ele estava bêbado, de cansaço e desespero, se não de cachaça. O sangue de sua mãe carijó não fora bastante para defendê-lo contra os terrores da selva, ao enfrentá-los sozinho. Ele pensava em voz alta, como um homem do qual se suspendeu um sortilégio, revelando um sortilégio ainda mais negro. Focalizou os olhos turvos sobre Isabel e concluiu: "Negrinha, podeis trazer uns mil-réis da Bahia, mas tudo que é vivo se tornou meu inimigo. Mas antes que eu varra da mente o vosso enigma, servireis tão bem quanto qualquer outra para aliviar minhas doloridas entranhas". O pesado espadim ainda erguido na mão direita, com a esquerda remexeu na fivela do cinto das calças de couro.

Isabel tentou falar, mas o terror cerrou-lhe a garganta. Um bafo mortal soprou da boca de José quando ele se aproximou e lhe assegurou: "Pela doce Mãe de Cristo, fazei um só movimento e eu vos corto os braços para acalmar-vos, como fiz com aquela outra bruxa. Mas ireis para o inferno com a buceta a transbordar, e levareis um robusto cristão para peidar na cara de Satanás!".

O coração martelando forte o bastante para rebentar sua frágil gaiola, Isabel pendia indecisa entre submeter-se e depois procurar escapar no provável momento de relaxamento seguinte, ou tentar escapulir da sombra da larga espada de José agora. Pesado como um facão, o espadim levaria um momento para descer. A fivela do bruto estava aberta, e ele expusera um apêndice de suja carne branca, tão gorducho e curto quanto o do pobre Salomão, e longe de ereto. Um lampejo de embaraço cruzou o rosto assassino. "Baixai aqui, coisa imunda!", ele disse.

Um cheiro de queijo extremamente podre subia-lhe dos órgãos genitais. Ela se forçou a ficar de joelhos; antes que os joelhos trêmulos pudessem aceitar a ordem, surgiu atrás de José um homem alto e barbudo que, com um rápido assobio no ar e um seco estalar de osso partido, enterrou uma ferramenta de cabo comprido no crânio do bandeirante. José caiu aos pés dela, virando-se numa última convulsão como um peixe fisgado puxado para a areia. A arma que o matara, ela a reconheceu como a enxó enferrujada usada para escavar canoas, mas o branco salvador, de silhueta esguia, testa alta e olhos castanhos melancólicos, era-lhe um estranho. Ou não era? A barba era lanosa, mas os lábios dentro tinham um expressão triste que ela conhecia muito bem.

"Tristão", ela gritou baixinho. Num esforço para não desmaiar, caiu de joelhos.

O homem branco disse: "Sua puta negra imunda — você ia chupar esse filho da puta", e esbofeteou-a com força, fazendo com que ela caísse na areia ao lado do corpo do bandeirante. A centímetros dos olhos dela, os miolos rubros do homem, caroçudos como pudim de arroz embebido em suco de beterraba, vazavam da terrível fenda no crânio. As pupilas voltavam-se para cima, parecendo o crucifixo que ela pendurara acima da cama de Antônio. Já começavam os enxames de moscas. Assim que pousavam, as cabecinhas giratórias se punham a oscilar afobadas, bebendo o indefeso líquido do corpo.

Despedaçada por emoções extremas — nojo, terror, pasmo, alívio — Isabel se pôs a chorar. Sentia o olhar do outro sobre ela, como na noite anterior sentira as carícias de Ianopamoko como a chuva.

"Como soube o meu nome?" A voz do amante tornara-se ligeiramente mais aguda, menos granulosa e curvilínea, com o descuidado chapado de uma voz branca, que espera ser ouvida. Tentou desculpar-se pela bofetada. "Submetendo-se à vilania dele você teria cinco minutos de vida, no máximo. Melhor morrer inconspurcada. Quando vocês vão aprender a ter um pouco de orgulho? A moça índia cuspiu na cara dele, mas não se submeteu."

Ela parou de chorar e olhou de baixo o homem, acusadoramente. "Tristão, como pode você não me reconhecer? Eu me tornei negra para que você pudesse ficar branco. Foi um pajé quem fez isso, lá longe, no oeste, onde a gente vê montanhas com cumes de gelo."

Ele se agachou sobre ela, o inhame estufando o calção gasto entre as pernas, o velho calção de praia, e tocou os cabelos dela, o ombro luzidio, a curva da cintura, o longo flanco liso, as coxas musculosas. "Isabel? É você?" Examinou com dedos trêmulos os lábios cheios revirados, de estranhas bordas duplas, e a crista vertical no centro do lábio superior, com suas bolhas de gordura e tom violeta. "É você. Esses olhos."

Ela sentiu na escuridão dentro de seu crânio — aquele teatro do espírito, um simples pudim de arroz sangrento — as quentes lágrimas querendo voltar a jorrar. "Serão meus olhos só o que lhe resta para amar? Meus velhos olhos frios. Então que seja, Tristão. Não me ame, apenas me use. Eu serei sua escrava. Já você começou a me bater. Já está orgulhoso demais, exigente demais, para me beijar na boca. Quando eu era da sua cor, e você da minha, eu levei você, um simples menino de rua, um moleque miserável, para o apartamento de meu tio, onde havia coisas mais caras do que você jamais tinha visto, seus olhos ficaram arregalados, e lhe dei meu sangue de virgem, embora me doesse, me doesse horrivelmente, eu nunca lhe disse como doeu naquele dia. Você era grande demais, rude demais."

"Eu não queria ser rude. Era a falta de jeito da inocência."

Isso era tão honesto que ela foi obrigada a responder na mesma moeda: "Talvez você só tenha sido tão rude quanto era preciso".

"Demos nossos eus um ao outro", ele disse. "Demos o que tínhamos para dar. Onde está o anel do DAR?"

"Foi o preço que o pajé cobrou, para que você pudesse ser branco, e não mais escravo."

Desprendida como agira, ainda assim tinha medo de contar aquilo a ele. Ele repetiu, parecendo incrédulo: "Você deu o anel com que nos prometemos um ao outro".

"Eu não dei; troquei por sua vida. Sua cor negra tinha escravizado você aqui, e antes tinha provocado a inimizade de meus guardiães."

Ele se quedou pensativo, tocando a barba loura. "É verdade, minha querida. Você agiu bem." Estendeu a mão, ajudando-a a levantar-se da terra arenosa onde a cabeça de José, como uma cabaça, derramava seu suculento conteúdo, atraindo centenas, não, milhares de pequenos lambe-olhos ruidosos, piuns, os alados borrachudos sugadores de sangue, e os micuins, pequenos como grãos de pólvora. Afastaram-se daquela nuvem sedenta, picante, e sentaram-se juntos no que tinha sido a varanda da casa de Antônio. "Vou lhe contar minha história. É bem estranha", ele começou, mas o orgulho dela fora ferido.

"Vá. Me bata de novo, por ter dado seu anel. Corte meus braços, como fez o hediondo José com minha querida Ianopamoko, a única amiga que já tive. Você nunca foi um amigo, apenas um homem. Um homem jamais pode ser amigo de uma mulher, não mesmo. Ela me ensinou o que é o amor. Você, você me ensinou o que é ser escravo. Me bata, me abandone. Estou enojada de você, Tristão. Nosso amor nos fez passar coisas demais."

Ele sorriu, com aquele jeito de lábios finos dos brancos, e até riu dela um pouco. "Bobagem, Isabel. Você me ama. Estamos condenados a amar um ao outro; mal existimos sem o nosso amor, somos apenas animais sem ele, com um nascimento, uma morte e um medo constante entre as duas coisas. Nosso amor nos elevou do horror de apenas viver." Tomou a mão dela, que sentiu o próprio pulso diminuir, deliciosamente, dentro do cuidadoso ritmo da voz dele. "Dia a dia, durante sete dias, o negror foi saindo de mim, sem eu saber por quê. Primeiro me tornei cinzento, depois branco, como se nunca tivesse visto o sol. O velho idiota do seu assim chamado marido, Antônio Peixoto, atribuiu isso a uma das doenças que vivem levando os escravos que eles capturam. Mas aí, como minha saúde, fora isso, não se alterava, e os outros assassinos supersticiosamente me tiraram os grilhões, ele foi além deles em superstição, e disse que o fato de eu me tornar um cristão como eles era um sinal de Deus para levantar acampamento e ir adiante. José protestou que a mandioca e a batata-doce ainda não haviam sido colhidas, e as canoas não estavam todas prontas, mas Antônio chamou-o de herege e rebelde contra o bom dom João, por duvidar daquele milagroso sinal enviado do céu. Minha transfiguração era um sinal de que eles iam encontrar o reino dourado, governado pelo homem dourado. Os outros ficaram com o chefe, e como só havia canoas suficientes para uns poucos da escolta índia deles, mataram as mulheres e crianças, e incendiaram as choças. Durante o massacre, eu fingi me juntar a eles, perseguindo uma moça caduveo até a mata, mas aí me escondi lá, e fiquei vigiando de longe. José tinha ofendido o irmão com sua dúvida — talvez a briga já viesse cozinhando entre eles há muito tempo —, pois Antônio mandou que os outros homens o amarrassem e o abandonassem num lugar cheio de formigueiros. Ele voltou, como você viu, louco. Eu o via saqueando e furioso nestes últimos dias, e me perguntava se, já que agora sou da cor dele, podíamos formar uma parceria para fugir do Mato Grosso, até que os acontecimentos de hoje me obrigaram a agir. Alguma coisa me mandou salvar você, embora de longe você fosse só uma sombra a se debater."

"E meu filho Salomão?", perguntou Isabel, incapaz de vencer uma certa inibição com aquele Tristão branco e agora duplamente volúvel, embora ao mesmo tempo seu novo eu lhe desse, num ponto lá dentro que ainda não começara a examinar, uma nova vantagem. Sua antiga vantagem no domínio exterior fora substituída por uma força ou segurança íntima muda, cujo gosto ela sentia como um tempero que torna saborosa uma comida insípida.

O assunto Salomão visivelmente aborrecia e transtornava aquele homem, excitado como estava pelo seu recente feito d'armas. Sempre houvera distâncias por trás do rosto de Tristão, mas agora eram as distâncias do futuro, um futuro que tinha tanto a ver com aquele acampamento em ruínas, encharcado de sangue, quanto tem uma mansão com uma choça. "Antônio o levou consigo", ele disse. "Em seu fanatismo, acredita que o pobre bebê é uma espécie de santo, que o conduzirá ao Paraíso, apesar de todos os seus pecados. Salomão não se desenvolveu sob os cuidados de Takwame e das filhas dela; também não morreu. Mas eu receio pelo destino de toda a expedição, Isabel. Não vão chegar muito longe rio abaixo; os índios me mostraram como, ao escavar as canoas, deixar o fundo bastante fino para logo surgirem infiltrações. Jamais vão chegar ao Madeira."

"Pelo menos não naquelas canoas", ela disse, concedendo ao filho desaparecido, um erro da carne precariamente agarrando-se à vida, a fabulosa resistência dos bandeirantes, que repetidas vezes, ela sabia por seus estudos com as freiras, tinham voltado de jornadas impossíveis. Pelo mirrado filho de cara de coalhada, tentou evocar um luto materno, um leitoso fluxo de sentimento, mas só conseguiu um perverso alívio por ver-se desembaraçada dele, sem ter culpa. Sentia-se livre para concentrar-se no ser amado à sua frente. No núcleo de vida civilizada, ela o atraíra e segurara; agora tinha aquela majestosa solitude para tornar a conquistá-lo, com uma magia nova, ou uma nova coloração da velha.

Ele assumiu o comando, como nunca antes. Era como se seu cérebro, agora que tinha a pele branca, se houvesse tornado um quadriculado de possibilidades lineares — uma rede de escolhas, alternativas, projeções. Antes, quando haviam decidido comprar a posse na Serra do Buraco, ou quando ela o levara para o hotel em São Paulo e depois decidira ir com os seqüestradores sem resistência inútil, Isabel tinha sido a guia de Tristão no mundo fora da favela; agora, ele planejava ousadamente guiá-la de volta ao mundo, através da selva. Decidiu que não deviam deixar o acampamento imediatamente, mas enterrar os cadáveres, retelhar as paredes de toros ainda em pé do velho abrigo de Antônio e esperar que a mandioca, o feijão-preto e a batata-doce amadurecessem. Depois, abastecidos de farinha, pilada por Isabel e desidratada pelo sol, e carne-seca preparada com o produto das caçadas dele, usando um velho bacamarte que os bandeirantes haviam deixado para trás, partiriam para atravessar o chapadão onde antes, sozinhos, quase tinham morrido de fome.

Os índios dos arredores, observando o casal fazer assim um lar temporário, e vendo o acampamento sujeito a uma domesticidade menos ameaçadora, foram surgindo da periferia, retomaram a pesca, prestaram auxílio quando lhes pediam e furtaram os restos dos tesouros dos bandeirantes; mas Isabel e Tristão não procuraram, nos fragmentos da língua que haviam dominado, recrutar nenhum deles para sua viagem de volta. Estavam ansiosos para enfrentar de novo os tempos modernos, e aqueles habitantes meio anões, nus e automutilados do passado remoto, com os narizes escorrendo, os olhos vermelhos de fumaça, as barrigas inchadas e a incessante flatulência provocada por parasitas intestinais, pareciam infantis colegas de escola que deviam ser deixados para trás, sofrendo e definhando.

25

SOZINHOS OUTRA VEZ

Quando o telhado queimado foi substituído com palhas de palmeira entrelaçadas, Tristão e Isabel tiveram intimidade suficiente para reexplorar seu casamento. Haviam-se passado três anos desde a última explosão de sexualidade dos dois, entre o ataque dos guaicurus e o resgate pelos bandeirantes, uma explosão provocada pelas febres da fome e pela romântica iminência da morte. Desde então, Isabel e Tristão nada tinham feito para justificar o nome de amantes. Agora, aos poucos — os ritmos do corpo dela pareciam mais lentos, e os dele, mais nervosos e preocupados — iam recuperando para cultivo o lamacento trato de terra sexual à beira do rio. Suas novas peles davam-lhes uma nova oportunidade para o mais perigoso ato de amor, a negociação. Quem eram eles, aquelas formas psíquicas a serem definidas pela invasão do outro? Com as peles diferentes vinham glândulas diferentes, cheiros diferentes, cabelos diferentes, histórias diferentes. Havia alguma coisa de sardônico na sexualidade dela, alguma coisa derreada pela experiência de gerações de mulheres negras.

Da mãe morta, Isabel herdara sobretudo um coquetismo vazio, e talvez o medo do parto. Agora baixava-lhe uma herança diferente, e uma força não apenas passiva; negra, encontrava em si um reservatório de raiva implacável, e tornava-se, quando a escuridão envolvia a ruidosa enxerga de palha que ela e Tristão dividiam, algo assim como uma arruaceira, uma provocadora grosseira. A brancura dele brilhava nas sombras da choça, cujo telhado só admitia réstias de luar; ela brincava de esconder-se, invisível como era agora. No escuro, presenteava-o com inesperadas partes de seu corpo, e mordia o ombro e unhava as costas dele, longe da tímida reverência com que antes manipulava o corpo dele. Sabia que haveria um novo sadismo entre eles, mas não esperara que viesse de si. Ele — e isso alimentava sua raiva — muitas vezes parecia preocupado, deitado ao lado ou esforçando-se em cima dela; ela não tinha mais a cor de uma coisa que ele perseguia, mas de uma coisa que deixara para trás. O inhame era satisfatório, porém não mais muito assustador; talvez uma nova suculência dentro dela diminuísse, não exatamente o tamanho, mas a essência elemental, o admirável ser bruto. O pau perdera, desde que o vira pela primeira vez no apartamento do tio Donaciano, aquela monstruosidade primordial, a reptílica e anfíbia aparência de uma realidade muito mais antiga que as mentes humanas. Teve de concluir com tristeza que ser uma branca fodida por um negro é mais delicioso do que uma negra fodida por um branco. A primeira, descendente dos senhores do Brasil colonial, tinha a exaltação da blasfêmia, a excitação de uma contestação política; a última transação sabia a coisa mundana. Não admirava que as escravas do Brasil balançassem as cadeiras dentro das saias rodadas, e girassem as sombrinhas de franjas, e tivessem suas gerações de mulatos como uma corporação de sasonadas especialistas. Foder não era grande coisa, ou, antes, era parte de uma coisa maior; talvez isso fosse um saber comum feminino, mas as escravas chegavam com mais facilidade a ele que a senhorazinha frágil na casa-grande, apertada num corpete, dominada pelo padre, sem jamais ver o marido nu, e aceitando pudicamente o membro dele — instrumento fecundador, muitas vezes, de sua morte — através de um buraco na camisola nupcial.

Contudo, apesar de ligeiramente empedernida em sua sexualidade, Isabel descobria uma nova excitação, deitada sob as preocupadas arremetidas de Tristão, em tentar ligar-se a uma rede nervosa mais angular que antes, menos arredondada pela eterna desesperança. Erguer-se no sistema dele, não ser deixada para trás — eram as ambições neurais de Isabel, levando-a a uma paixão que deixava unhadas ainda vermelhas nas costas dele na manhã seguinte. Ela lutava pela própria vida, quando antes lutava apenas pelo prazer, e por libertar-se do pai.

O mundo sexual, como lado inferior do mundo real, é em certa medida uma extensão dele. Pobre-diabo, ele estivera "por cima" antes; agora era ela que dominava e exigia. Para usar a terminologia em que ela e Eudóxia faziam fofocas sobre as freiras na adolescência, ela era o galo, e ele, a galinha. "Você é meu escravo", ela dizia.

"Sim, senhora."

"Me chupe, senão eu te bato." Brandia um pedaço da frágil lança que José cortara em duas com a espada. Depois que Tristão obedecia por vários minutos, e ela atingia o clímax, dizia: "Acho que vou lhe bater mesmo assim".

Ele a amava mais que nunca — estava tonto com seu novo amor por ela, que se confundia com o amor por seu eu branco. A nova relação dos dois dava uma última e completa dimensão ao instintivo cavalheirismo dele. Também ele sentira que alguma coisa meio brutal em seu eu antigo a atraía. Não fora insensível ao fardo da perda social de Isabel que tomara nos ombros — a lisonjeira aura de martírio que aquilo permitia a ela usar — ou às indignidades da prostituição na mina e do concubinato no acampamento. Não fosse ele negro, teria sido ela tão descuidada e tranqüilamente infiel? Claro, ela podia culpar a pobreza e o desamparo dele por não lhe deixar escolha; mas não sentira ela certo prazer em sua degradação, porque a culpa era dele? Usara-o para tornar-se sem-vergonha, negando-lhe o luxo da vergonha. Conduzira-o pelas ricas ruas de Ipanema e por um labirinto posterior, onde ele jamais poderia ter entrado sem ela. Condescendera com ele, e portanto fora o amor dela que brilhara mais, com o calor maior do auto-sacrifício.

Agora era ele quem descia, aceitando uma negra como companheira; agora era ele quem experimentava a emoção da liberação sexual quando o ser amado não é um igual social e espiritual, mas uma coisa de carne, importada de longe. Uma coisa com uma psicologia; é a psicologia que leva nosso amor adiante — torcendo-o, aprofundando-o — mas é a condição de coisa, como uma mão masturbadora mais volumosa e esponjosa, que proporciona o prazer. Todo o corpo dela parecia mais magro e nodoso, as saliências e reentrâncias mais acentuadas, agora que ela não mais tinha cor de nuvens e cristal, mas de terra, de madeira molhada, de esterco brilhante. Agora ele podia, sem dificuldade, pensar em Isabel como um sistema digestivo provido de pernas, que precisava cagar e gostava de correr, obtendo um leve prazer no movimento e na defecação, em grande parte como ele mesmo. O ânus dela, que antes o repugnava um pouco, inserido em seu bolsão de pele marrom como um borrão entre as nádegas, uma mancha permanente numa fenda aveludada, manifestava-se agora como um botão de carne cheio de volutas, mal distinto, em seu tom roxo, do esplendor de alcachofra em volta. O matagal púbico, não mais lanoso e descolorido como uma versão mais fina dos cabelos, era enroscado e oleoso, e maleavelmente grosso; só tinha de enterrar o nariz nele, com ela de joelhos a cavalo sobre seu rosto, sorrindo-lhe de cima por entre os peitos saltados, para que a ereção se erguesse como uma corrugada presa de marfim lá embaixo, onde a mão brincalhona dela, enfiando-se por trás das próprias nádegas, a encontrava e torcia. Isabel o manipulava antes com certa reverência; agora o conduzia numa perseguição impudente, às vezes forçando-o a submetê-la fisicamente e fazê-la experimentar, contorcendo-se e praguejando forte, e cuspindo na cara dele, o prazer criminoso do estupro, cada esguichada doendo como a passagem de uma bala pela uretra dele. Havia hostilidade nela, mas ele não se importava, contanto que pudesse pregá-la na cama e fodê-la com uma liberada hostilidade própria. O sexo é uma peleja de que nossos egos sadios se ressentem.

Ao fim de cada uma dessas sessões violentas, ela o surpreendia encaixando a bunda na barriga dele e preparando-se para dormir. "Talvez esta resulte num bebê." Assim admitia, o que seu eu diurno jamais confessava, que ainda não tinham feito um bebê juntos.

"Espero que não", ele confessava por sua vez. "Ainda não. Primeiro temos de escapar da selva."

"Assim que voltarmos à civilização, você me abandonará. Vai me usar como sua puta por algum tempo e depois encontrar outra esposa, uma esposa branca."

"Jamais. Você é minha única esposa."

"Acho que é sacanagem sua, francamente", prosseguia Isabel, "me descartar quando eu lhe dei minha preciosa cor, mas os homens são assim mesmo. Usam a gente, emprenham a gente, e depois estão pouco ligando."

"Isabel, pare com essa conversa de gravidez. É cedo. Não estamos psicologicamente preparados para ser pais, ainda estamos apaixonados demais. Eu nunca vou deixar você. Amo você como você é. Você guarda toda a sua antiga elegância, e mais alguma coisa também. Me perdoe, mas acho que se tornou você mesma. Sempre foi negra, sua brancura era um disfarce. A engraçada inclinação de seu rosto e a maneira como você arqueava os pés eram negras."

Ela pensou nisso por algum tempo, até parecer que adormecera de fato, com multidões do violento esperma dele subindo e escoiceando em direção ao crescente e solitário óvulo dela; depois ele a ouviu dizer, numa voz profunda, à beira dos sonhos: "Eu o perdôo, Tristão, por ser tão filho da puta".

Ele estava mais ansioso que ela por voltar às cidades. Seu cavalheirismo era vazio sem um contexto social. Os dois traziam o contexto na cabeça, no condicionamento social, mas ele precisava da confirmação do testemunho dos outros, de ver sua brancura galantemente emoldurada, como num smoking. Não que um marido branco e uma esposa negra fossem tão conspícuos e picantes no Brasil como o seriam na África do Sul ou na América do Norte — mas, mesmo assim, na visão mental dele, iam atrair olhares que avaliariam a estonteante dimensão de seu amor. Não fizera Portugal da África uma esposa, mas sem consagrar o fato, ali naquela selva continental de pau-brasil e cana-de-açúcar? Ele seria um branco que elevaria a amante negra ao seu nível. Num certo sentido, elevaria a própria mãe da favela e da pobreza regada a cachaça, dos braços de todos aqueles padrastos passageiros, homens com as turvas cores dos cruéis bandeirantes.

E Isabel, que maquinara aquela transposição, saboreava a vingança sobre o pai, que com sua mente imatura, supersticiosa, desprezara a possibilidade de chamar o neto de Salomão, deixando que ele fosse um idiota. O pai, elusivo mas onipresente, para ela era Deus. Ela se imaginava esfregando sua nova cor na cara dele como um desafio aos bacanas, uma identificação com as massas mais dramática e indelével que qualquer uma das que ela e seus colegas radicais da universidade discutiam. Contudo, paradoxalmente (pois o coração se alimenta de contradições, cevando-se na energia do amor e do ódio), imaginava que o pai ia amá-la com sua nova pele sensual, e que ia afinal roubá-lo da mãe branca morta no Céu.

Assim nutridos de novas concepções de si mesmos, cujas ramificadas permutas deixavam seus sistemas nervosos em contínua agitação, eles faziam tanto amor que os índios, roubando raízes de maniçoba dos campos esquecidos, apontavam para a casa e diziam: "As pedras estão se batendo". Referiam-se a um mito segundo o qual um dos filhos gêmeos de Maíra-Monã, Arikut, o irmão mau e temerário, é esmagado entre pedras que se chocam, mas é trazido de volta à vida pelo irmão gêmeo, Tamendonar, o irmão bom e pacífico.

Como a barba arranhava os lábios, os seios e a parte interna das coxas dela, Tristão raspou-a, com a lâmina Gem de um só fio que, agora enferrujada e cega, o acompanhava há mais de nove anos, desde que vira Isabel pela primeira vez. Dois na fábrica de fuscas, quatro na mina, três como escravo ali junto àquele rio sem nome. De novo sem barba, parecia mais jovem; as faces tinham-se afinado por baixo da pelama.

Agora que era branco, Isabel sentia-se muitas vezes comovida por uma fragilidade que não existia antes no negro, ou que ela não pudera ver sob a pele dele. Agora ele podia ser desajeitado, e hesitante, além de bravo e leal. Essa vulnerabilidade emocionava-a de uma maneira que o pobre Salomão mole e de olhos baços em seus braços jamais emocionara. Havia agora algo de pudico e auto-reprimido em Tristão que a divertia captar, ostentando diante dele uma crescente agressão sexual. Seu clitóris parecia maior e mais firme, uma vara tensa de cartilagem, encabeçada por uma ervilha supersensível, que ela empurrava no rosto ou no púbis dele com as estocadas de um homem, sem consideração pelo outro, de tal modo que o lábio superior dele vibrava de dormência sob a pressão, e depois aparecia ferido e inchado. Ela fazia-se punir por essa dominação grosseira incitando-o a sodomizá-la e espancá-la, já que a dor vinda desse lado punha de novo em relevo aquela forma íntima de amor que ela vivia em perigo de perder na imprecisão e confusão da psique. Essa forma tinha o gosto de baunilha de quando ela era pequena e a cozinheira lhe dava para lamber a colher com que mexera o doce. Cheirava a coco ralado nas narinas de um bebê. Essa doce e aguda sensação vivia ameaçando embotar-se. Só novas identidades e contorções a mantinham afiada. A perversidade, como a castidade, é uma maneira de mostrar domínio humano sobre esse impulso bestial. Relutantemente, mas depois com certo fervor, Tristão juntou-se ao teatralismo sexual dela, amarrando-lhe os pulsos com cipós, pondo a espada de José na enxerga onde eles dormiam, usando seu velho grilhão de ferro para dominar a escrava desamparada. Mordia os ombros dela e, como se tivesse mandíbulas de presas afiadas, sugava a mole depressão na base da garganta. As delicadas membranas de sua glande, que mal mudara de cor desde quando era negro, ainda inchada de sangue e quente como o coração arrancado de um coelho, procuravam as membranas da boca de Isabel. O contraste entre as cores dos amantes era menos agudo que o dos órgãos genitais, duas flores exóticas evoluídas de modos tão contrários. Alto, baixo, agressivo, passivo, dominante, submisso, hostil, carinhoso — Tristão e Isabel oscilavam exuberantemente entre contrários, e davam um ao outro as dádivas da exaustão física e da sonolenta união com o universo.

26

VOLTA A MATO GROSSO

Finalmente chegou a hora de arrancar as raízes de mandioca, esfarelá-las, cozinhá-las como bolos salgados e partir. Temendo os guaicurus, tentaram manter-se ao norte da antiga rota, guiando-se agora pelo sol nascente. Naquela estação chovia, breve mas fortemente, de manhã cedo e no fim da tarde, ao cair da noite. Os aguaceiros cegavam-nos mas passavam logo, deixando as superfícies das folhas e da terra a fumegar de neblina e a reluzir como as saudáveis e esperançosas peles deles.

Talvez fosse a nova rota, mas o vasto planalto estéril parecia menos bravo que antes, quando Kupehaki os conduzira através dele. Na segunda semana de caminhada, Isabel desistiu de sua esperança fixa, irrealista, de encontrar cavaleiros guaicurus, e entre eles Azor e Cordélia, com contas índias e o corpo pintado, mas vivos. Na terceira semana, ela e Tristão começaram a encontrar fazendas — ranchos individuais baixos, caiados, de telhado vermelho, onde um único casal, um mameluco descarnado de calças frouxas e uma esposa tupi descalça, mantinha casa com suas galinhas, porcos e filhos esfarrapados, dando conta de alguns hectares de tabaco e milho, algodão e soja, com cercas de espinheiro seco contra porcos-do-mato e o gado dos ricos, que vagava pelos chapadões. Apesar de pobres, e pendurados à beira da ruína pela próxima seca, os agricultores davam a Tristão e Isabel um pouco de feijão e pinga, e proporcionavam-lhes abrigo para a noite num celeiro, onde a luxuosa cama deles seriam montes de espigas de milho não debulhadas, que cediam a cada movimento de seus corpos e desfaziam o amor em risadinhas, não havendo base para o necessário atrito.

À medida que se dirigiam para leste, as fazendas iam aumentando, em número e prosperidade, e dando origem a poeirentos vilarejos, onde o casal conseguia dinheiro trabalhando. Supunha-se que Isabel, sendo negra, soubesse lavar roupa; ela levava calças e lençóis sujos do prefeito e do negociante de gado local, e as camisolas de musselina de suas gordas esposas, para o fiozinho de rio local e batia-os nas pedras, com a ajuda de um sabão amarelo de barrela, que lhe deixava as unhas fracas e as pontas dos dedos ásperas como lixa. Para Tristão, com seu olhar imponente, seus ombros largos e sua impressionante testa branca, surgiam tarefas mais elevadas — o advogado local confiava-lhe, alguns dias depois de notarem sua presença ociosa mas digna, a entrega em mãos de uma mensagem para um cliente a mais de um quilômetro de distância, ou o dono do armazém local recrutava-o para cuidar de barris, sacos e ferramentas no depósito dos fundos, e depois, constatando sua alfabetização e o ar de honestidade e correção que ele irradiava, dava-lhe um emprego nas prateleiras e mostruários da frente, nas balanças e caixas. Uma costureira, apiedando-se das mãos rachadas e descascadas de Isabel, convidava-a a dar pontos onde os pontos não apareciam, e depois onde apareciam, pois as aulas de prendas domésticas das freiras tinham sido metódicas e completas, e a costureira ficava imaginando como aquela negra indigente, aquela simples moleca, adquirira aquela facilidade e aquele jeito demoníaco. Tudo isso aconteceu numa aldeiazinha nas encostas da Serra do Tombador, com ruas em ziguezague cujas calçadas subiam em degraus, ladeando uma vala central de paralelepípedos para as carroças passarem e o esgoto correr.

Em outros lugares, aldeias mais a leste, Tristão arranjou emprego com o ferreiro e, em outra ainda, como mecânico de automóveis, que iam lentamente substituindo os transportes de tração animal nas poeirentas estradas do sertão. Sempre que trabalhava, o casal atraía simpatia com sua vivacidade e graça, e mais de uma vez lhes ofereceram oportunidades para instalar-se permanentemente, com perspectivas bastante otimistas, pois o desenvolvimento era, visivelmente, o destino do sertão. Durante algum tempo, revivendo os músculos enrijecidos na mina de ouro, Tristão trabalhou numa equipe de construção de estradas, deitando a pedra britada de uma nova rodovia que entrava naquela vasta região de subdesenvolvimento e promessa. "As estradas são o futuro do Brasil", entoava todo dia o capataz, como o sacerdote de uma incipiente religião, votada a compensá-los pelas dores nas costas e os modestos salários, pagos numa moeda que, quanto mais desenvolvido se tornava o ambiente, mais depressa era corroída pela inflação e os preços altos.

Quando chegaram a cidades de fato, começaram a ter aventuras urbanas. Isabel encontrou uma loja de jóias e prata cujo dono soube apreciar a ótima qualidade da antiga cruz do tio Donaciano. Outros negociantes tinham-se aborrecido com o objeto sacro antigo, mas os olhos desse se iluminaram. Era um pardavasco, filho de negro e mulato, escuro como um etíope, de olhos rasgados e cabelo recuado na testa. Fez um conluio com ela, contra os invisíveis donos do estabelecimento, que disse serem agroindustriais japoneses no distante Rio Grande do Sul, e ofereceu-lhe um preço — dez mil cruzeiros — absurdamente generoso, jurou, por um artigo tão comum como uma cruz da era colonial. "Mas eu confesso — não sou um simples estudioso desapaixonado de religiões, sou um devoto fervoroso de várias. A senhorinha descobriu minha única fraqueza." Sugeriu além disso que, no longo intervalo para o almoço, ela fosse com ele para o quarto de cima.

"Quanto eu valho pra você?", ela perguntou, com uma tranqüila objetividade que não teria tido em sua pele antiga.

"Eu lhe dou um almoço delicioso", prometeu-lhe o joalheiro, "e ponho meus discos das mais novas músicas de afoxé da Bahia."

"Eu estou tesa", ela disse descaradamente, querendo dizer ao mesmo tempo que estava sem dinheiro e sexualmente excitada por ele. Isabel sentia, após tanto tempo copulando com um branco, e dando nó no corpo em torno da curiosa psicologia branca dele, que devia a si mesma uma sessão simples com um homem quase tão negro quanto ela. Disse: "Cem cruzeiros. Acho que devo valer um centésimo desse badulaque. Os braços dele não se mexem; ouve preces mas não responde. Eu respondo a todas as suas preces, se não forem indecentes demais".

Ele protestou pasmo e indignação, e acabou reduzindo-a a oitenta e cinco, que acrescentaria ao preço do objeto comprado, transferindo assim o custo do encontro para os agroindustriais distantes.

O quarto dele, em cima, era amontoado e iluminado, como a selva que Isabel atravessara com Ianopamoko; clamorosamente entupido de estátuas religiosas cor de papagaio, de todos os santos católicos — Maria, o Menino, Jesus Crucificado, são Sebastião com as setas, santa Catarina com a roda, o papa de solidéu branco e óculos que morrera de soluço —, além dos orixás e exus do candomblé, com as mesmas cabeças e olhos pintados de gesso, e bustos com pele bege de Elvis Presley, Buddy Holly, Little Richard e outros imortais do rock ianque. Havia até um Buda dourado e uma Kali de esmalte negro. O tal pardavasco realmente vivia para suas religiões, o que ofendeu Isabel. Desconfiava da masculinidade de todo homem que não fizesse dela seu único objeto de culto.

Em vez de fazer logo amor, o joalheiro insistiu em que ela ouvisse com ele seus discos de afoxé, explicando: "O afoxé é a mais africana das músicas brasileiras, com estreitos laços com o candomblé; foi rejuvenescida pelo reggae jamaicano e pelo Movimento de Consciência Negra em todas as Américas". Deu-lhe maconha para fumar, mas não foi uma sensação tão cósmica como o iajé de Tejucupapo. O sexo, quando finalmente o fizeram, pareceu perfunctório e doméstico, em comparação com o que ela e Tristão haviam desenvolvido. Não era homem que amasse uma mulher até o auto-aniquilamento. E ela fora estragada para qualquer outro tipo. Apesar disso, voltou várias vezes ao joalheiro — chamava-se Olympio Cipouna Soares —, ao seu quarto entupido de tocos de velas votivas, e depositou o dinheiro que arrancou dele numa caderneta de poupança.

Quanto mais a leste ela e Tristão viajavam, da selva que só servia para os índios à região de gado sem cercas e às terras agrícolas pontilhadas por bolsões de indústria patrocinada pelo governo, mais visível se tornava a necessidade de dinheiro, de capital. Precisavam de roupas, sapatos, cruzeiros para o aluguel e o restaurante. Aquela cidade do interior, Bunda da Fronteira, há não muitos anos tinha ainda passadiços de tábuas, falsos frontões de madeira e mourões para amarrar cavalos, e todo mundo andava com uma arma. Fotos de antigos linchamentos e cabarés eram exibidas nas vitrines das barbearias da rua principal e nas paredes da sociedade histórica local. Por toda parte vendia-se artesanato índio, sobretudo trabalhos em couro dos ericbatsas, para turistas alemães e suecos, que chegavam de ônibus; havia também grupos de pescadores canadenses, organizados para saquear as águas pululantes dos rios Araguaia e Xingu. Amenidades eram rapidamente instaladas, para os turistas e os endinheirados locais. Construíam-se prédios de escritórios de dez andares, com janelas vedadas e ar-condicionado; sinais de trânsito haviam sido colocados em seis cruzamentos; tornava-se potável a água encanada; e um shopping center ganhava forma na periferia da cidade.

Isabel, invocando sua experiência com a costureira no interior, encontrou na cidade de íngremes ruas calçadas emprego numa loja de modas, a princípio nos fundos, alinhavando e cosendo, e depois, devido à sua boa aparência e seus modos sofisticados e provocantes, na frente, na equipe de vendas. Tristão arranjou emprego como leão-de-chácara e testa-de-ferro de uma discoteca que acabavam de abrir, a Mato Grosso Elétrico. A parte crucial do trabalho não era expulsar o ocasional viciado em cocaína que se excedia no consumo e no frenesi nem o passador que dava muito na vista, mas julgar a quem admitir, na multidão que se acotovelava toda noite, fazendo fila na iluminada calçada de cimento. Era como compor um buquê, uma salada de verdura, cuja variedade significava alegria e um exótico carnaval. Alguns travestis em trajes extravagantes, de peruca, tudo bem, mas em número demasiado eles espantariam os héteros; alguns boêmios barrigudos, de meia-idade, eram desejáveis, para dar peso e perspectiva histórica à multidão de dançarinos, mas a nota juvenil precisava predominar; uma garota vestida como puta, de minissaia listrada e blusa arrastão, era ótimo, a menos que seu acompanhante tivesse aquele ar atarracado, assexuado, do cafetão. Para criar um pequeno paraíso lá dentro, devia-se deixar na porta a ansiedade e a esperança de lucro. O aproveitador, o *voyeur* demasiado óbvio, o aspirante ao sucesso social demasiado grosso deviam ser excluídos. Tristão escrutinava a multidão de rostos ávidos à embranquecedora luz do anúncio luminoso do Elétrico, em busca dos puros de coração. Alguns pobres podiam ser admitidos, mas não tantos que causassem desconforto no ambiente, nem dessem origem a conflitos sociais e atitudes revolucionárias, à medida que avançassem a dança e a liberação das inibições. A revolução ficara para trás na década de 60. Aqueles eram os anos 70. A bacanal devia manter um sabor de inocência apolítica. Os negros, lamentavelmente, muitas vezes tinham de ser excluídos, pois apareciam em número muito superior, em termos de proporção, à sua representação na população de Bunda da Fronteira, relativamente branca. Os clientes brancos e mulatos deviam sentir-se parte de uma sociedade multi-racial, mas não superados. Discoteca não é batuque, patuscada do Congo. Ela busca, com seus efeitos psicodélicos, criar um êxtase sem perigo ou depravação, sem nenhuma das embrutecidas conseqüências do vício — uma aeração em que os tenros brotos do acasalamento podem crescer e expandir-se. As luzes estroboscópicas, os lasers coloridos, a música de fita com ritmo insistente, o champanhe aguado, tudo busca encorajar carinhosamente as paixões, com uma espécie de plumagem, e não espantá-las. O espetáculo noturno, cujos elementos humanos Tristão escolhia com crescente habilidade, não devia ser um espetáculo grosseiro, à mercê dos mais rudemente vistosos e profissionalmente exibicionistas. Sua estatura, a testa alta, os gestos autoritários e largos ao indicar os escolhidos na rabeira da multidão à espera, sua nobre relutância em sorrir na aprovação ou na recusa tornavam-no imponente no papel de juiz, e algo assim como uma celebridade na vida boêmia de Bunda da Fronteira. Os patrões, pequenos gângsteres mestiços de cara bexigosa, davam valor a seu porte elegante, e ofereceram-lhe aumentos de salário e outras vantagens quando, após cinco meses, ele anunciou a decisão de se demitir.

Ele e Isabel já tinham a essa altura juntado suficiente capital, roupas e conhecimento da malandragem para partir, não de ônibus, mas de avião — um salto de menos de uma hora — para Brasília.

A viagem desde o acampamento tinha-lhes tomado quase um ano.

27

VOLTA A BRASÍLIA

Oito anos se haviam passado desde que Isabel estudara ali na universidade e deitara-se com Tristão no meio das bananeiras bravas e palmas, numa das largas faixas gramadas entre as pistas de tráfego da capital. O pai não era mais embaixador no Afeganistão, onde o rei Muhammad Zahir Shah fora deposto por um grupo de jovens militares cada vez mais sujeitos à influência soviética. A militância islâmica estava em ascensão, e a confusão se armava na Ásia Central; Salomão ficara contente por sair. Agora servia aos poderosos como ministro assistente de Desenvolvimento do Interior, com seu gabinete nas vastidões de mármore do Palácio do Planalto. Quando atendeu o telefone, pareceu mais velho a Isabel, as antigas força e majestade paternas diminuídas — ou ela é que estaria temperada pelas dificuldades e o amor, teria atingido a maturidade? Tinha agora vinte e nove anos, e notara alguns fios brancos ao cuidar do volumoso penteado afro. Em determinadas condições de luz, as costas de suas mãos pareciam nodosas, e a pele embaixo do queixo meio frouxa. O pai não discutiu nem resistiu quando ela lhe disse com firmeza: "Pai, eu estou bem, mas não graças ao senhor. Quero lhe fazer uma visita, para que o senhor afinal conheça meu companheiro, meu querido marido".

O silêncio dele não foi demasiado demorado, talvez apenas uma tentativa diplomática de achar a frase adequada. "Minha querida, nada me agradaria mais. Tenho sentido saudade de você, e passei muitas noites sem dormir, agitado pela ansiedade sobre seu paradeiro e bem-estar. Após a vida de mulher de mineiro na Serra do Buraco, cujos rumores me alcançaram a meio mundo de distância, você desapareceu da face da Terra!"

"Nós não deixamos o Brasil."

"Sua voz está mudada. Foi sempre assim... gutural?"

"As pessoas mudam, pai. Os filhos crescem. Minha voz agora é esta. Amanhã às seis está bom para sua agenda ocupada? Não se preocupe em nos oferecer um jantar. Basta um chá ou drinque — ou nem isso."

Se se mostrava sucinta, era em parte porque Tristão estava deitado na cama do hotel, ouvindo. Quando ela desligou, ele disse: "Foi esse o homem que nos seqüestrou e mandou um assassino me matar; agora devo ir conhecê-lo educadamente?".

"É um você diferente agora", ela disse. "E papai também pareceu diferente. Mais velho. Mais triste. Acho que ele *realmente* sentiu saudade de mim. Nunca teve tempo, antes, de ser pai."

Ela experimentou tantos vestidos quanto antes de ir à casa de Chiquinho na Mooca, dez anos antes, decidindo-se afinal por um vestido longo, sem cinto, de seda estampada, em cores de pavão, com volumosas mangas abertas que exibiam com elegância o negro dos finos braços.

O apartamento do pai, num arranha-céu de paredes brancas, curvas, com sacadas de vidro, no Eixo Rodoviário Norte, pareceu menos grandioso do que quando ela morara ali, como colegial impressionável. O casal de criados — o homem alto, lúgubre e esverdeado, a mulher gordota e morena — que ela acabara por conhecer bem, dependendo deles como companhia nas freqüentes ausências do pai, fora substituído por um único criado, um sujeito lépido e meio sardento, de cabelos cor de laranja penteados em trancinhas rastafari, parecendo trazer um bolo de fios embaraçados na cabeça. Ele introduziu Tristão e Isabel no saguão com uma mesura impertinente. Enquanto esperavam que o pai aparecesse, Isabel percebeu que o apartamento era na verdade menor — não era o mesmo. A *thang-ka* tibetana, a *coiffeuse* Luís xv com o seu negro vaso Ch'ing chinês, as gravuras japonesas e as esculturas do Dogon continuavam ali, junto com um tapete de pelego e um enorme vaso de cobre pontiagudo que devia vir do Afeganistão, porém mais amontoados, sem o pródigo espaço em volta que antes lhes dava a arrebatadora beleza do isolamento. Agora aquela reunião de objetos tinha o clamor febril de um grupo grande demais para o espaço que ocupa. O longo corredor pelo qual ela seguia com seus livros para o quarto, noite após noite, não estava mais ali, e as janelas da sala de visitas davam não para o lago Paranoá, mas, menos panoramicamente, para a Rodoferroviária. Talvez a carreira do pai, que nos dias do presidente Kubitschek parecia de perspectiva infinita, tivesse chegado ao limite sob a sucessão de generais, em embaixadas cada vez mais periféricas e postos administrativos que não apenas o enviavam ao interior, mas partilhavam o abandono do interior.

Salomão Leme entrou na sala. Envelhecera, embora os minúsculos pés estreitos ainda fulgissem nas chinelas caseiras de couro legítimo. Pusera um paletó de smoking de lapelas marrons para recebê-los, com umas calças listradas de vinco impecável. Os ralos cabelos no alto da cabeça agora não passavam de uma simples auréola de penugem na careca larga, um pouco enrugada, e o olhar incerto tornara-se pesado, puxando mais acentuadamente para baixo a pele delicada e incolor, fervilhante de nervos, em redor dos olhos.

Seria imaginação dela, ou um daqueles minúsculos músculos abaixo de um dos olhos cinza havia-se contraído à visão dela após oito anos? Se assim fora, o olhar decidido afastara a irritação da surpresa, as chinelas continuaram a deslizar rápidas pelo tapete de pelego, e os lábios com que ele roçou primeiro uma face, depois a outra, estavam frios. "Minha bela criança", ele disse, e pegou-a delicadamente pelos ombros para melhor fitar o erguido rosto desafiador.

"Pai, este é meu marido, ou noivo, ou qualquer coisa, Tristão Raposo." Só ver o pai de novo fizera-a sentir-se tonta e menina, certa da indulgência.

"Encantado", disse o pai, aceitando a musculosa mão branca na sua, mais gorducha.

"Igualmente, senhor", disse Tristão, não correspondendo nem com uma sugestão de sorriso à hesitante tentativa de sorriso do velho, que expunha — de maneira comovente, para Isabel — os dentinhos redondos do pai, menores ainda do que ela lembrava, e amarelados pela idade. Aqueles homens medindo-se causavam distúrbios no estômago de Isabel.

"Pelo seu sotaque, vejo que o senhor é carioca", disse o pai a Tristão.

"Nascido e criado, senhor. Minha família morava na encosta do morro da Babilônia. A casa não era grande coisa, mas tínhamos uma excelente vista do mar."

O diplomata disse: "Eu não conheço mais o Rio muito bem, embora ninguém consiga arrancar meu irmão de lá, como um siri numa casca abandonada. Minha vida no Rio terminou, na verdade, quando a capital se mudou para Brasília".

"Uma medida corajosa, que causou orgulho ao país", disse Tristão, ignorando um tanto rigidamente a sutil indicação do velho de que podia sentar-se numa das várias poltronas acolchoadas em volta.

"E, no entanto, eu me pergunto", disse Salomão, sentando-se na poltrona de largos braços, forrada de cotelê bege, que era apenas, Isabel sabia, a segunda favorita. A favorita era a poltrona de orelha de veludo vermelho, desbotada para uma cor salmão nos braços e no assento, que Tristão então ocupou, com um cuidado demasiado óbvio. Ela se postou entre os dois, no comprido sofá branco, os joelhos chegando à altura da mesa baixa com o tabuleiro de xadrez incrustado. Um vaso esguio, um cinzeiro limpo, um peso de papel sugeriam que uma partida final estava em andamento. "A mudança deixou nosso belo Rio", suspirou o pai, "mais ou menos como o que os ingleses chamam de *grass widow** e aumentou no povo a sensação de que o governo é uma coisa distante e fantástica, que pouco tem a ver com eles."

"Com o tempo", sugeriu Tristão, como consolação, "o desenvolvimento do Brasil vai envolver a nova capital, e Brasília ficará no centro de tudo. Os homens do futuro vão se perguntar, na verdade, por que está tão a leste. Ao atravessarmos o Mato Grosso recentemente, Isabel e eu ficamos impressionados com a

(*) Esposa abandonada. (N. T.)

rapidez do desenvolvimento. Todos os luxos ociosos da era moderna, incluindo ônibus de turistas, desabando em cima de uma inocente desolação."

"É uma terrível dor de cabeça", concordou o velho cavalheiro, batendo os pés nos chinelos de couro legítimo no tapete de lã branca para dar ênfase, "e, na verdade, *minha* dor de cabeça, pois eu me tornei recentemente, como talvez Isabel lhe tenha informado, ministro assistente de Desenvolvimento do Interior, o 'assistente' aí não passando de mero eufemismo — o *soi-disant* ministro é um general empedernido, cuja única verdadeira paixão é espionar os argentinos e paraguaios, para assegurar-se de que eles não tenham mísseis nem caças supersônicos em seus arsenais que nós também não tenhamos. O homem é inteiramente paranóico sobre isso, e imagina que Fidel está recebendo todo tipo de maravilhosos equipamentos russos, que nosso alinhamento com as potências imperialistas ocidentais negam a ele! Por favor — que posso oferecer a vocês para beber?"

O criado entrara deslizando, quase num passo de dança, sacudindo as emboladas tranças cor de laranja. Isabel pediu uma taça de vinho branco, não chileno nem australiano, mas também não necessariamente francês, e o pai, com gestos expansivos dos braços curtos, um *gimlet,** bastante seco, com dois limões, e Tristão, puritanamente, uma vitamina. Isabel esforçou-se por combater o receio de que ele estivesse mantendo a cabeça fresca para uma briga, e que a mão que não parava de levar ao bolso lateral do paletó manuseasse a lâmina.

"Oh, pai", ela disse em seu nervosismo, "não deixe que desenvolvam mais o interior; é *horrível* o que isso está causando aos índios!"

O pai voltou para ela o rosto grande — para um homem tão pequeno —, com a avultada cabeça e o olhar pesado, aguado, e disse com uma voz não tão delicada que velasse inteiramente o tom de censura: "Temos um departamento de assuntos índios, Isabel, a Funai, que recebe um generoso orçamento e mais que seu quinhão de publicidade. Índios, índios, em toda parte onde

(*) Coquetel feito com gim e limão. (N. T.)

o governo busca tomar uma medida, lá estão eles, por baixo. Vastas terras são reservadas — ao longo do Amazonas, no Xingu, no Pantanal — para eles se divertirem, mandriarem e fazerem seus ataquezinhos para pegar as mulheres uns dos outros. Mas, falando sério — e aqui apelo para o senhor Raposo — como se pode deixar que os interesses de cem mil sujeitos ainda na aurora da humanidade obstruam o progresso de um país de mais de cem milhões! Cuidar com carinho dos índios, sim! Arrepender-se das atrocidades passadas, sim! Mas será que um índio ignorante, coberto de doença, vale realmente mil homens e mulheres civilizados? Eu lhe pergunto, senhor?".

"Claro que não", respondeu Tristão. "Mas vale *um* homem ou mulher civilizados, não vale? É um brasileiro, como todos nós."

O pai de Isabel piscou os olhos, percebendo que uma seta de sabedoria, uma polida censura, o atravessara, enquanto tomava o segundo gole de seu *gimlet* bem seco. Sorriu, com uma espécie de vacuidade que Isabel jamais vira nele. "Exato."

"Pai", interveio Isabel, "nós vivemos no meio dos índios algum tempo, e eles não podiam ser mais bacanas. Com umas poucas exceções", acrescentou, lembrando os guaicurus que tinham roubado dois de seus filhos. Começava de novo a sentir-se grávida, desconfiava que devido ao pardavasco promiscuamente religioso.

"Sim, querida, sem dúvida." O polido funcionário público descartou a afirmação da filha. Perguntou a Tristão: "E o que o levou tão longe, senhor Raposo? Pode me dizer o nome de sua profissão?".

"Cavaleiro errante, pode-se dizer", sugeriu Tristão, sem sorrir, após uma pausa. "Eu me meti em vários campos — mineração, indústria automobilística, fabricação de barcos, comércio varejista e, até, mais recentemente, na indústria de música e diversões, numa função administrativa. Eu mesmo não sou muito musical nem criativo de algum modo palpável. Sempre vivi da minha esperteza, e de uma certa impiedade desapaixonada."

"Tristão!", protestou Isabel, comovida pela ousada honestidade do amante.

"Mineração, indústria automobilística", repetiu o pai, como para dar mais peso às expressões. A seqüência significava alguma coisa para ele, dizia-lhe algo, que o teria perturbado não fosse o álcool a atuar suavemente em suas veias, e o desejo de que tudo relacionado com aquele encontro saísse bem. Estava velho demais, cansado demais para querer brigas. Explorara os limites do poder. Vira fanáticos suficientes no Afeganistão, na Irlanda. "Minha filha", confidenciou, "gosta de aventureiros. Na universidade, a alguns passos de onde estamos, se envolveu com um rapaz tão revolucionário que só a intervenção do pai rico e o pagamento voluntário de uma sobretaxa sobre suas propriedades salvaram o rapaz da disciplina oficial. E no Rio, uma vez, durante as férias de Natal, ela... Mas estou embaraçando-a. Talvez deva culpar a mim mesmo. Ela herdou esse sangue de mim. À minha maneira discreta, senhor Raposo, disfarçada sob o variegado traje do negociador e do administrador, também me aventurei — os troféus de minhas viagens aí estão à nossa volta. O tio dela, meu irmão, com quem ela viveu muitos anos, como estou certo de que lhe disse, já é bem outra coisa — um homem de negócios sólido, que mal se aventura de Ipanema ao Leblon. O escritório dele, o clube dele, o apartamento dele, o apartamento da amante dele... essa é a sua ronda, dia após dia. Quando peço que venha me visitar aqui, ele diz que tem medo de avião, e que a altitude de Brasília afina o sangue e afeta o ouvido interno dele! Afina o sangue! Tornou-se uma velha. Mesmo assim, como a aranha imóvel no centro da teia, Donaciano tem muitos contatos. Se você estivesse em busca de mais um campo a conquistar, meu jovem amigo, e disposto a instalar-se com Isabel em São Paulo, onde se fazem agora todos os negócios sérios do país, talvez eu e ele possamos arranjar um emprego que aproveite algumas de suas especializações. Que acha das greves dos operários?"

Tristão lançou um olhar a Isabel, em busca de orientação, e pouco vendo daquele lado, só o vinho do amor borbulhando nos olhos azuis-cinza, respondeu: "Quando eu era operário, não fazia greve. Na verdade eu não distinguia entre o presidente do sindicato e o dono da fábrica. Só sabia que minhas costas doíam, e a deles não".

"Exatamente! Evolução, não revolução, certo? Mudança para melhor, claro, para todas as classes, mas num ritmo que não destrua a velha matriz, não é?"

"É. Manter a matriz."

"O que os jovens chamam de 'o sistema' entre aspas, como pinças pegando uma coisa desagradável. Mas o que é o sistema senão o que evoluiu, o que surgiu das lutas do homem, cada um defendendo seus interesses e, ao maximizar seus interesses, maximizar com isso a glória da nação?" E contou uma longa história sobre ele mesmo quando jovem, quando sua mulher — que Deus desse descanso à sua alma incrivelmente bela — ainda estava viva e Isabel era um bebê, e tinham ido para Brasília, então apenas uma selva, um velho sonho acalentado por uns poucos homens dedicados...

Isabel perdeu o interesse, pois já ouvira a história antes, ou histórias parecidas. Levantou-se, a haste da taça parecendo uma vara de condão de prata na mão, o cigarro uma vara de condão de ar, de espírito e sensação. Foi até as janelas e olhou os cubos de Brasília fulgindo na veludosa noite que descia. Os paralelepípedos reluzentes, as vias expressas parecendo flechas, os parabólicos monumentos da história nacional de combate e luta pareciam projeções de sua própria vida interior, sua capacidade de conceitualizar e amar, que já era em si um conceito. Aqueles homens lá atrás a amavam, e, quando ouviu a história do pai finalmente chegar à conclusão e a risada apreciativa de Tristão, voltou-se triunfante, o abdômen revolvendo-se, para aquela dupla explosão de adoração.

Mas eles a ignoravam, excluíam. Tristão contava, cortês por sua vez, uma história dele próprio, sobre as dificuldades para distinguir, quando era leão-de-chácara e porteiro da Mato Grosso Elétrico, entre mulheres e travestis, e o temor de excluir por engano todas as mulheres de verdade, que não pareciam tão mulheres quanto os homens em trajes femininos. E depois havia um travesti anão, e todo o problema político de decidir quantos anões se podia admitir por noite, ou melhor, quantos se podia excluir, uma vez que, de um lado, as pessoas baixas de Bunda da Fronteira formavam um dos grupos de pressão mais sensíveis e ruidosos da comunidade e, de outro, os clientes de estatura normal da discoteca se queixavam de que viviam tropeçando neles na pista de dança.

As risadas e conversas deles, risadas e conversas masculinas, rolavam em cascatas, enquanto mediam suas vontades brincando; o criado esquisito trouxe-lhe uma segunda taça de vinho, um segundo *gimlet* para o pai e uma segunda vitamina para Tristão. O vinho começava a pressionar sua bexiga; as luzes da cidade, a nostalgia da volta ao apartamento e a estranheza de ouvir o pai e o amante rindo juntos comprimiram-lhe as córneas, formando lágrimas. Ela atravessou a sala, tendo uma visão de si num espelho alto e estreito, como um dos lados dos dois arranha-céus que abrigavam o Congresso Nacional. Lá estava ela, naquele vestido volumoso, com o pescoço fino bem ereto, como se carregasse um vaso na cabeça. As dobras de sombra no tecido brilhante pareciam inverter as cores brilhantes das dobras visíveis. Achou magnífica a sua aparência, à beira dos trinta.

Os dois homens tinham consciência dela, como o ímã que os juntara. Assim que ela saiu do alcance do ouvido, no banheiro, Tristão disse a Salomão, numa voz deliberadamente baixa: "Eu lhe disse que sou determinado — essa determinação, lhe asseguro, é dedicada ao bem-estar e felicidade de sua filha".

O homem mais velho, mais baixo, piscou os olhos, e balançou a cabeça agradecendo a afirmação. "Como eu já lhe disse, ela tem uns gostos estranhos em termos de companhia masculina. Como tantas garotas generosas que desfrutaram o conforto, não tem nenhuma compreensão dos limites práticos, dos parâmetros da matriz brasileira."

"Talvez esteja mais sensata agora do que a colegial que o senhor viu da última vez. Me diga, se posso perguntar..."

"Sim, meu caro amigo", disse o anfitrião, já que Tristão hesitara.

"O senhor nota... como dizer?... alguma diferença física nela?"

Salomão piscou os olhos, mas não disse nada.

Tristão continuou, meio sem jeito: "A cor dela, para ser específico, é a mesma que o senhor lembrava? Embora eu a censurasse, ela nem sempre usava chapéu ao sol, em nossas viagens".

O diplomata ergueu os calcanhares das chinelas uma fração de centímetro, alargou os ombros e prenunciou com uma torção das feições a importância do que ia afirmar. Falou com tanto cuidado quanto se as palavras tivessem sido memorizadas, ou fossem ditas numa língua estrangeira que só recentemente aprendera. "Para um pai, uma filha é sempre perfeita. Acho Isabel tão encantadora como quando a vi pela primeira vez nos braços da santa mãe dela. Não se preocupe demais em protegê-la do sol; ela pega bem o bronzeado. A mãe dela era uma Andrade Guimarães, e dizem que os Andrade Guimarães, lá em Portugal, tinham uma gota de sangue mouro." Segurou os olhos do outro com os seus. "Não acha, como eu, que minha filha é perfeita?"

O homem, notou Tristão, tinha o lábio superior carnudo, como o de Isabel, e também com uma crista no meio, mas ligeiramente para um lado no caso dele, fazendo a boca parecer cortada e fora de centro. Tristão disse, com firmeza: "Acho, senhor. Também amei Isabel à primeira vista, e cada dia, depois dessa visão, ela só deu mais motivo para meu amor crescer. Não é apenas linda, mas corajosa, e não apenas corajosa, mas cheia de recursos. Encontrei meu destino e objetivo na vida amando-a. Ela é perfeita".

Salomão ouviu uma nuance de tristeza quando o jovem marido pronunciava essas reiterações, mas atribuiu-a à conhecida melancolia da raça portuguesa; ninguém menos que Gilberto Freyre nos afirma que, se os primeiros colonizadores não houvessem importado africanos para animar seus núcleos de colonização, toda a aventura brasileira poderia ter definhado de pura tristeza. E no entanto, no Novo Mundo, os próprios africanos sofriam tanto a falta de sua terra que se chegou a cunhar uma palavra para isso — banzo, uma espécie de saudade negra.

Isabel retornou da reluzente gruta do banheiro, a feminilidade renovada por jatos de líquidos e borrifos de perfume. Estendeu uma mão ainda úmida a cada um deles — o pai, o namorado. "Não estou vendo aliança", disse o pai, segurando a mão para exame. "Vocês não precisam dos ritos de nossa mãe espiritual, a Igreja?"

"Nós tínhamos um anel", ela disse. "Um anel muito precioso, que eu vendi, num momento que peço a vocês dois que não julguem tolo. Era um lindo anel que Tristão me deu; tinha letras formando a palavra DAR. Nunca soubemos de que eram as iniciais."

"Se posso arriscar um palpite", aventurou o pai, "o anel vinha de uma das mais sagradas e misteriosas instituições dos ianques — uma associação de veneradas filhas dos soldados que lutaram na singular revolução deles.* Seria um feito épico arranjar um. Mas ainda tenho alguns amigos em Washington, enquanto Henry Kissinger servir ao atual presidente — vou tentar, vou tentar."

A repetição exagerada, caprichosa, de falsa modéstia, queria dizer, para a sorridente apreciação de Tristão e Isabel, que ele ia conseguir. Assim Salomão deitou sobre o casal a bênção há muito negada.

(*) *Daughters of the American Revolution*, Filhas da Revolução Americana. (N. T.)

28

VOLTA A SÃO PAULO

Sim, viveram felizes então, em São Paulo, primeiro num apartamento em Higienópolis, e depois numa casa no Jardim América, perto da rua Groenlândia, uns doze anos ao todo. Os irmãos Leme conseguiram arranjar para Tristão um cargo de escalão médio, não na fábrica de fuscas, onde ele apertara parafusos de motor defronte do banguela Oscar — pois não se fabricavam mais fuscas —, mas numa indústria têxtil em São Bernardo, uma das chamadas cidades do ABCD, satélites industriais de São Paulo.

A fábrica era um único galpão imenso, onde teares gigantes faziam um barulho que martelava os ouvidos de Tristão com um milhão de pequenas concussões; cada barulho era menor que os choques de metal com metal na fábrica de fuscas, mas eram em número muito maior. A princípio, ele tentou entender as complexidades — a urdidura, a trama, os bastidores e suas batidas, as maneiras como a sarja diferia da tecelagem simples ou tábi, e como as variações no erguer os fios da urdidura com os liços produziam cetim e damasco, veludo de urdidura e veludo de trama, e a operação verdadeiramente estonteante pela qual muitas bobinas cônicas de fios, dirigidas por um aparelho mecânico controlado por cartões perfurados, podiam ser entremeadas para formar tecidos de figuras elaboradas.

Percebeu que a lançadeira, que passava os fios da trama de um lado para outro sob as urdiduras verticais que formavam a base, era o problema básico, pois no âmago da tecelagem havia um momento de suspensão em que a lançadeira corria, ou sua corrida era imitada por espadas, falsas lançadeiras, e até mesmo por jatos de ar ou água, que levavam o fio de uma borda do tecido, chamada ourela, a outra, fazendo uma "passada". Do mesmo modo como no âmago de nossa vida há um salto sobrenatural, uma oscilante improbabilidade. Milagrosamente, os teares chocalhavam e matraqueavam, repetindo a difusão, a passagem e as batidas numa velocidade implacável, que mesmo assim não rompia os fios: não havia resistência no universo material à aceleração não humana. Os atendentes humanos das máquinas, na verdade, pareciam de uma languidez grotesca, como salpicos de barro molhado caídos aqui e ali, espectadores ociosos que de repente entravam em ação quando uma bobina de cor viva ou uma reluzente e pesada lançadeira se esgotavam. Os operários, em sua maioria mulheres, usavam lenços para evitar que os cabelos compridos fossem colhidos nas máquinas, que num segundo de inconsciente operação lhes arrancariam o couro cabeludo. Algumas delas tinham sangue índio; outras tinham sangue japonês, ou italiano, ou ainda dos vários povos do Oriente Médio, chamados de turcos.

E depois havia outra sala gigante da fábrica, em que a operação de malharia, inteiramente diferente, era executada por máquinas construídas sobre princípios bastante diferentes, tendo as agulhas como unidade fundamental, dois tipos de agulhas engenhosamente curvas: barba de mola e lingüeta, tendo esta um minúsculo pivô que fechava o laço e permitia o ponto. As agulhas, de vários tamanhos, desde o de um lápis ao do bigode de um camundongo, dispunham-se em filas ou círculos, cilíndricas ou chatas, controladas por cames móveis que imitavam incessantemente o movimento de tricotar, roendo como piranhas e produzindo pedaços ou rolos de tecido grosseiro, como o dos suéteres de esqui, ou sedutoramente fino, como o das meias-calças. A tentativa de Tristão de entender os detalhes da manufatura causaram-lhe pesadelos horríveis, de bocas com muitas presas, e duraram apenas algumas semanas; então percebeu que o que lhe cabia era compreender sua relação com os homens acima e abaixo dele na hierarquia administrativa, e encaixar-se nos movimentos organizacionais. Juntos, como um animal estúpido que apesar disso sabe o bastante para ir até a comida, a fábrica e seus empregados dirigiam-se ao mercado; enquanto isso, o governo cavalgava pesadadamente as costas do animal, e a inflação agrilhoava seus pés. Alguns dos administradores faziam a ligação com o mercado — os especialistas em moda, os homens da publicidade, os atacadistas, os representantes dos lojistas —, e outros, com o governo, que cobrava os impostos, aperfeiçoava os controles de preços, impunha regras de segurança e poluição, aceitava subornos. Outros ainda faziam a ligação com os engenheiros e as máquinas, que precisavam ser consertadas, reavaliadas e substituídas por equipamento sempre mais novo, mais computadorizado e robotizado. Tristão acabou fazendo a ligação com os sindicatos.

Ele tinha uma certa imunidade social, com a solene testa alta e os olhos de um negro inesperado — as íris fundindo-se melancolicamente nas pupilas —, e uma cautelosa dignidade que o adequavam à posição. Embora fosse branco, de tez clara — quase de uma maneira não natural, como se a pele jamais tivesse visto o sol, ou tivesse sido embranquecida por decreto —, não tinha o sotaque da classe alta paulista que os operários e seus líderes detestavam. Não tinha nada da arrogância afetada, lânguida, dos filhos do poder; na verdade, não parecia ser filho de ninguém, e atendia séria e cuidadosamente às queixas dos operários e aos planos sindicais, de correção de desigualdades e eliminação de arestas, como se lutasse para livrar-se de um labirinto no qual lhe faltava a orientação do preconceito. Todo o mundo moderno legítimo parecia-lhe mais ou menos um labirinto, que ele devia percorrer passo a passo. Tinha paciência. Jamais condescendia. Embora percebesse, por ter sido um deles, a dura monotonia do trabalho na fábrica, não tentou, à maneira fascista em ascensão durante o governo militar, usurpar a liderança dos operários. Manteve seu terno cinza-prata e colarinho branquíssimo, visivelmente um homem da empresa, mas subiu em prestígio junto aos trabalhadores, à medida que — começando com a greve de uma fábrica de ônibus em 1978, que se espalhou para setenta e oito mil metalúrgicos — ondas de greve e contestação efetuavam uma revolução nos aumentos de salários, regras de segurança, assistência médica e direitos dos empregados. As assembléias de operários trovejavam seus votos em estádios de futebol; os escritórios dos sindicatos saíram de baixo das asas do governo e da cumplicidade empresarial para a catedral de São Bernardo, a convite da Igreja com sua nova consciência reformista. O último bastião contra o comunismo é uma classe operária aburguesada, e Tristão, cujo aburguesamento tinha em si alguma coisa de entranhado na pele, atuou como uma espécie de enzima nesse processo. Sua atitude e seu sotaque neutros pareciam de um ator de televisão, tranqüilizavam os operários, que mesmo no mais abjeto nível de pobreza viviam cada vez mais dentro das novelas, noticiários e programas de sorteios da televisão.

Sua fábrica têxtil emergiu das greves de 1980 com as relações trabalho-capital intatas; tornara-se claro que as lutas de classe, que tinham levado o capitalismo, como um motor superaquecido, ao ponto de explosão, deviam ceder, num mundo dominado pela metodologia japonesa e alemã, a acordos entre governo, indústria e trabalhadores, de mútua dependência e satisfação. A brilhante derrota imposta, em 1985, por Tancredo Neves aos governantes militares no colégio eleitoral, e depois sua desorientadora morte passaram pelo mundo ruidoso de Tristão quase sem causar a perda de um ponto. Com o passar dos anos, ele ouvia cada vez mais pacientemente (e, deve-se admitir, ausentemente) a voz dos operários, com o tato terapêutico e descomprometido de um psicanalista freudiano, cujo paciente, jamais curado, pode no entanto continuar capengando sob seu fardo de infelicidade cotidiana. Tristão prosperou no cargo. Adotou atividades adequadas ao seu status — tênis, jogging, squash, windsurf — e brilhou em todas elas, com sua elegância e ferocidade. Chegou até a seduzir as esposas de alguns colegas da administração média, quando se tornou claro que também isso era um jogo.

Contudo, jamais se sentiu à vontade em São Paulo. A não ser na viagem diária de ida e volta ao cinturão industrial, e nas rotas de alguns restaurantes preferidos e da casa de praia em Ubatuba, vivia se perdendo, dando voltas no mesmo viaduto, ou circulando pelo mesmo bairro, ou por outro exatamente igual.

Não se livrava da impressão, adquirida na primeira visita quase vinte anos antes, de que a cidade não tinha limites nem forma, em comparação com o Rio, onde as praias e o Pão de Açúcar afinam as ruas numa série de graciosas cinturas, e um horizonte de natureza indomada — topos de montanhas, ruas escaldadas de sol — está sempre à vista. Quando ele e Isabel, como convinha a seu status, viajavam a Paris e Roma, Nova York e Tóquio, Buenos Aires e Cidade do México, tudo lhe parecia, tirando a inequívoca diferença entre a torre Eiffel e o Coliseu, mais São Paulo, mais alastramento humano cinza-cimento, devorando o planeta. Lembrava-se com nostalgia do vazio do Mato Grosso, quando ele e Isabel o atravessaram pela primeira vez, com seu leve cheiro de mato de cerne espiritual, e dos bandos de flamingos elevando-se em vagas, abaixo das nuvens de bojo azul a correr para leste, e das silhuetas invertidas dos pinheiros a convidá-los, de cima de um rochedo cor-de-rosa distante, para o acampamento daquela noite. Pensava em como, em seus piores apuros, só o corpo branco dela o sustentara, com o alimento do amor.

Isabel, tomando como modelo vagas lembranças infantis da mãe e da ousada tia Luna, bancava a jovem esposa de classe média. Pertencer à classe média no Brasil é desfrutar do que, em países de riqueza mais equitativamente distribuída, seria um estilo de vida aristocrático. Os empregados são mais baratos que aparelhos eletrodomésticos, e Isabel teve desde o início uma combinação de criada e cozinheira, e depois contratou, quando se mudaram de Higienópolis para a casa perto da rua Groenlândia, uma mulher para tomar conta das crianças. Estas eram três — Bartolomeu, filho do pardavasco religioso, de olhos etíopes e pele só um tom mais clara que a dela, e três anos depois dois gêmeos, Aluísio e Afrodísia, não idênticos, mas nascidos do mesmo jato de esperma, ao fim de uma noite entre rajadas de lambada no Som de Cristal, num armário de vassouras a caminho do banheiro das damas, de um homem que ela mal conhecia, um contato comercial de Tristão na fábrica de tecidos, fornecedor de fios de poliéster, e bastante moreno, embora racialmente quase branco, para atraí-la, com seu bronzeado de tênis e suas brônzeas feições predatórias. Por alguns momentos ela o julgou um bandeirante, e viu-se de volta ao Mato Grosso. Depois que essa indiscrição deu uma tão assustadora safra dupla — nenhum dos gêmeos mostrava o menor sinal da dignidade natural de Tristão, nem um fio de seus cabelos louros — ela passou a praticar controle de natalidade, não dormindo com ninguém mais além do marido.

Compreendera há muito que o preço da intensidade de seu amor era a esterilidade. O ardor espiritual consumia as conseqüências naturais da união física. Se ele se tornaria pai com outras mulheres — ou se na verdade já o era, e em algum ponto de uma ou outra selva um Tristãozinho moreno, com olhos brilhantes de rã, percorria os sensíveis primeiros anos de sua vida —, era algo que só lhe interessava de um modo meio abstrato, como pertencendo à história de outra pessoa. Na história dela, na vida que lhe fora dada viver, e que agora lhe parecia precipitar-se num ritmo aterrorizante, via-se tocada por uma certa pena de Tristão, uma visão dele como vítima, como se tivesse sido ela, e não ele, quem fizera a abordagem na praia de Copacabana. Ela usava um maiô de duas peças branco, ousado para a época, que a fazia parecer nua de longe. Certamente fora ela quem conspirara com um mágico para torná-lo branco, para que pudesse ser aceito por seu pai e dar-lhe uma vida confortável. *Comigo a senhorita não corre perigo*, ele lhe assegurara na praia, embora irradiasse ameaça, e também uma desesperada liberdade. Mas correra ele perigo com ela? A própria docilidade com que punha seu terno cinza toda manhã, e dirigia sua Mercedes-Benz cinza, de segunda mão, pelo labirinto crescente da cidade até a fábrica em São Bernardo, deixava-a aflita de culpa, e às vezes lhe perguntava de repente, à noite, quando voltavam de um jantar ou uma ópera: "Você sente falta da liberdade e da emoção dos velhos tempos, antes de me conhecer?".

Parando no ato de retirar a camisa social e pôr as abotoaduras e o prendedor de gravata na gaveta da pequena cômoda onde guardavam essas coisas, ele dava à pergunta sua habitual e comovedora atenção. "Era uma vida de cachorro", disse. "Eu ia ser morto, pela polícia ou por outro cachorro, em poucos anos. Com você em minha vida, veio a esperança, e uma meta. Não me importei nem com aqueles anos de matar na mina, quando podia voltar para você. Lembra como eu me sentava do lado de fora, quando a noite baixava, e quebrava e peneirava pedras em busca dos grãos de ouro, enquanto lá dentro você fazia a nossa comida, ou a limpeza depois, e punha nossos filhos na cama? Nunca fui mais feliz, Isabel."

"Oh, não, Tristão!", ela gritava, as lágrimas brotando nos olhos, irrompendo violentas como sêmen. "Não me faça sentir melhor do que eu sou! Eu fiz de você um homem artificial! Seu trabalho agora — seja franco, não é sem sentido e pavoroso? Você não me odeia, francamente?"

A voz dele permanecia suave, um pouco distante da paixão, talvez para puni-la delicadamente. "Não, meu trabalho é muito interessante. Trata de homens — homens e mulheres, claro, embora as mulheres com poder nas empresas ainda sejam raras — que têm de ser levados a uma unidade de propósito, para fazer um mundo futuro. Estamos vendo o fim dos senhores e escravos no Brasil, e eu, com minha pouca competência, posso ajudar nisso, pois fui as duas coisas. Quanto a odiar você, isso eliminaria minha vida. O Amazonas ia correr para trás, para os Andes, se eu odiasse você. Você é minha escrava de amor, minha negrinha de olhos azuis."

E se aproximava, ali no quarto, com as almofadas, cortinas e fotos emolduradas deles mesmos em férias e das crianças em uniforme escolar, e ficava parado diante dela sentada no banquinho da penteadeira forrada de cetim, para que ela visse o volume que seu inhame formava por trás da braguilha, e sentisse seu calor, e tocasse sua dureza com as pontas dos dedos, e depois com os lábios, através do tecido negro do smoking. Raramente faziam amor agora, como um casal que só de vez em quando vai ao cofre na caixa-forte do banco; mas quando faziam, o tesouro ainda estava lá, e jamais era o mesmo, como se o cofre houvesse sido sacudido em sua ausência.

A vida dela era constantemente ocupada, e no entanto seria difícil dizer em que consistia. Dava ordens aos empregados, e afeto aos filhos quando lhe eram trazidos, em uniforme escolar ou de pijama. Planejava o jantar de Tristão, e providenciava para que as empregadas preguiçosas e desleixadas — uma após outra, todas nordestinas — não negligenciassem escandalosamente o serviço doméstico nem fodessem com o jovem jardineiro que cuidava das plantas. Isabel comprava roupas, na Chocolate e na Huis Clos, e planejava as viagens que os dois faziam a cidades estrangeiras. Também jogava tênis, embora fossem os almoços de fofocas e dissimulações com as amigas, depois, que constituíssem a razão do esporte — embaixo das sombrinhas das mesas ao ar livre, os uniformes brancos suados, suéteres de algodão em torno do pescoço, mostrando atraentemente os braços nus.

Mas não estava mais na moda ser rico ocioso, no estilo do tio Donaciano. Os homens, mesmo os ricos, trabalhavam, e as mulheres mais jovens que Isabel também. Trabalhar tornara-se chique. Para ela, era um pouco tarde. Sua educação fora consumida em excitantes conversas sobre revolução: o Mato Grosso tinha sido sua universidade, ensinando sobrevivência num mundo desaparecido. Um doce silêncio envolvia seu passado; as novas amigas jamais perguntavam que escola ela fizera, nem qual fora sua vida antes de conhecer Tristão. Supunham que ela subira indo para a cama com os homens, da favela à classe média alta. Os olhos azuis realçavam seu encanto social, mas não eram estritamente necessários. Os portugueses, sem aquele supersticioso temor aos negros que tinham os europeus do Norte, jamais haviam renegado a África; os brasileiros só renegam a imensa pobreza negra, e a criminalidade que ela gera. Isabel, com suas maneiras adoráveis, sua vivacidade picante, reafirmava a todos que a sociedade deles estava produzindo aqueles ornamentos de ébano. Tornou-se ativa em obras beneficentes, e muitas vezes tinha foto nos jornais, um conjunto mais escuro de pontinhos em meio-tom entre as mais claras. Todos a adoravam — adoravam os dois, por sua monogamia essencial, num mundo onde tudo que era estável escorregava, tudo que era sagrado era enxovalhado, e o apetite corroía tudo por dentro, deixando empresas e corporações inteiras ocas, como cadáveres de capivaras cujas entranhas foram invisivelmente consumidas por vermes rapaces, e que desabam com um *puf* de fétido vapor. A inflação, ressurgindo, aproximava-se dos mil por cento ao ano; os poderosos tinham vendido o futuro do Brasil aos bancos internacionais, e embolsado o dinheiro.

Nesses anos, houve para Tristão e Isabel promoções no trabalho, reformas na casa, pequenas crises de saúde, um ou dois acidentes de automóvel, férias, e o crescimento constante de Bartolomeu, Aluísio e Afrodísia nos grã-finos colégios católicos em que estudavam. E um funeral: morreu o pai de Isabel, de arteriosclerose e miocardite, causadas por excesso de trabalho e pelo esforço cumulativo de todos os desarranjos do corpo em conseqüência dos anos no exterior. Ele já não vinha se sentindo bem havia alguns anos, tanto física quanto mentalmente. A contratação de um maluco rastafari como criado fora um dos primeiros sinais de deterioração. Toda a informação em seu pesado cérebro, os idiomas, protocolos e sutilezas de intrigas passadas acabaram se embolando. Entre seus bens, surpreendentemente, encontraram a pepita de ouro que Tristão extraíra da Serra do Buraco, e que da última vez que eles tinham visto estava sob os cuidados do banco da cooperativa; acabara indo parar na mesa do ministro assistente de Desenvolvimento do Interior. Com ela, havia uma nota confusa: *Aplicar metade do rendimento na educação de meu filho, ou, se for tarde demais, de meu neto Pacheco.* Pacheco? O nome trouxe uma remota lembrança a Tristão, mas ele não conseguiu localizá-la. Além disso, precisavam de todo o dinheiro que pudessem herdar. A morte de Salomão deixara-os menos ricos do que tinham esperado. O dinheiro, em cifras que de vez em quando eram aparadas pela redecimalização do governo, para conter a insaciável inflação, ia e vinha na conta bancária dos dois, e jamais era suficiente, ou pelo menos não tanto quanto os amigos pareciam ter. Havia consultas ao dentista, chás, jantares, crismas, formaturas, jogos no colégio e recitais infantis a assistir. A banalidade, o tédio sob disfarces brilhantes, da vida burguesa — os contadores de histórias vivem se atolando nisso. Embora este capítulo cubra o maior espaço de tempo, não precisa ser mais longo do que já é!

29

VOLTA AO APARTAMENTO

Acontecera algo estranho com tio Donaciano. O divórcio tornara-se legal em 1977, e uma década depois ele, após todos aqueles anos de não reconhecida coabitação, divorciara-se de tia Luna e casara-se com a criada e cozinheira, Maria. Um ano depois, ela o deixara, sem que ninguém ficasse sabendo do motivo. Ele parecia condenado ao fracasso romântico. Isabel sentiu pena dele, e suas visitas ao tio solteirão, e ao Rio, tornaram-se mais freqüentes.

Nessa fatídica ocasião, Isabel convenceu Tristão a acompanhá-la, nos vários dias de folga que a tecelagem concedia após o Natal. Pensaram em levar as crianças, mas concordaram em que o Rio, sob o sol das férias, oferecia aos pré-adolescentes oportunidades demais para travessuras. O crime, o vício, o abandono e a nudez pública estavam em ascensão. Os filhos tinham-se tornado paulistanos mimados, protegidos, e sua presença mal-humorada e rebelde no apartamento seria difícil para o velho anfitrião sem filhos.

Tio Donaciano acolheu-os calorosamente, agradecidamente — envelhecera, com o golpe em seu orgulho dado pela segunda esposa. Os cabelos, aplastrados até uma ponta occipital como a que se pode ver na crista de alguns pássaros tropicais, agora estavam estriados de branco — estriados, na verdade, com uma curiosa regularidade, que parecia obtida por vaidade mecânica —, e as mãos tremiam com o efeito de demasiados gins ao pôr-do-sol. Seu charme murchara para algo assim como o de uma tia solteirona, com trôpegas hesitações e um hábito de deferência automático, divertido, meio suplicante.

Em seu apartamento, os dois castiçais de cristal que Isabel e Tristão tinham roubado tanto tempo atrás haviam sido substituídos por um par quase idêntico, e o imenso candelabro ainda pendia como uma vasta aranha sagrada, com os braços curvos em S como pernas, do centro de uma rosa abaulada de vidro fosco. Para Tristão, o espaço ainda tinha a quietude radiante de uma igreja, mas os móveis, as almofadas de franjas, os vasos *cloisonés* e as lombadas com douraduras dos livros jamais abertos não mais pareciam fabulosos, e sim meio pobres e datados, pertencentes a uma era de decoração luxuosa. Ele e seus amigos de São Paulo preferiam agora uma aparência mais simples, retilínea, de marrons e tons de branco em tecidos grosseiros, de abajures baixos que formavam poças circulares de luz baça — a aparência, na verdade, do escritório moderno, embora mais suave, e sem tanto brilho de engenhocas informáticas em gabinetes plásticos. Comparados com tais câmaras modulares, os aposentos do tio pareciam um harém de gelosias, com almofadas, para receber corpos femininos em trajes diáfanos, que decepcionantemente não estavam ali.

"Em relação a Maria, eu acho", tentou explicar o velho cavalheiro, quando o rascante vinho tinto argentino do jantar e a exuberância em alho do pato ao tucupi já agira afrouxando as línguas e criando uma descontração social, "que ela preferia o salário visível, embora modesto, da empregada, ao maior, porém mais vago, da esposa. Eu vivia mandando que ela gastasse dinheiro consigo mesma — roupas, penteados, spas —, mas ela tomava cada sugestão como uma velada insinuação de que eu a achava deselegante, mal vestida, vulgar e meio gorda — o que, na verdade, eu achava mesmo. Apesar disso, ela poderia ter ignorado minhas sugestões, pegá-las ou largá-las, como fazia antes de nos casarmos. Mas, ao me tornar marido dela, tornei-me um tanto ofensivo, como se agora fosse uma parte dela sobre a qual ela não tivesse controle, como um câncer. Meu cigarro, sobre o qual ela nunca deixara escapar a menor crítica, agora, de repente, tornava-se um motivo de preocupação e sofrimento para ela, e de constante reclamação. Na verdade, ela se tornou uma megera em várias questões, quando antes era tão fleumática. As moças que eu contratava para substituí-la nunca a satisfaziam; eram desonestas, descaradas, descuidadas, conspiradoras, cabeças ocas — uma litania interminável, ninguém a satisfazia, eu despedia uma por semana, me parecia. E no entanto, nos intervalos, quando a própria Maria assumia as tarefas que antes eram dela, se queixava de que o fato de se tornar minha mulher não tinha mudado nada, só que não recebia mais o salário. Até mesmo o sexo entre nós — me perdoe, Isabel, por esses detalhes, mas você já é uma senhora casada — se tornou de má vontade e truncado da parte dela, quando antes ela cedia com presteza ao mais leve pedido. Era como se, infelizmente, a autoridade bruta do patrão a excitasse de um modo que a figura mais complexa do marido não podia. O bilhete dela para mim, ao ir embora, dizia apenas, em sua letra de quase analfabeta, mas muito bonita: 'Isso exige demais de mim'."

"Tristão e eu achamos", disse Isabel, sentindo-se desafiada pela referência ao fato de ela ser uma senhora casada, "que às vezes ajuda ao sexo fingirmos que nunca nos vimos antes, e que só por acaso estamos no mesmo quarto."

O tio pareceu corado e embaraçado por esse detalhe. Provocantemente, ela continuou a instruí-lo: "As mulheres também se ressentem da tirania do sexo, e da necessidade de assumir ligações sociais duradouras a partir do que a natureza destinou, talvez, a ser um simples acesso passageiro. Homens e mulheres ocupam dois domínios diferentes — o acasalamento dos dois é como o momento em que o pássaro pega o peixe".

"Pelo que eu sei", disse Tristão, "o senhor batia em Maria."

"Muito raramente", apressou-se a dizer o embaraçado antigo dândi. "Uma ou duas vezes, talvez, na fúria de meus dias mais jovens. As mulheres com as quais eu me envolvia eram namoradeiras insultantes, e eu trazia minhas frustrações para minha única amante constante e fiel em casa."

"Pode ser", sugeriu Tristão, "por mais bárbaro que isso pareça, que ela tomasse o fato de o senhor não mais bater nela, assim que se tornou sua esposa, como um sinal de falta de carinho, e o comportamento que o senhor descreve foi uma tentativa de provocá-lo a usar os punhos. Os pobres desenvolvem uma pele tão grossa que o toque amoroso tem de ser pesado." Ele pensava, percebia Isabel com amor, em sua própria mãe ao dizer isso, como uma maneira de justificar o tratamento rude que ela lhe dera.

Antes que o tio Donaciano pudesse mudar de assunto, Isabel aproveitou a oportunidade para perguntar: "E tia Luna — por que acha que ela deixou o senhor?".

Um silêncio abateu-se sobre o tio, fazendo seu rosto parecer mais frágil que nunca, e triste, como acontecia naquelas noites da infância de Isabel em que ele vinha ao seu quarto ler-lhe uma história e selar com um beijo o desejo de que ela tivesse bons sonhos. No silêncio, a atual substituta de Maria entrou indolentemente trazendo a sobremesa, fruta-do-conde com sorvete de melão, em taças tulipa de haste longa. "Eu nunca entendi", confessou por fim tio Donaciano. "A deserção de sua tia é o fracasso de minha vida. Ela já havia passado da flor da juventude, e não encontrou a felicidade longe de mim, segundo meus informantes em Paris. Uns poucos casos com homens casados que não podiam deixar as esposas, e depois alguns jovens que tomavam o dinheiro dela, e agora não resta mais nada, nem mesmo a Igreja, pois não tinha fé."

Na longa pausa que se seguiu, Tristão, para ser polido, disse, com sua voz séria, objetiva: "É preciso fé. De outro modo, são demais as decisões, e cada uma parece importante demais".

Mas o tio Donaciano continuou a fitar Isabel, o rosto, refinado e fatigado, parecendo esburacado de sombras de velada ansiedade, como naquelas noites em que a acomodava na cama. Ele continuou: "Houve *dois* fracassos românticos em minha vida. O segundo foi que sua mãe jamais me tratou com um grão além da devida cortesia de uma mulher para o cunhado".

"Talvez um fracasso explique o outro", observou Isabel. "Tia Luna sentia que o senhor amava minha mãe."

Mas não, ali, naquele tão óbvio limiar da verdade, o velho refugou, e balançou obstinadamente a cabeça. "Não. Ela nunca soube. Eu mesmo mal sabia."

"Oh, me fale de minha mãe!", exclamou Isabel, com uma

vivacidade que irritou Tristão. Ele via nela vinho tinto demais, certa embriaguez por ver-se longe dos filhos por uma ou duas noites, e um desejo juvenil de lisonjear o tio, viajando com ele de volta ao passado. Ela manteve a boca aberta, como para exibir ao tio a língua arqueada, veludosa. "Eu me pareço com ela?"

Donaciano fitou com firmeza, tristemente, a sobrinha com o majestoso cabelo afro, as argolas de ouro e os esguios braços negros — um moreno iridescente, cor de açúcar queimado — refulgindo de balangandãs no meio. O vestido era uma túnica verde-jade sem mangas nem cintura, que ocultava e realçava o corpo. Ela engordara, mas não mais do que três quilos. "Você é a essência dela, misturada com a determinação dos Leme", ele afirmou. "Ela era aquele tipo de mulher que só serve para ficar deitada num harém. Diziam que os Andrade Guimarães tinham sangue mouro. Não sabia fazer nada — nem cozinhar um ovo, escrever uma carta, organizar uma festa. Não pôde fazer nada para ajudar na carreira de seu pai. Não pôde nem, na segunda vez, realizar o trabalho de parto. Mesmo quando estava viva, Isabel, ela deixava as responsabilidades de mãe para com você aos empregados, e a Luna. Quando minha esposa estava com você, era muito carinhosa. Em sua assertividade e gênio nervoso, você puxou a Luna; mas, na essência voluptuosa, é a inefável Cordélia."

Com uma impulsividade que sabia que o marido ia achar adorável, Isabel estendeu a mão do outro lado da borda da mesa — para dividir-se entre os dois, sentara-se à cabeceira — e tomou a branca mão de Tristão entre os dedos, que à luz das velas pareciam tão negros, sob as unhas brancas, quanto o forte e doce café que havia sido servido em xicrinhas. "Ouviu isso, Tristão? Somos iguais em nossas mães más!"

"Minha mãe não era má. Fez o que pôde, em vista dos limites de sua condição oprimida", ele disse, mal-humorado.

Ela não ia deixar que ele lhe negasse o reconhecimento. Sentia-o afastando-se, mas não aceitava. "Está vendo! Partilhamos isso também. Nós as amávamos! Nós amávamos nossas mães!"

Tio Donaciano, o bigodinho fino eclipsado pela borda da xícara, olhou de um para outro os jovens convidados, sentindo a minúscula briguinha deles, ali naquele cenário mais apropriado a um que a outro. Disse, de um modo apaziguador: "Somos todos filhos da terra, e ela é uma mãe má, pode-se dizer. Nossa vitória é amá-la, amar a existência".

Ficaram até tarde, Isabel e o tio recordando a mãe dela, os dias em que o Rio parecia um copo de cristal veneziano, as viagens a Petrópolis para fugir ao calor do verão. Petrópolis! Os esplêndidos jardins imperiais, onde o próprio dom Pedro passeava outrora com a imperatriz Teresa Cristina e sua obstinada filha, a famosa Isabel, que dançava desafiadoramente com o engenheiro mulato André Rebouças, e que, como princesa regente, decretou o fim da escravidão. Ah, os canais e pontes, praças e parques da cidade, praticamente europeus em acabamento e encanto: a catedral gótica e a cópia exata do Crystal Palace de Londres; as vistas das montanhas no restaurante, incluindo o fio da cascata! Avidamente, Isabel lembrou com a ajuda do tio aqueles encantados dias de férias da família, quando o pai se sentava com ela diante da branquíssima toalha da mesa, e a magra e divertida tia Luna mostrava a ela que garfos usar. Ela fora uma menina preciosa, de rufos de *voile* engomados, cercada por atenciosos garçons e música distante, e uma matriz reluzente, florida, clara: o Brasil, uma Europa sem tensão, sem culpa. Ah, o dia em que o vento levou a tenda no jardim do hotel; o dia em que o poodle branco da senhora Wanderley mordeu o cozinheiro; o dia em que Marlene Dietrich e um séquito de *krauts* locais jantaram no La Belle Meunière!

Tristão, ouvindo, foi ficando inquieto; tinha pouca contribuição a dar. O mundo deles não fora o seu. Em São Paulo, criara um passado, e entre seus amigos podia lembrar até uma profundidade de doze anos. Mas agora, a não ser quando o tio Donaciano se voltava e fazia um esforço deliberado para incluí-lo num tópico geral ("E que acham vocês, da indústria, que vai resultar do novo congelamento de preços? Vocês jovens estão tão assustados quanto eu com a perspectiva de eleições livres para presidente?"), Tristão pouco tinha a fazer senão tirar baforadas de um charuto cubano, afundar mais na poltrona de couro rangente e esticar as pernas, tentando conter os tremores de agitação muscular delas. Nessa ociosidade forçada, examinava Isabel, de rosto fresco, perdida em seu sonho de infância, imaginando um idílio para si. Ela tirara os sapatos e desnudara os pés, os elegantes pés negros de dois tons, e sentara-se em cima deles no curvilíneo sofá roxo. Tristão achava a cálida atmosfera entre ela e o tio tão opressiva, tão sutilmente nociva quanto a fumaça do charuto. Aquele fora o mundo dela, um mundo encantado. *Que queria ela de mim?*, perguntava-se em meio à fumaça. Só o seu inhame. O inhame de um estranho. Para fazer o trabalho sujo da natureza.

Finalmente o anfitrião, os cabelos mechados eriçados como penas, saiu cambaleando para a cama, e o casal dirigiu-se para seu quarto, no segundo andar do dúplex, adiante do antigo quarto de criança dela, que Maria, durante seu breve mandato como esposa, transformara num quarto de depósito. As janelas eram salpicadas até em cima pelas borbulhantes luzes do Rio. Tristão disse: "Meu amor, gostaria de dar um passeio? Aquele charuto me deixou meio nauseado. Não estou acostumado com charutos, nem a tanta conversa no jantar".

"Nós chateamos você, eu sei, querido. Nos perdoe. Meu tio não vai estar com a gente para sempre, e se diverte lembrando os velhos tempos. Tem medo do futuro. Está certo de que, se houver uma eleição popular, os comunistas vão ganhar. Os comunistas ou alguma personalidade idiota da televisão. É um pobre velho assustado." Sentindo que de algum modo o havia ofendido, ela cruzou o quarto até ele; tirara o vestido verde, e a roupa de baixo branca abria duas fortes interrupções em sua pele. "É a única pessoa que eu conheço agora", disse, numa voz rouca, sedutora, "que se lembra de mim quando eu era... inocente."

"Ele sabe", disse Tristão. "Ele sabe que, neste meu terno cinza, eu sou o mesmo lixo negro com quem ele proibiu a sobrinha de sair há vinte e dois anos. Ele sabe, mas não pode fazer nada."

"Ele não quer fazer nada", disse Isabel, acariciando o rosto dele, tentando apagar a ruga de raiva da alta testa com o polegar. "Ele vê que eu sou feliz, e é só o que quer." O fino cabelo cor de carvalho de Tristão começava a rarear, deixando a testa ainda mais larga. Carinhosamente, ela alisou as têmporas lisas.

A insistente tentativa de acalmá-lo irritou-o, e ele desviou bruscamente a cabeça para livrar-se da mão dela. Essa mão trazia no terceiro dedo o anel com a inscrição DAR que o pai conseguira em Washington, como prometera; mas não era tão bom, tão bem gravado como o que ele roubara da gringa de cabelos azuis na Cinelândia, e também isso o irritava. "Não era só seu tio que estava apaixonado pelo passado. Você também estava felicíssima lembrando o que era, afinal, todo aquele luxo construído em cima da miséria. Você mergulhou naquilo, fora de meu alcance."

"Mas voltei, Tristão", ela disse. "Estou ao seu alcance." Olhando firme o rosto ofendido dele — como se, a qualquer descuido, ele pudesse bater-lhe —, curvou-se para baixar a calcinha, uma perna de cada vez. Tinha a expressão de uma espiã negra, o branco dos olhos arregalados, assustada mas querendo rir, se obtivesse a menor permissão. A não ser pelos olhos claros, parecia, com aquela carinha de macaca e o cabelo afro, uma das colegas maltrapilhas que ele conhecera na favela, aquela da qual mais gostara, Esmeralda. Deu um sorrisinho de permissão, e Isabel riu, e empertigou o corpo do cuidadoso agachamento. O triângulo de reluzentes pêlos negros mostrava que a pele era apenas morena, clara pelo contraste. O umbigo parecia uma covinha na parte de baixo de um bule moreno, com duas asas grossas — os quadris, curvados para fora como duas castanhas de caju assadas. Quando ele pôs a mão no traseiro dela, naquele ponto, viu que a mão era de outro tom de moreno, bronzeada do tênis e do windsurf. Os pêlos nas costas da mão tinham um tom acobreado.

"Eu gostei de ver você com seu tio", ele disse, numa voz que voltara com cautela ao timbre varonil. "Existe uma verdadeira afeição entre vocês, baseada no sangue e nas lembranças comuns. Não estou nem um pouco zangado. Me sinto triste, estando tão perto de meu antigo lar..."

"Tristão, não tem nada aqui. A favela foi demolida, para dar lugar a um jardim botânico e a uma vista turística."

Tinham ido, ao visitar Ipanema, à loja de Apolônio di Todi, mas o castiçal de cristal, segundo mostravam os falhos registros, jamais tinha sido penhorado. *Fique com meu presente, se preferir, e acenda uma vela para nossa volta numa noite escura.*

"E se você os encontrasse", ela disse, "eles não o reconheceriam."

"É", ele suspirou. "Como você é sensível, Isabel, quando se trata de meu passado, e não do seu. Mas deve me deixar dar um pequeno passeio em torno da quadra. Estou com câibra nas pernas, a cabeça pesada. Serão só alguns minutos. Se apronte pra dormir, querida. Eu levo a chave, e, se você não estiver mais acordada, eu entro em seus sonhos. Nu."

Ela se aproximou e nas pontas dos pés comprimiu os cálidos lábios nos dele. "Vá. Mas tenha cuidado", disse, séria.

Ele ficou surpreso. Cuidado em sua própria cidade? Ficara tão velho assim? Ela estava com quarenta anos, ele com quarenta e um. Olhando-a lá atrás, a tirar o sutiã e posar de modo brincalhão para ele atrás da larga cama branca, na vistosa postura de dançarina de boate, ele se lembrou que ela lhe perguntara um dia: *Ainda gosta de mim?* A visão dela atraía-o poderosamente, mas ele saiu pela porta.

30

VOLTA À PRAIA

Durante o dia, o ar nos trópicos sugere que nada se pode fazer, que decomposição e lassidão são o destino humano. Mas à noite o ar parece vibrar de excitação e ação potencial. Uma úmida promessa perfumada à espera de ser realizada.

O velho porteiro japonês atrás da mesa de mármore verde balançou respeitosamente a cabeça quando o cavalheiro passou, em seu terno cinza-prateado. Tristão empurrou a porta de vidro, e o ar salgado, como o beijo de um espírito, saudou suas narinas. Ele se dirigiu para a música distante que vinha das boates e inferninhos ao longo da praia de Copacabana. As lojas de Ipanema estavam fechadas; os porteiros dos prédios de apartamentos, por trás das portas envidraçadas, pareciam visitantes num aquário em cujas águas turvas Tristão nadava. Alguns restaurantes continuavam abertos, e os caixas automáticos dos bancos refulgiam insones, mas havia pouca gente nas ruas, em comparação com o tráfego de automóveis, embora não fosse ainda meia-noite. Do lado do forte, em Copacabana, havia mais luzes, mais atividade, nas entradas dos grandes hotéis, onde turistas entravam e saíam de táxis amarelos e verdes como periquitos, e vitrines de lojas iluminavam de baixo as pedras e os minérios preciosos — turmalina e ametista, topázio e rubelita — extraídos das montanhas de Minas Gerais.

Às mesas ao ar livre, uma mistura de pobres e ricos, os comprados e compradores, aguardava a transação noturna, conversando em torno dos cafezinhos adocicados, como se a vida e o tempo não exigissem o menor acerto. Por essas mesas ele e Euclides passavam outrora, raspando gorjetas dos pratos e atentos a uma bolsa pendurada, cujas correias de couro podiam ser cortadas num segundo. Nas ruas mais escuras próximas à avenida Atlântica, os turistas bêbados, tropeçando escada abaixo, ainda esfogueados após meia hora com uma prostituta mulata, eram tão fáceis de derrubar e tosquiar como ovelhas estonteadas.

Agora ele próprio, andando desacompanhado em seu terno cinza, fazia com que as garotas em trajes de alegre frivolidade e sumarismo avançassem flutuando como magnetizadas, e também um ou dois homens, de jeans tão apertados quanto se fossem pintados no corpo, e de rostos maquilados de modo tão cuidadoso e enfeitado quanto o de um índio. Tristão andava sem se desviar pela calçada de onduladas faixas preto e branco; o ar noturno, com seu beijo e arrepio de excitação, os pedaços de samba, forró e risadas vagando mesclados nos cheiros de café, cerveja e perfume barato, era tudo o que ele queria, clarear a cabeça da rançosa fumaça do passado de Isabel, da fumegante verdade de que havia coisas nela que ele jamais poderia possuir. E da compreensão, que contribuíra para deprimi-lo no apartamento, de que a tentativa de possuí-la torcera sua vida de um modo que jamais poderia ser mudado — uma forma culpada, de algum modo, manchada por assassinato e deserção.

Queria limpar a cabeça dessas idéias confusas, inúteis. Também ele ansiava pela antiga inocência. Cruzara a avenida e descera da calçada para a areia. Sentou-se num banco, tirou os sapatos negros de cadarços e as meias de seda listradas, e escondeu-os debaixo de uma touceira de mato perto do banco. Como era maravilhoso que aquelas plantas houvessem brotado, apesar de todos os pés que ali tinham passado, em 1988 como em 1966.

Nas solas dos pés, a areia era morna em cima e fria embaixo da fina superfície de grãos aquecidos pelo sol. Nos trechos de praia iluminados, magras e agitadas silhuetas de menores abandonados jogavam pelada. Tristão desceu até as sombras onde o mar, subindo em cristas e desabando, deixava linhas de espuma. O incessante barulho ritmado do mar, no úmido respirar de seu sono, cobria os sons mais fracos do trânsito e da música, sem afogá-los de todo.

O Cruzeiro do Sul, como uma pipa imperfeita, pequeno, frágil e sem estrela central, pairava baixo no céu sem lua. Acima, onde o fulgor noturno de Copacabana lhes permitia aparecer, outras estrelas guardavam seus rígidos desenhos casuais, sua antiga fosforescência. Nas pequenas ondas que quebravam aos pés de Tristão, uma fosforescência menos constante faiscava e afundava, quando a areia chupava a onda. Aquelas luzes pareciam espíritos, *eram* espíritos, parecia a Tristão, tão vivos quanto ele. Ele percorria o fantasma oscilante de espuma deslizante, sentindo a areia saturada sugar os pés nus meio afundados, a estranha língua d'água lambendo os tornozelos — todas as sensações da infância, quando aquela praia e o panorama visto do barraco eram os únicos luxos de sua vida.

E então, num ponto onde as luzes da agitada vida noturna se mostravam sobretudo distantes, fazendo com que, para suas pupilas dilatadas, a espuma ondulante tivesse um brilho íntimo próprio, surgiu à sua frente um vulto humano. Uma faca de tamanho médio refletiu o brilho das estrelas na lâmina. "*Your watch*", disse uma frágil e apavorada voz de garoto, pedindo-lhe em inglês o relógio, e acrescentando, para não haver dúvida: "*Ihr Armbanduhr*".

"Não pentelha, porra", disse Tristão à súbita presença. "Eu sou um de vocês."

O forte e natural sotaque carioca fez o assaltante hesitar, mas não mudar o ataque. "O relógio, a carteira, cartões de crédito, abotoaduras, tudo, rapidinho", disse o garoto, acrescentando, como para impedir a voz infantil de se descontrolar: "Seu filho da puta".

"Você está querendo me insultar, mas apenas diz a verdade", disse-lhe Tristão. "Volte pra puta de sua mãe, que eu não o machuco." A voz adulta tremia, à medida que a adrenalina do combate inundava o peito. Sentiu a ponta de uma segunda faca entre as omoplatas, e a mão de um terceiro rapaz, rápida e silenciosa como uma lagartixa na parede, enfiar-se no bolso do peito do paletó e tirar a carteira. Aquela impudente delicadeza, como se um dos filhos que ele nunca tivera estivesse brincando com as roupas do papai, fez cócegas em Tristão, e o enfureceu. Um carro na avenida ao longe dobrou uma curva, e pelo brilho dos faróis ele viu o rosto do vulto à sua frente — o rosto luzidio, vidrado por um transe de tensão nervosa, de um jovem negro. Tristão pôde ler até a camiseta escura do garoto, que em letras brancas proclamava BLACK HOLE, uma nova boate em algum lugar. "Querem meu relógio? Aqui está." Erguendo as mãos, como um dançarino de xangô, Tristão tirou o relógio do pulso, deixou verem que era um Rolex, a pesada pulseira alternando ouro e platina, e jogou-o no mar, o firmamento de fosforescência.

"Porra!", exclamou o garoto à sua frente, de puro pasmo.

A faca nas costas de Tristão parecera rombuda, como um pedaço de pau ou uma soqueira, mas abriu o paletó e a pele com a facilidade de uma lâmina, sem dor num primeiro instante, depois com uma ardência que se avolumou rapidamente, num ferimento severo demais para suportar. Ele levou a mão ao cinto em busca da lâmina, mas não havia nenhuma. A Gem fora uma amiga em outra vida, e ele riu, querendo explicar aquilo e tantas outras coisas aos garotos, que podiam ser seus filhos, mas que, levados ao frenesi pelo terror e a magnitude do que faziam, todos atacando para demonstrar sua solidariedade, cortavam e esfaqueavam a figura que se agachava e tombava, como uma lição para todos aqueles brancos que ainda se julgavam donos do mundo. Ouviam-se sons, ali onde o mar suspirava ruidosamente, enquanto vítima e assassinos grunhiam do esforço, e metal se chocava com osso.

O corpo de Tristão caiu num fluxo de espuma, que logo recuou, cobrindo-o uma vez e só. Os garotos, freneticamente pensando em esconder o corpo no mar, tentaram chutá-lo e arrastá-lo para a onda seguinte, mas, ainda vivo, ele agarrou o tornozelo de um deles com a força de uma torquês, e a criança, de apenas doze anos, gritou como se fosse agarrada por um fantasma. Depois foi solta. Ele e os amigos fugiram, os pés descalços espalhando pequenos jatos de areia, e se dispersaram, cada um fundindo-se num diferente corredor de escuridão do outro lado da movimentada avenida Atlântica.

Tristão, sentindo a água salgada e quente, pulsante, substituir o sangue que saía, perdeu os sentidos e morreu. O corpo ficou rolando de um lado para outro entre as algas e o banco de areia a cinco metros da praia, que não o deixava ser levado para o horizonte, mas prendia-o no ponto onde as ondas indiferentes quebravam com força suficiente para criar espuma ao luar; a água espumante continuou a jogá-lo com delicadeza, no terno cinza escurecido pela umidade, até a linha do banco de areia, e a rolá-lo de volta outra vez.

Isabel, que logo mergulhara no sono sob o peso do vinho tinto, despertou de um sonho em que seus filhos, os três mortos ou desaparecidos misturados com os três mimados de São Paulo, a assediavam, querendo alguma coisa — o café da manhã, roupas limpas para ir à escola, dinheiro para fitas cassete —, e ela se via demasiado entorpecida para atendê-los. Pairava no meio dos rostos tensos deles, sentindo um terror crescente. No sonho, eles tinham todos a mesma idade, chegavam-lhe à cintura, embora alguns jamais houvessem alcançado aquela altura, e outros a tivessem ultrapassado. A insuportável pressão dos pedidos quebrou a paz de seu corpo; ela acordou, e o terror ligou-se ao lugar vazio a seu lado na cama, onde Tristão prometera estar, nu. O espaço, explorado primeiro por um pé tateante e depois pela mão em pânico, estava frio e sem rugas.

Ela se levantou, cobriu sua nudez com um longo robe de chenille, que tinha sido de tia Luna e continuava pendurado no banheiro de hóspedes, e vasculhou o apartamento. Foi até a sacada, abriu as portas e baixou os olhos, para ver se o marido se achava enroscado no sofá. O relógio marcava cinco e quinze. Telefonou à portaria lá embaixo; o sonolento japonês disse que o cavalheiro tinha saído pouco antes da meia-noite. Ela bateu na porta do tio. Não conseguiu despertá-lo; ele tomava pílulas e usava tampões nos ouvidos e máscara nos olhos. Isabel entrou, meteu as mãos no calor da cama e acordou-o sacudindo-o. Primeiro, ele quis descartar a ausência de Tristão como um pecadilho de homem, que seria esclarecido com um sonso retorno matinal e uma regeneradora briga conjugal, mas as lágrimas e os gemidos dela, com uma irrespondível força de premonição por trás, levaram-no por fim a ligar para a polícia.

A polícia do Rio vive sobrecarregada de trabalho, e recebe seus salários em dinheiro cujo valor se desgasta constantemente. Como acontece com a polícia em todo o mundo, o contato com a corrupção corrompeu os policiais; os intermináveis pobres os exasperam; nas favelas, entregaram a manutenção da ordem aos traficantes de drogas. Sentem-se esmagados por nossa propensão ao pecado e à desordem, pelo abandono dos freios religiosos. Mas havia um homem de serviço, que após um cansativo tempo longe do telefone voltou e disse que não havia ninguém correspondendo à descrição de Tristão nos registros da noite passada. Também ele se inclinava a aceitar a hipótese do marido transviado, mas concordou, após ser repetidas vezes reassegurado da importância e das altas ligações de tio Donaciano, em mandar um policial. Isabel não conseguiu esperar. Parando apenas para calçar as sandálias, nua por baixo do robe, percorreu com a cega determinação de uma sonâmbula as quadras transversais até Copacabana, enquanto o tio, que pusera uma calça de terno e uma camisa branca sem gravata, tentava arquejante manter o passo com ela e impor racionalidade e esperança.

Mas havia um pétreo e suplicante vazio dentro de Isabel que sabia como satisfazer-se; tinha de seguir em frente até que aquele terrível pilão dentro dela encontrasse seu almofariz.

Debandava o bulício noturno das boates, os farristas emergiam ao ar livre com rostos amarrotados, sumários trajes listrados e os ouvidos ressoando de êxtases esgotados. Alguns táxis passavam, os faróis parecendo cada vez mais fracos e desnecessários. Uns poucos corredores já estavam nas ruas, em abrigos de jogging contra o frio da manhã. As indistintas nuvens da noite agora tinham nítidas formas azuis — castelos redondos, uma fila de cabeças de cavalo cortadas nos ombros — contra um céu ainda não róseo, mas de um cinza amarronzado claro, além das corcovas das ilhas, o fio de espada do horizonte.

Sim, ele tinha andado ali, naquela areia suas pegadas juvenis se haviam perdido entre milhões de outras, e escondido os sapatos onde ela os encontrava agora, numa touceira de vegetação de praia. Tinha andado ao longo das franjas do mar como um garoto, lembrando-se de como fora, antes que ela lhe impusesse um milagre. De longe ela viu, como um bolo de algas, uma escura interrupção na clara estrada de espuma e na encharcada inclinação da praia a refletir, com o brilho de saturação que ia e vinha como névoa de respiração, o céu que clareava. Ela não parou, nem correu para a mancha que parecia de algas, mas tirou as sandálias e andou sobre o que imaginava fossem os passos fundos e esponjosos de Tristão, embora eles tivessem sido totalmente apagados.

Ele estava de bruços, os dentes impecavelmente brancos expostos num polido sorriso de escárnio, a mão fechada perto do queixo, à maneira infantil de quando dormia. Os olhos, entreabertos, com as íris erguidas e invisíveis por baixo das pálpebras, tinham o lustro de pedaços de conchas deixadas pelas ondas na praia. Os pés descalços, com a água incansavelmente rompendo e rodopiando em torno, tinham os dedos enterrados na areia, os calcanhares travados em ângulos retos na morte. *Fidelidade*, dizia o corpo rígido, ali agarrado à praia.

Tio Donaciano alcançou-a, e com ele vinha um policial meio gorducho, bastante jovem. Formara-se uma multidão à luz do amanhecer: dançarinas, garçons, motoristas de táxi e garotas de programa que haviam encerrado o expediente, banqueiros, donos de butiques e donas de casa que iniciavam o dia com uma corrida em Copacabana. Brotara uma floresta de pernas morenas. Um velho camelô enrugado, a barba por fazer branca contra a pele queimada do rosto, já armara sua barraca na calçada e vendia água de coco, coca-cola e empadinhas do dia anterior aos que tinham fome. Um rapaz negro, com olhos de besouro, trouxe a carteira vazia de Tristão, que fora jogada junto ao meio-fio, e ficou olhando para o policial, depois para Isabel, e por fim para tio Donaciano, à espera da recompensa. Recebendo um maço de cruzeiros, escapuliu, a areia voando como asas em seus calcanhares. Os assassinos haviam supersticiosamente deixado na carteira uma foto de Isabel e Tristão adolescentes, com as cabeças juntas, numa barraca do Corcovado, e uma medalha de São Cristóvão fina como uma lâmina. Fora ela quem lhe dera, em sua religiosidade de menina, naquelas ardentes e furtivas primeiras semanas? No ar pairavam perguntas, manifestações de interesse e pesar, e uma expectativa geral, concentrada em Isabel; a multidão esperava ouvi-la dar expressão pungente, abnegada, memorável, à sua dor. Contudo, os sentimentos dentro dela eram de severa formalidade, como peças de escultura antiga, gastas e rachadas, mas ainda mostrando uma simetria estabelecida.

Ela se lembrou de uma história que lera um dia, nos primeiros tempos na Serra do Buraco, antes de envolver-se com as manicures e ter Azor e Cordélia. Para preencher os dias solitários no barraco de mineiro, dava uma olhada nos trechos de histórias, amassados e engordurados, em que as ferramentas e as provisões chegavam embrulhadas à montanha, a maioria sobre as aventuras amorosas e os escândalos de pessoas famosas. Uma delas falava de uma mulher, há muito tempo, que, morto o amado, se deitara ao lado dele para morrer, e morrera. Morrera para demonstrar seu amor.

O corpo de Tristão fora arrastado mais para cima na areia, à espera do rabecão. Grãos de areia grudavam-se nas córneas dos olhos abertos, e açucaravam os lábios careteantes. Ela se deitou ao lado dele e beijou-lhe os olhos, os lábios. Um gosto amargo de algas já temperava a pele. A multidão sentiu a coisa grandiosa que ela tentava, e calou-se reverente. Só o tio quebrava o silêncio, gritando "Pelo amor de Deus, Isabel!", de puro vexame diante daquela vulgar exibição de romantismo brasileiro.

Ela puxou o corpo mais para cima e abriu o roupão, para que o rosto marmóreo de Tristão repousasse em seu seio cálido, passou um braço em torno dele sobre o terno molhado, já secando, e pediu ao seu coração que parasse. Esperava cavalgar o corpo do amante como o de um golfinho para dentro do reino submarino da morte. Conhecia a sensação do homem que vai foder, a alma tensa para entrar na voluptuosa escuridão.

Mas o sol nascente continuou a avermelhar as cerradas pálpebras dele, e a química dentro dela continuou sua insondável atividade, e a multidão acabou se entediando. Não haveria milagre naquele dia. Olhos ainda fechados, Isabel ouvia as pessoas retomando as conversas e dispersando-se; uma ambulância ao longe, como um perverso palhaço com seu balido presunçoso a subir e descer, varou o zumbido de humanidade, vindo em busca de Tristão, o detrito que ele se tornara. O espírito é forte, mas a matéria bruta é mais. Constatando essa triste verdade, a viúva de olheiras levantou-se cambaleante, apertou o robe em torno de sua nudez e deixou que o tio a levasse para casa.

POSFÁCIO

Dois grandes livros entraram na criação deste pequeno: *Rebellion in the backlands* [*Os sertões*], de Euclides da Cunha (traduzido por Samuel Putnam), e *Tristes tropiques*, de Claude Lévi-Strauss (traduzido por John Russell). *Through the Brazilian wilderness* [*Na selva brasileira*], de Theodore Roosevelt, talvez não seja um grande livro, mas achei-o divertido e informativo. Também foram úteis *Red gold*, de John Hemming; *The masters and slaves* [*Casa-grande & senzala*], de Gilberto Freyre (traduzido por Samuel Putnam); *Brazil*, de Elizabeth Bishop, e os editores da revista *Life*; e dois guias turísticos do país, da série Real Guide and Lonely Planet, de muitos contribuintes jovens e aventureiros. *The romance of Tristan and Iseult* (traduzido por Hilaire Belloc e Paul Rosenfeld) proporcionou-me o tom e a situação básica. E tomei coragem e cor local com a ficção autenticamente brasileira de Joaquim Maria Machado de Assis, Graciliano Ramos, Clarice Lispector, Rubem Fonseca, Ana Miranda, Jorge Amado e Nélida Piñon. Graças a Luiz Schwarcz e seus colegas, na Companhia das Letras, em São Paulo, muitos erros e implausibilidades foram corrigidos; se outros persistem, a culpa é minha.

J. U.

ESTA OBRA FOI COMPOSTA PELA GRAPHBOX EDITORAÇÃO ELETRÔNICA EM GARAMOND LIGHT E IMPRESSA PELA GRÁFICA EDITORA HAMBURG EM OFF-SET PARA A EDITORA SCHWARCZ EM FEVEREIRO DE 1994.